自治区重大文化工程《格萨尔》藏译汉项目

《〈格萨尔〉艺人桑珠说唱本》汉译丛书

木雅黄金宗

《格萨尔》藏译汉项目领导小组办公室

仁欠卓玛　翻译

王 彦 杰　编校

平　　措　译校

西藏藏文古籍出版社

图书在版编目（CIP）数据

木雅黄金宗 / 仁欠卓玛译. -- 拉萨 : 西藏藏文古籍出版社, 2017.11

ISBN 978-7-5700-0028-9

Ⅰ. ①木… Ⅱ. ①仁… Ⅲ. ①藏族－英雄史诗－中国 Ⅳ. ①I222.74

中国版本图书馆 CIP 数据核字（2017）第 251205 号

木雅黄金宗

译　　者　仁欠卓玛
责任编辑　曾　恒
装帧设计　党　皎
策　　划　天利文化
出　　版　西藏藏文古籍出版社（拉萨市色拉路 22 号）
　　　　　邮政编码：850000
　　　　　第二编辑部：拉萨市林廓北路 20 号
　　　　　打击盗版：0891-6930339
印　　刷　北京彩虹伟业印刷有限公司
经　　销　全国新华书店
开　　本　16 开（710×1 000）
印　　张　40
版　　次　2017 年 12 月第 1 版第 1 次印刷
标准书号　ISBN 978-7-5700-0028-9
定　　价　68.00 元

《格萨尔》藏译汉项目领导小组

总顾问：洛桑江村

顾　问：边巴扎西　石 谋 军

组　长：白玛朗杰

副组长：车 明 怀　索　林　卢 明 秀

扎西达娃　普布次仁　保　罗

降边嘉措　杨 恩 洪

成　员：诺布旺丹　次仁平措　许 德 存

宁　梅　达　瓦　黄　智

蓝 国 华　王 彦 杰　白玛扎西

阴 海 燕

办公室：次仁平措（主　任）　蓝 国 华（副主任）

王 彦 杰（副主任）　裴 洪 霞　尼玛仓决

白玛扎西　阴 海 燕　索朗扎西

专家组：巴桑旺堆　格桑益西　曼秀·仁青道吉

仁　增　索朗格列

《〈格萨尔〉艺人桑珠说唱本》
汉译丛书编委会

目　录

总 序

白玛朗杰[1]

传承民族优秀传统文化是推动文化大发展大繁荣、建设社会主义文化强国、传承民族血脉、建设人民精神家园的必然要求。党的十八大提出，“建设社会主义文化强国，关键是增强全民族文化创造活力”“建设优秀传统文化传承体系，弘扬中华民族优秀传统文化”。2015年，习近平总书记在中央第六次西藏工作座谈会上指出：“加强民族团结，不断增进各族群众对伟大祖国、中华民族、中华文化、中国共产党、中国特色社会主义的认同。”为了把西藏建设成为中华民族特色文化保护地，我们亟需将藏民族史诗《格萨尔》推向全国乃至世界，以进一步丰富中华民族文化宝库。2013年6月，西藏自治区社会科学院向西藏自治区人民政府呈报了《关于启动自治区重大文化工程〈格萨尔〉史诗藏译汉项目的请示》。在洛桑江村主席的亲自关心下，2013年12月自治区重大文化工程《格萨尔》藏译汉项目得以立项。如今，30卷本的《〈格萨尔〉艺人桑珠说唱本》汉译丛书即将陆续与广大读者见面。这是党和政府大力关怀和支持的结果，是课题组的同志们辛勤努力的结果，也是中国《格萨尔》学界众多同仁通力协作的共同成果。

1　白玛朗杰：西藏自治区重大文化工程《格萨尔》藏译汉项目领导小组组长，《〈格萨尔〉艺人桑珠说唱本》汉译丛书总编，西藏自治区政协党组副书记、副主席，西藏自治区社会科学院院长。

一

人类的思想和文化是智慧的结晶、进步的阶梯、文明的象征。德谟克里特说："智慧生出三种果实，即善于思想、善于说话、善于行动。"为了实现中华民族伟大复兴的中国梦，一方面，我们要立足时代，放眼全球，锐意进取，吸取现当代人类社会的一切优秀文明成果，创造无愧于时代、无愧于人民、无愧于历史的文化成果；另一方面，我们还要向历史和祖先学习，发扬中华民族优良传统，保护和传承优秀民族传统文化，从中挖掘有益成分，汲取营养和精华以丰润己身。

藏族是中华民族的重要成员，是一个有思想、善说唱、富有智慧的伟大民族。英雄史诗《格萨尔》是被公认为"藏族文学之冠"的名著，在千百年来的流传演变过程中，它以高度的人民性和强大的艺术生命力在藏族民间不断得以充实和发展。直到今天，《格萨尔》说唱艺人仍以他们非凡的聪明才智和辛勤的劳动创作活跃在民间，为史诗增光添彩。从全世界史诗的情况看，首先，《格萨尔》与《伊利亚特》《奥德赛》《罗摩衍那》《摩诃婆罗多》等相比，其最大的不同则是仍以活形态流传于世。早在1776年，俄国学者帕拉斯在《俄罗斯帝国各省旅行记》中就对《格萨尔王传》给予了极高的评价。众所周知，无论是《伊利亚特》《奥德赛》，还是《罗摩衍那》《摩诃婆罗多》等著名史诗，都早有定本传世，但早已没有创作性说唱艺人可寻。《格萨尔》史诗不仅至今尚未有最后之定本，而且各种抄本、刻本、说唱整理本仍在不断增加，《格萨尔》民间艺人的说唱活动从未停止，至今仍有百余位《格萨尔》说唱艺人活跃在民间。从根本上讲，众多活跃在民间的《格萨尔》说唱艺人的存在，是《格萨尔》史诗仍然以活的形态传唱的现实基础。其次，《格萨尔》是一部结构宏伟、内容丰富、卷帙浩繁的史诗巨制。据研究人员不完全统计，《格萨尔》全传至少有226部，累计100多万诗行，这要比之前常说的世界最长史诗《摩诃婆罗多》的20多万诗行还要长。较早研究《格萨尔》的王沂暖（1907—1998）教授，曾经填写《凤凰台上忆吹萧·格萨尔颂》[1]一词，把千年史诗《格萨尔》的神采风华歌颂得淋漓尽致。

中华文化是中华各民族成员在长期的生产、生活中积累形成的，是一笔宝贵的精神财富。《格萨尔》是中华文化中闪烁着熠熠光彩的魅力瑰宝，它集中代表了古代藏族文学的最高成就，是一部涉及古代藏族社会生活、民族历史、经济文化、阶级关系、民族交往、意识形态、道德观念、风俗习惯、宗教信仰的百科全书。自20世纪30年代始，任乃强、李安宅、谢国安、刘立千、马长寿、何剑薰、谭英华、陈宗祥、彭公侯等一批学者就对其作了详细介述和研究。中华人民共和国成立后，在马克思主义的理论指导下，中国民族民间文化的发展迎来了新的春天，《格萨尔》也受到了前所未有的重视。著名文学家茅盾、周扬和老舍等人较早对《格萨尔》给予了关注。1956年在北京召开的中国作协第二次理事会上，老舍做了关于少数民族文学创作和发展的报告，其中提及《格萨尔》并首次将其定性为“史诗”。1958年，中央政府有史以来第一次在青海、西藏、甘肃、四川、云南等广大藏族同胞聚居地有计划、有组织地搜集、整理、抢救《格萨尔》，并取得了显著成绩。十一届三中全会后，随着国家对文学发掘和研究的深入，《格萨尔》的搜集、整理与研究在国内出现了无比繁荣的局面。1980—1981年，全国七省区召开“格萨尔工作会议”，之后有关省区相继建立了“格萨尔”工作组及专门机构[2]积极从事《格萨尔》的抢救、搜集、整理、翻译、研究和出版工作。随着国内相关科研院所、高等学校格萨尔研究机构的纷纷成立，尤其是中国社科院《格萨尔》研究中心的成立，国内集中出现了一大批主

1 这首词的全部内容为：世界绝无，人间仅有，说来话粲莲花。似空中虹彩，天外奇霞。难尽无边才艺，何须借铁板红牙，只面对云山雪岭，传唱千家。堪夸，英雄儿女，有梵王神子，度母仙娃。任东西南北，雨露风沙。战罢天魔五百，让玉宇无限清嘉。舒放眼，泱泱万里，诗国中华。

2 参阅《记〈格萨尔〉工作座谈会》（载《民间文学》1980年第8期）、《藏族英雄史诗〈格萨尔〉第二次工作会议纪要》（载《民族文学研究》1981年第1-2期）、《西藏成立抢救、整理〈格萨尔王传〉领导小组》（载《西藏日报》1980年6月25日）等。

要从事《格萨尔》研究的学者，成就斐然[1]。20世纪90年代，中国学术界已经鲜明地提出建立“《格萨尔》学”[2]，这是中国现代藏学繁荣发展的重要表现。2001年10月，在法国巴黎召开的联合国教科文组织第31届大会上，参会人员一致通过将我国“《格萨（斯）尔》千年纪念活动”列入该组织参与的周年纪念活动之中，这是迄今我国政府向该组织唯一申报成功的一项。2009年9月，在阿联酋首都阿布扎比召开的联合国教科文组织保护非物质文化遗产政府间委员会第四次会议上，我国的《格萨（斯）尔》被批准列入《人类非物质文化遗产代表作名录》。

二

人民群众是历史的创造者，是一切文艺创作的源头活水。《格萨尔》史诗是一部以抑强扶弱、除暴安民为主线的宏伟史诗，反映了人民群众与社会丑恶势力作斗争，消除青藏高原一切不平等和灾难，用自己的劳动和汗水缔造幸福生活的美好愿望。也正是因为如此，在“政教合一”的封建农奴制度下，统治阶级最害怕听到说唱《格萨尔》，最害怕听到这一歌颂人民的力量以及呼唤自由、平等和幸福的乐章。旧西藏地方政府利用统治农奴的各种手段，禁止《格萨尔》史诗的说唱和传播，把它当作“下等人”

1　从1989年开始，中国政府主导开展了七次《格萨尔》国际学术研讨会，时间分别为1989年11月（成都）、1991年8月（拉萨）、1993年（锡林浩特）、1996年7月（兰州）、2002年7月（西宁）、2006年7月（玛曲）、2015年7月（成都）。

2　王兴先：《关于建立“格萨尔学”科学体系的初步构想》，载《西北民族学院学报》1993年第2期；王兴先：《〈格萨尔〉与“格萨尔学”》，载《甘肃科技》2003年第12期；扎西东珠：《“格萨尔学”学科之我见》，载《中国藏学》2002年第4期。王兴先在《〈格萨尔〉与“格萨尔学”的发展历史》中提到：“《格萨尔》研究之所以能够逐渐形成为一门独立的学科，就是因为既有《格萨尔》史诗本体提供的形成一门学科的基本要素和它所富有的历史文化之魅力，又有它的研究者们的创新思维和开拓性研究之功以及二者的有机结合。”

的“俗言俚语”，称其为“乞丐的喧嚣”，称民间艺人为“下贱的乞丐”。广大民间说唱艺人过着以乞讨为生的流浪生活。

西藏和平解放后，党和政府投入大量人力、物力和财力到西藏《格萨尔》的抢救、整理、出版、翻译等工作中，在党和政府的领导、关心、支持下，该项工作得到了快速发展。1980 年 4 月，国家批准成立西藏自治区《格萨尔》领导小组及抢救办公室，指定自治区党委宣传部、自治区社会科学院、自治区文联、自治区出版局的负责同志分别担任抢救领导小组正副组长，自治区文联代管抢救办公室。财政下拨抢救专项经费，建立了西藏有史以来第一个《格萨尔》抢救领导小组和抢救办事机构——西藏自治区《格萨尔》抢救办公室，核定编制为 15 人。同时，在西藏师范学院（西藏大学前身）成立了《格萨尔》民间说唱艺人扎巴抢救小组，当时受到中央有关部委的表扬，并成为七省（区）的榜样。1984 年，西藏自治区《格萨尔》抢救办公室正式划归西藏社会科学院管理，成为社科院下设县级部门，编制 10 人，专项经费每年 10 万元。1987 年机构改革时，《格萨尔》办公室降级合并到西藏社科院原语言文学研究所，并取消了专项经费。1997 年机构改革时，随着原语言文学研究所和民族研究所的合并，《格萨尔》办公室划归民族研究所管理，成为民族研究所的一个内设室，对外亦称自治区《格萨尔》研究中心。

西藏《格萨尔》抢救办公室成立之初，国家投入大量人力、财力和物力，为史诗的抢救、保护、整理、出版和研究工作奠定了良好的基础。30 多年来，《格萨尔》抢救办公室做了大量工作：

一是 20 世纪 80 年代开展大面积的艺人普查工作，对西藏范围内的重点说唱艺人及其唱本进行了录音、整理和出版。了解和掌握艺人的现状，记录艺人口头说唱本是《格萨尔》抢救工作的重中之重，在当时是一项非常急迫的工作。20 世纪 80 年代初，自治区人民政府投入大量资金，先后 20 余次派人到《格萨尔》史诗流传比较广泛的地区，进行了大规模的民间艺人普查，《格萨尔》史诗旧版本搜集以及有关传说、实物等抢救工作。经过这一阶段的工作，工作组先后共寻访到能说唱 10 部以上《格萨尔》史诗的民间艺人 57 名。根据“择优择缺”原则，按照“优先为老艺人录音”的指导思想，《格萨尔》抢救办公室进行了深入细致的录音整理工作。目前，西藏社会科学院已完成录制 100 多部《格萨尔》艺人说唱本，整理磁带 5000 多盘，笔录成文 90 部，《格萨尔》抢救工作的进度和质量均走在了全国各省（区）前列。

二是《格萨尔》旧版本及实物的登记和抢救取得历史性突破。过去，与《格萨尔》史诗相关的实物及旧版本零散地保存在民间，这些资料不仅从来无人问津，还极易损坏和丢失。在普查寻访艺人的同时，抢救办公室对这些有关《格萨尔》史诗的实物进行全面普查和鉴定，对其中具有一定历史价值和艺术价值的珍贵文物进行抢救和保护。这是《格萨尔》抢救工作的重要组成部分，对于史诗的全面研究具有不可替代的重要作用。随着工作的深入开展，西藏全区先后搜集和发现 50 多种与《格萨尔》史诗有关的民间人物传说和 10 件实物，搜集到 74 部 55 种《格萨尔》史诗旧版本和旧手抄本，整理出版《格萨尔》旧版本 32 部。

三是 2000 年之后启动了抢救、整理、编辑和出版《〈格萨尔〉艺人桑珠说唱本》的文化工程。桑珠（1922—2011）是杰出的《格萨尔》说唱艺人，也是一位被人津津乐道的奇人，他目不识丁，却能说唱 50 万诗行。这是藏民族独有的一个文化现象，“桑珠现象”可以说在全世界都绝无仅有。桑珠是西藏丁青县人。他在旧西藏和其他很多说唱艺人一样云游四方，以说唱《格萨尔》史诗为生，过着牛马般的乞丐生活。西藏和平解放后，他和百万农奴一起翻身获得新生，在拉萨市墨竹工卡县尼玛江热乡定居落户，建立了自己的家庭。1984 年，桑珠和其他十余名民间艺人一起受聘于西藏社会科学院，并与他们合作抢救说唱故事。桑珠艺人极富说唱天赋，说唱从不人云亦云，对《格萨尔》史诗有着自己透彻的认识和独特的见解。1991年，他被国家民委、文化部、中国文联、中国社会科学院四部委联合授予“《格萨尔》说唱家”称号。而后，他又被授予“国家级非物质文化遗产项目代表性传承人”，并被学术界誉为“语言大师”和“国宝级人才”。目前，藏文本的《〈格萨尔〉艺人桑珠说唱本》丛书45部（48本）经整理、编校人员的艰辛劳动，现已基本整理和出版完毕。这套丛书的问世，不仅创造了世界史诗领域个体艺人说唱史诗最长的记录，而且填补了迄今还没有整理和出版过单个艺人全套《格萨尔》说唱本的历史空白。若按平均每部（本）10000多诗行计算，这套丛书的诗行总数将超过520000，大大超过了《摩诃婆罗多》的207000诗行，创造了世界史诗文本新的吉尼斯纪录。2011年2月16日，桑珠老人不幸去世，这是《格萨尔》抢救保护工作的重大损失。我们只有加倍地努力，继续做好这项工作，才不辜负老人的期望，不辜负人民的期望。

三

翻译是语际交流和沟通的桥梁，是传播民族文化、促进文化交流的重要途径。历史上，西藏地方通过翻译佛教、医药、天文历算等书籍[1]与祖国

1　松赞干布时，从古印度翻译《十二缘起》《六日轮转》等占卜理算书籍；又如《松赞干布遗教》说，“法王松赞干布在位之时，从印度迎请鸠摩罗大师，由吞弥·桑布扎为他担任翻译，译出《阿毗达摩藏》的广、中、略三种写本；又迎请尼泊尔的锡拉曼殊大师，由尼泊尔妃赤尊公主担任翻译，译出《经藏》《华严经》《观世音菩萨经咒》等；又迎请印度的婆罗门夏迦罗，由阿札雅达摩郭夏担任翻译，译出《律藏》《迦陵迦光明律》《止雅经咒》等；又从汉地迎请和尚摩诃衍那大师，由汉妃公主和拉隆多吉贝担任翻译，译出众多汉地历算及医药之书籍”。赤德祖赞时，汉族人格谢哇翻译了《金光明经》《业缘智慧经》，比吉赞巴锡拉翻译了许多医药书籍。赤松德赞时，有所谓“译师六试人”出现，他们是努布·南喀宁布、孜·嘉哇洛追、如贡·比雅热扎、突厥吾比夏、朗·贝吉僧格、杰·古古热扎，他们翻译了许多密咒部的经续。达仓宗巴·班觉桑布著，陈庆英译：《汉藏史集》，西藏人民出版社，1986年，第87、89、95、99页。

内地及周边国家和地区保持了密切的文化联系[1]，丰富了西藏地方文化的结构体系和内容，也为藏文化的翻译积累了历史经验。《格萨尔》史诗是当今世界第一长诗，尽快完成从口头文学到文字文学的转化，尽快完成藏文本到汉译本及其他文字译本的转化，是一件功在当代、利在千秋的大好事，是中华民族对世界文化宝库所作出的重要贡献之一，推动了中华文化走向世界，同时也是我们有力回击和反驳达赖分裂主义集团和西方敌对势力长期恶毒攻击“西藏传统文化毁灭论”的现实需要。因此，抓紧实施《格萨尔》史诗系列丛书的翻译工程任务十分紧迫，做好这项工作具有重大的现实意义和深远的历史意义。

第一，形成丰硕的《格萨尔》翻译成果，有利于用事实说话，有力驳斥达赖集团的“西藏传统文化毁灭论”。西藏和平解放后，西藏虽然摆脱了帝国主义势力的羁绊，但 1959 年达赖集团叛逃以后，在西方敌对势力的支持下，长期在国内外从事针对西藏的分裂破坏活动。从国际大形势看，西方反华势力和达赖集团在西藏历史问题上一直歪曲事实，制造谎言，尤其是在文化上鼓吹“西藏传统文化毁灭论”，蒙蔽世界舆论，欺骗了不少不明真相的人士。在文化工作上，我们需要与其展开针锋相对的斗争，开展重大文化工程，以文化保护与创造成果的事实揭示谎言，廓清迷雾，以正本清源。从这种意义上讲，我们开展《格萨尔》藏译汉工程的任务就显得刻不容缓。《〈格萨尔〉艺人桑珠说唱本》汉译丛书的出版，不仅有助于鼓舞西藏人民推动文化大发展大繁荣的巨大热情，而且还将进一步促进

1　元代中央政府集合官员及西藏、北庭、汉地和印度僧人对汉藏佛教经典进行勘同、分类、纠误和拾遗，最后编写出了一部藏汉对勘的佛教大藏经目录——《至元法宝勘同总录》。苏晋仁：《藏汉佛教学者团结合作的盛举——纪念佛经对勘七百周年》，载《西藏研究》1985 年第 4 期，第 37—47 页。自元以来，《大藏经》曾被译成蒙文、汉文、满文等多种文字，促进了佛教文化的传播和交流。如，元大德（1297—1307）年间，在萨迦派喇嘛法光的主持下，由西藏、蒙古、回鹘和汉地僧众将藏文《大藏经》译为蒙文，在西藏地区雕造刷印。又如，金代民间劝募的《赵城金藏》，1959 年 9 月在西藏萨迦寺北寺图书馆发现 31 种、559 卷卷轴式装帧木刻印本佛经，其编次和《赵城金藏》完全一致，从版式、字体和刻工等方面判断，基本上可以肯定是《赵城金藏》输版入燕京后的补雕印本。

民族文化的传播与交流，有力地粉碎达赖集团和西方反华势力鼓吹“西藏传统文化毁灭论”的无耻谎言，在国际视听中匡正言论，维护西藏地方之于中国的无可争辩的主权，维护西藏社会稳定和民族团结，是一项具有重要政治意义的文化工程。

第二，开展《格萨尔》汉译工程，有利于弘扬西藏优秀传统文化的传承体系，建设好中华民族特色文化保护地，促进西藏的文化认同。2014 年 9 月，习近平总书记在中央民族工作会议上特别强调：“繁荣发展各民族文化，要在增强对中华文化认同的基础上来做，对本民族历史坚持正确的观点，不能本末倒置。”这对于我们开展《格萨尔》藏译汉项目、繁荣和发展西藏优秀传统文化，提供了正确的工作方向和有力的理论指导。习近平总书记还讲到：“加强中华民族大团结，长远和根本的是增强文化认同，建设各民族共有精神家园，积极培育中华民族共同体意识。文化认同是最深层次的认同，是民族团结之根、民族和睦之魂。文化认同解决了，对伟大祖国、对中华民族、对中国特色社会主义道路的认同才能巩固。”[1]2015 年 8 月，习近平总书记在中央第六次西藏工作座谈会上指出：“必须全面正确贯彻党的民族政策和宗教政策，加强民族团结，不断增进各族群众对伟大祖国、中华民族、中华文化、中国共产党、中国特色社会主义的认同。”要想把《格萨尔》变成中华民族共同的精神财富，进而成为全人类的共同财富，就需要通过翻译，而做好汉译本的翻译，是至关重要的。可以说，开展《格萨尔》藏译汉项目，有利于将藏民族千百年来世代传唱的英雄史诗翻译成国家通用语言文字，使之传播于全国乃至全世界，有助于增强西藏各族人民对于中华民族的文化认同，进而增强各族群众对伟大祖国、中华民族、中华文化、中国共产党、中国特色社会主义的认同。

第三，开展《格萨尔》汉译工程，有利于推动西藏文化大发展大繁荣，

1　习近平：《在中央民族工作会议上的讲话》，2014 年 9 月 28 日。

促进西藏哲学社会科学和藏学研究事业。作为民间文学，特别是具有世界级重要成果的《格萨尔》是藏学研究的重要领域之一，对其进行系统整理和翻译，对于繁荣发展我国哲学社会科学和藏学研究事业将发挥积极作用。藏学的故乡在中国，西藏是藏学研究的发祥地，藏学的旗帜理应由我们高高举起。然而，长期以来在藏学研究上“西强我弱”的被动局面始终没有被根本扭转，给我们的涉藏外事外宣工作带来了诸多麻烦。西方反华势力和达赖分裂主义集团企图长期把国际藏学研究当成阻止中国前进步伐的工具，现行的国际藏学学术研讨会，时常由国外研究机构操作，反华势力幕后插手，明确设置我国参会人员的资格、论文评定等学术“门槛”，企图把持我国涉藏外宣在国际舆论舞台上的话语权。积极主动改变这种不利的被动局面，已成为当前藏学工作迫在眉睫、势在必行的大事。我们开展《格萨尔》翻译工作，将是瞄准这一方向的有益文化工程。有一次，时任中央外宣办副主任的崔玉英同志曾与我交流涉藏外宣问题，她鼓励我们将来把藏族英雄史诗《格萨尔》翻译成外文，将其拿到国际藏学研讨会上和涉藏外宣活动中，这是对我们继续开展好《格萨尔》传承工作的莫大鼓励和鞭策。

第四，我们有能力、有信心、也有勇气做好《格萨尔》翻译工程。中华人民共和国成立后，党和政府高度重视《格萨尔》史诗的抢救、整理、保护、出版和翻译等工作，经过30多年的艰苦努力，该项工作取得了令人振奋的丰硕成果。然而，整理出版的《格萨尔》文本绝大多数是藏文书籍，能够阅读原文的人很少，更不必说概知其全貌。与此同时，现实中的《格萨尔》译本屈指可数，根本不能反映全传的完整面貌，让这部世界级的民族史诗埋没于世实在可惜。这种严酷的现实告诉我们，必须下大决心攻坚克难，及时启动《格萨尔》史诗的翻译工程。经过几年的努力翻译，我们这套《〈格萨尔〉艺人桑珠说唱本》汉译丛书即将与世人见面，可以使全国各族群众都有机会了解《格萨尔》史诗，实现了我国政府向联合国教科文组织申报世界遗产时许下的“要在几年内让《格萨尔》工作取得显著成效”的承诺，又能以此丰富中华民族的文化宝库，为实现中华民族伟大复兴的中国梦提供文化智力支持。

四

翻译工程必须遵循翻译标准，实施精品战略。中国的翻译理论和实践在世界上有显著的地位。《格萨尔》藏译汉项目是西藏自治区重大文化工程，为了保证翻译工程的质量，项目领导小组办公室专门制定了《翻译要则》，统一了名词术语。在项目开展中，要求项目参与人员树立精品意识，实施精品战略，将“科学本”与“文学本”相统一，力求达到艺术翻译的高度，使《格萨尔》汉译本成为经得起时间和实践的检验、经得起人民群众的检验、经得起国内外专家学者的检验的典范之作。在质量上，译文总体上遵守“信、达、雅”相统一的原则，以信为本，遵实崇本，雅不背信，辞尚体要。同时，忠实于原作的内容、形式和风格，保持译文的真实性、文学性和文化性，充分展现《格萨尔》史诗所蕴含的文化内容和民族地域特色。在技术上，译文总体上遵守原则性和灵活性相统一的原则，韵散结合，直译与意译相结合，坚持真实性，把握文学性，体现时代性和文化性及民族、地域特色。

当然，《格萨尔》史诗是一门内容丰富的学科，它包罗万象，错综复杂，涉及政治、军事、历史、地理、民俗、宗教、语言（方言、词汇）、文化等各个方面，在研究和翻译过程中也会遇到各种各样的困难。可以说，系统地翻译一整套《格萨尔》史诗丛书，我们没有可供借鉴的有用经验，只能摸着石头过河，慢慢地去研究和探索。对于我们自身而言，整部地翻译《格萨尔》史诗故事，要求译者既要专精，又要博通，而事实上对于每部史诗故事的翻译，又必须经历一个初译、译校、编校、再校的反复过程，一个人很难独立完成全部的工作内容。尽管如此，我们并不回避这些困难，有些时候还将课题组的参与人员集中起来进行统稿和研讨，尽量达成基本统一的意见，诸如《〈格萨尔〉藏译汉项目规范术语》（样本）就是这样反复琢磨出来的。我们付出了艰辛的努力，这项工程基本已经完成了，然而我们却越来越感到翻译工作的艰难，项目开展中有许多问题还值得深入研究和完善解决。即使丛书得以出版，其中依然会存在这样或那样的不足甚至错误，希望广大读者和专家批评指正，以便我们以后有机会进一步修改、补充、完善和提高。

在《〈格萨尔〉艺人桑珠说唱本》汉译丛书即将出版之际，我们衷心感谢自治区党委政府对这项重大文化工程的高度重视以及在财力、物力等方面给予的大力支持和关心。同时，还要感谢自治区社科院几届领导，长期从事《格萨尔》抢救、录音、整理的科研人员的大力支持和辛勤劳动，感谢中国社会科学院民族文学研究所及全国《格萨尔》工作领导小组办公室、西藏大学、自治区档案馆、自治区电视台、布达拉宫管理处、西北民族大学《格萨尔》研究院、青海省文联等相关部门专家学者的鼎力帮助。正是在多部门的专家学者的通力合作下，才如期圆满地完成了这项文化工程。

2015 年 12 月

于拉萨

内容梗概

话说此前藏区与汉地一直保持着友好的商贸关系，相互销售着当地的特产和商品，互惠互利。有一次，岭国本巴部落的一支商队从汉地收购茶叶、布料、甜食等各种商品回岭国途中，驮队遭遇木雅土匪劫掠，许多成员惨遭杀害。于是，岭国和木雅双方从此开始了长达两年的木岭大战 。岭国大将扎拉泽杰和达戎维玛等人依照神子格萨尔王的懿旨，攻破木雅各座城堡，占领木雅土地，将木雅玉则国王降伏，从此木雅成岭的属国。

一

喃索第——祝愿吉祥!

妙语自在文殊菩萨尊,

智慧博文妙音天女美,

祥瑞四组梵天执宝库,

各方天神事迹满天下。

且说世界雄狮大王格萨尔,享誉世间之战神威玛的主人、天神之子闻喜、大神白梵天王之子投身人间,诞生于下玛域的玉隆松都地区。当时觉如年幼,他们孤儿寡母被世人讥笑凌辱,戏称"贱母产贱子,觉如食地鼠,地鼠遭灭绝"。觉如十三岁那年,根据天神授记和占星所显示的时机,花岭部落举行赛马大会,众英雄参赛争夺王位。觉如力排众敌,轻松夺魁,被授位花岭部国王。十五岁时,他以百步穿杨之技射杀了北方铁角九顶城城主魔王鲁赞。尔后,霍岭大战之时,霍尔国十二万大军讨伐岭国,烧杀劫掠。富饶的岭国犹如被霜打的庄稼地,城堡遭摧,财物被掠空,炉灶被踏平,美丽的王妃珠姆被劫,英勇的嘉察霞嘎被刺杀,霍尔国赢得全胜。不过,九年后格萨尔王单枪匹马闯霍尔国降伏白帐王。其后,格萨尔王相继毒死姜萨丹王,射杀门隅辛赤王,掠大食财宝,夺拉达克水晶宗,开采象雄国珍珠矿,降伏阿扎国天珠宗、其日国珊瑚宗、卡切国玉宗、泥婆罗青铜宗、朱古盔甲宗、蒙古马宗、汉地茶宗等。

那时中岭文布部落十位大客商带着商队,将汉地茶砖引进上部卫藏,岭部落从中赚取丰厚利润,藏汉间架起一座商业的桥梁。此间,十位客商和五十多位伙计购买了茶叶、绸缎、糖果等大量货物，用五百匹驮马驮骡运往藏地。木雅塔杰琼郭听闻在丽尺擦唐地区驻扎着岭国庞大的商队后，便决定当月十九日午夜，东方山顶月亮升起之时劫杀岭国商队。

木雅匪首仁青塔杰、黑日嘎杰、南巴嘎杰三人各领百余骑兵，夜袭岭国商队，杀死了三位商人和二十五名伙计，劫掠茶叶、金银、绸缎等所有骡马所驮财物，余下的七位商人和二十五名伙计被抓到木雅丽尺擦唐宗红山的监狱中。他们衣不遮体，食不果腹地度过了三个多月后，寨主等人开始轮番审讯他们。寨主等人派遣五名仆人到商队首领尼玛维色、达瓦嘎坚、顿珠索南三人处，对他们严刑拷打，将其鼻子割去，其余众商人和伙计被割去左耳，在污秽言语的辱骂声中被遣回故地。商人和伙计们在十二月二十六日抵达岭国，向总管王禀报途中所遇诸事，将岭国的大量财宝和无数生命是如何被木雅劫掠抢杀的过程悉数告知总管王。

总管王说："汉藏间这座商业桥梁是岭国迎娶嘉萨拉嘎，诞下嘉擦霞嘎之日建立的。从那天起汉藏商贸往来频繁，路人从未设障烧杀劫掠。此次木雅人杀我客商、劫我财物之事，若不向雄狮大王禀报，也不知何时能做裁断。"于是总管王写下一封书信后，召集司膳朗杰多吉、顶增夏巴等五人前来商议，并派遣多吉扎巴将书信送往雄狮大王座前。

此时雄狮大王正在闭关静修三摩地。待遣使向佣人米琼、玉杰、青昂三人说明来意后，他们向雄狮大王呈献了总管王的书信。大王看完信将多吉扎巴叫到座前，写下一份手谕交给他，命令岭国上中下三部在二十七日之内会师玛域草原，商讨军政大事，并把多吉扎巴遣返到总管王处。于是总管王依照大王旨意向岭国上中下三部和四面八方的驻军派遣信使，严令在二十七日之内会师玛域。

五月十三日那天在莲花玉滩、祈愿广场、上座岭天神部落聚居地玛岱雅达塘的四个山头，即虎头山、豹头山、熊头山和骡头山这四座山上点燃了祭祀天神、鲁神、年神和战神的桑烟，各路英雄从四面八方赶来，聚集此地。草原上架设了内无需柱子而能空性自立，外不用帐绳有天然空行虹绳的白色千人神帐。同时一顶顶小帐如“擦擦”排列，又如草地上盛开的鲜花，如盛夏喷涌的泉水，灿烂斑驳、光辉闪烁，宛如五色彩虹当空照耀般。烟云使天空丛云密布，烧茶的蒸汽似云雾缭绕，涌动的人群如天空闪烁的繁星。

此刻，人们即便不进食物也有饱足感，不穿衣裳也有温暖感，数十万匹脚劲轻盈、四蹄抖动、两耳竖直、欲速疾驰的马驹集聚此处。骑兵如冰雹，步兵像暴风雪，那景象犹如天空大雪纷飞、大地万物重生一般。上岭赛巴八部、中岭文布六部、下岭穆江四部、噶巴仁青六部、丹玛十二部、琼布黑白黄三部、贡觉黑白阿拉、德格河阴河阳、芒康岭青部落、扎雅霍青部落、昌都美杰七部落、囊谦六部等部众聚集在白色千人神帐之内。在九十九级排列座次中，首席是天神上师的金座，依次排序着的是将领的银座、玛瑙座、猫眼石座、檀香座等。神帐上排是上师与首领的衬垫，中排是叔父英雄们的衬垫，下一排则是姑嫂们的坐褥。

众人按自己的地位次序入座后，谁也不清楚此番大军会师玛域的真正缘由，众人各自思量着。片刻后，雄狮大王格萨尔缓缓步入帐中端坐在金座上，跟在其后的总管王戎擦查根坐在右边的白檀香宝座上，叔王超同坐在紫檀座上。同时各路英雄依次在银座、玛瑙座、猫眼石座、绸缎座和绸缎衬垫上入座。这时，雄狮大王诺布占堆说道：“此番召集各部落英雄和将领会师玛域，归根结底只为行军打仗之事。”说完用威光征服大众之曲调唱起：

唵嘛呢叭咪吽！

歌唱阿拉上师仁波切，

法身报身和化身三尊，

修行三身请加持于我。

幸福安乐欢歌唱不尽，
天神和上师举办法会，
官员和首领开设法庭，
叔父和兄长聚集论道，
姑嫂和婶姨酿酒办宴，
青壮男子齐聚射击场，
策马驰骋又比赛箭术。
少女们聚头谈婚论嫁，
战士准备粮草去行军，
凯旋回营携带战利品，
货物和珍宝藏满库房。

十项完满的福泽之地，
祈愿法身能护佑社稷，
祈愿报身能利他众生，
祈愿化身能灌顶加持。

塔拉终能指引解脱道，
无信仰的孽障为其一，
无法度欺诈者为其二，
无知的浪荡儿为其三，

背盟弃信之徒为其四，
凡事无动于衷者为五，
遇事造孽积恶为其六。
轮回三界的六道众生，
吟诵六字真言常忏悔，
赢得洁净虹化的光身，
最终成就伟大的事业。

咯咯咯嗦嗦嗦唤天神，
倘若不大声喊咯咯咯，
天神仿佛耳聋又失聪；
倘若不高调喊三声嗦，
天尊仿佛也无动于衷。
呼咯咯索索召唤天神，
敬请各路神仙靠近我，
打通脉风融入我体内。
若对世间三神不祈祷，
向谁托庇又谁做怙主？
故而祈求天神护佑我，
为我赐福莫让神掉离。
人身脉风之乘自明处，

无需召唤天神请驾临，
不需奏请将我铭记心。

古人谚语说得非常好：
天空不得不自然亮堂，
因为太阳悬空照耀了；
黑鸟乌鸦不得不疯掉，
因为布谷鸟儿唱歌了；
天空不得不下起暴雨，
因为蒸汽云雾绕空中。

邀请天神鲁神来相助，
只为制伏妖魔与鬼怪。
倘若不识这里啥地方，
白岭玛域大地之坛城，
见者皆喜的岭国草原，
是汉地商人必经之路，
藏地商户的歇脚地儿。

倘若不识我是何许人，
前半生被称无赖觉如，

是下玛域地鼠的克星，
窘迫无奈之下杀地鼠。
没有牛羊牲畜与财物，
更无城堡住所与耕地，
甚至一件遮体的衣裳，
一顶遮阳挡雨的帽子，
一双保护赤足的鞋子，
对于我都是痴心妄想。
食地鼠的觉如与果萨，
前无父系家族的扶持，
后无母系亲眷的援助，
没有兄弟手足施衣物，
我与魔鬼罗刹同居住。
有人参果便有了食物，
若无人参果便无吃食，
那是我们唯一的财富。
中间称为制敌大将军，
到过魔国的某些地方，
做了些许利他众生事。
因为命中注定的厄运，
本该修行佛法的喇嘛，

近修正法抛弃于一边，
游历异地他乡讨生活，
放弃悲心爱护寻敌手，
战袍盔甲穿戴在身上，
螺弓藏于裙摆的底下，
法衣下面佩带着宝剑，
口中吟诵着六字真言，
心中贪婪财物吃素斋，
恶性滔天来世赎不完。
无耻自称三界之首领，
居住在那三顶城堡中，
痛斥严令强压着百姓，
美誉称号响彻大地上，
被称白岭国王格萨尔。

众英雄叔父与兄弟们，
业风所致岭国军力强，
珍宝财物衣食等财富，
留给高地藏区作公物。
岭国男儿英雄好汉们，
自穿盔甲佩带兵器后，

远离故乡行军赴异乡，
丢下妻儿老小去打仗，
不惜牺牲生命战沙场。

雄鹰大雕翱翔于苍穹，
并非翼力强劲而有力，
倘若不识鸟禽的飞路，
有被烈风吹散的危险。
夜晚栖息崇山峻岭顶，
并非没有修建鸟巢故，
保护雏雕母鹰众鸟眷。
野狼翻越山梁过九岭，
不为夸耀疾走的本领，
若无觅得肉食喝西风，
无奈此举伤身不充饥，
此等皆为前世之业缘。
大雕在岩石中筑巢穴，
并非只为储存食物故，
是为繁殖后代续子孙，
掌控岩石领地绝妙法，
相互孵育喂食是法则。

就如同白岭天神部落，
父母妻儿老小留故地，
勇赴沙场迎战强大敌，
并非自诩英雄之气概，
只为轮回众生的利益，
多次发愿允诺立誓言。
轮回世间投生为人时，
倘若不依军事开杀戒，
妖魔强敌谁人来制伏？

且听于我岭国众勇士，
就在去年开年之际初，
在白岭国数万部落中，
属于小支系本巴部落，
一支十人组团的商队，
结伴前往汉地做商贸，
成为汉藏两地互通商，
携带货物茶叶和绸缎。
商队到达木雅国之时，
那位木雅王塔杰加布，
虽然不是盗匪的首领，

纵容下属劫杀岭商队，
恶贯满盈凶手无赖众，
某些尚未伏法受惩处。
强盗里外三层围商队，
洗劫本巴部落的财物，
二十八位壮汉被屠杀，
抢劫骡马驮畜五百匹。
岭商队阿雅尼玛坚赞，
和白如尼玛坚赞俩人，
皆为商团队伍的首领，
美名享誉经商同行中。
此次木雅盗匪割其耳，
明亮双目双双被刺瞎，
能说会道巧舌被割去。
对富足白岭天神部落，
用尽污秽讽刺之言语，
耻辱唾骂传遍多康后，
才将商队首领众伙计，
遣返少数回至岭部落。

白岭部落英雄叔父们，

首领将军以及队长等，
我部敌人此起彼伏之，
魔障灾祸难容大地上，
仿佛招手迎接着我们。
今朝天年寅虎的时刻，
犹如猛虎卧伏于洞穴，
已到展露斑纹的时机。
白岭叔父男儿众人马，
由于今年命运之所致，
东部木雅强敌气焰高，
已到制伏妖魔的时刻。
依照神谕和喇嘛卦象，
数术士的占卜历算法，
长辈叔父们的判断等，
是否统一准确请思虑。
若是征战时机已成熟，
断然决绝要行军出战。

请竖起双耳听令于我，
并非要讲述严法律令，
而道生活甘苦之根源，
商议计策之拙劣英明。

格萨尔王唱毕，岭国众英雄高昂头颅、双目敏慧、双耳聪颖、面带笑容而略焦急地静听着大王教诲，一致认为大王所言甚是。就在此刻，总管王戎擦查根抬起布满皱纹的脸庞，眨巴着陷入深窝毫无光彩的双眼，吧唧着掉光牙齿而早已坍陷的双唇，并挪动着那赤色的舌头，双手拿起一条黄绸缎擦了擦双眼，慢慢地环顾四周。看他花白的头发如纯白的羔羊皮，佝偻的身躯已如干枯的芭蕉，粗糙的皮肤像羔羊生硬的皮子，双手似老鹫的爪子，双足如猝死野人骨头制成的胫骨号筒。他说："啦嗦！白岭天神众部落，人老不得不唠叨，虽说年轻不听老人言，凡是老人之言不宜听，这是高地藏人的规矩。富足的天神部落，在今日之前，如酥油溶于器皿，如白色头盔戴在头上，如盔旗插在头盔上，如库房藏满宝物，美誉如日月双联围绕四周。白岭部落之大计，犹如大海的波纹，无法预算和估计。但依老朽忧思之虑，并非大王所言无道理，就如佛祖教诲之加持对信徒有帮助才欢喜，贤能官员的政策对部众越有慈心便越完善，父母慈悲教导才能使儿孙善良，虽不能要求做到汇聚此三种善举之要义，但事关重大，老人我无法坐视不管。"说完后，老者颤抖着身体、双手和话音，以慢行长调曲唱道：

唵嘛呢叭咪吽！

歌唱阿拉来祈祷供养，

请求头顶命运神保佑，

护佑思想宝库使不尽。

降服妖魔的司战之神，

用欢乐歌曲进行供养，

用美妙歌声为你赞颂。

双耳惯听漂亮的话语，

双眼爱看美丽的衣裳，
舌头品尝美味的佳肴。
天神上师均依修空性，
实践深奥佛法念慈悲，
心如天空广阔又无边，
语似狮吼洪亮又无碍，
法如大海深邃又无际。
且听众生共需的话语，
上头官员所需是贤臣，
为立法从政公平之需；
百姓大众所需是财富，
集聚财宝为养家糊口；
父母双亲所需是男儿，
聪敏伶俐能养老送终。

今朝天年寅虎的时刻，
天神授记喇嘛的卦象，
数术士的占卜历算等，
白岭叔父兄弟众人马，
东部木雅小国强劲敌，
今年年内必须要降伏。

那么伟大的天神之子，
无知不明是错乱之业，
敬请赎罪给予我宽容。
无知不明混乱轮回中，
众生皆困厄难之大海，
脱离苦难轮回非易事，
自在随意淡定是幸福，
宇宙平安世界也和平。

夏天雨水充足是其一，
花草树木茂盛是其二，
庄稼收成丰足是其三，
如此顺利众生皆安平。
喇嘛雄狮大王格萨尔，
下达道道圣旨的功德，
南瞻部洲得和平安乐，
降伏凶残妖魔的功效，
天神佛祖扬眉又吐气。
如此功勋我等自明之，
上古创造世纪的历史，
如今世道社会的规矩，

将来何去何从之打算，
自己印象中明了清楚。
外部血肉之躯变苍老，
是因世间蕴体的规则，
内在慈悲与悲悯之心，
如母众生的苦难厄运，
在我总管王戎擦肩上。
血肉躯体虽然不相同，
轮回众生皆为父母亲，
归根结底自食己血肉，
若能判断自残己生命。
毁坏誓言的黑暗妖魔，
是六道轮回众生公敌，
白岭部落的命中之敌。

制敌要在时机成熟时，
且有古人谚语如此说：
倘若火苗小时不扑灭，
星火燎原唯恐烧山头；
天未下雨之时筑堤坝，
否则洪水定能淹土地；

制伏敌人趁在弱小时，
否则王位政权被夺取，
如此既是道理又准确。

富足的白岭天神部落，
虽然降伏了四方妖魔，
好比富户人家的女佣，
繁琐家务永远干不完。
位于大山后方的白鹿，
从无驻足停蹄悠闲时，
飞流直下的巨大瀑布，
绝不会断然截流干枯。
南瞻部洲和平的故乡，
若有敌人则无法安宁。
岭国四周人悉地也熟，
财物彼夺此抢时而有，
官位高低之间有纠纷，
时有骚乱绝无永安宁。
花岭起兵妖魔的灾难，
胸无善良悲悯之慈心，
东部强盗木雅塔杰他，

并非英勇善战无人敌，
强权暴力严令不得从。
善于计谋判断能力强，
阴险奸诈精于算计人，
东部木雅统属于西宁。

无需弓箭兵器有圈环，
二十支能言神箭待发，
发射之声如巨石滚落，
无论射程远近无虚发，
发射利箭无人能够敌。
犹如铁造的白色良驹，
平坦大道之上显脚劲。
勇猛无敌的木雅部众，
食物财宝牲畜很充裕，
凶残好战堪比活阎罗。

本月春日白昼漫长时，
岭国将领行军去打仗，
此时嫩草发芽树木盛，
蝴蝶飞舞昆虫在鸣叫，

如此时刻行军最适宜。
出征将领守城各多少，
去留兵数大王自明之。
岭国叔父英雄请商议，
财宝珍贵理应去追赔，
老朽不才愿意赴沙场，
可以进献策略与计谋。
青壮少年英雄好汉们，
展露勇猛时刻已到来，
绝无去与不去之说法。
骏马本该背着金鞍跑，
好汉腰束三械赴战场，
正当十六妙龄的姑娘，
梳起发辫做出嫁准备。
如此白岭英雄好汉们，
且莫放松做行军准备，
战马良驹精心饲养好，
男儿盔甲兵刃重打造。

听取了此言意味深长，
未听得表明耳聋失聪。

总管王唱完，岭国众勇士异口同声地说："啦嗦！"便各自散去。十五天间众人在玛域地区赛马射箭，举行了盛大的聚会。那月二十日后便立春，布谷鸟在松柏枝头欢叫着，水草长势茂盛，牛羊肥壮，牛奶、酸奶等白食如渠水潺流。在神清气爽的季节里，雄狮大王颁布指令，要求上岭、中岭、下岭、嘎、珠、丹玛、德格、贡觉、扎雅、芒康、昌都、琼布、囊谦六部落、霍尔部落红黑十二族、南部门氏族、大食、卡切等的兵马必须在三月之内相聚玛域滩。

三个半月后，依雄狮大王的旨意，四方的将领、首领和队长们带领各自兵马已聚集玛域草原。各式各样的大帐篷如高山排序般扎在草原上，花花绿绿的各色帐篷布满草原，仿佛彩虹照耀天空。白色千人神帐中，大家按等级次序排列就坐后，等候雄狮大王的指令。此刻右排首席银座上那位非人似雄狮、如雄狮傲视于雪山般、如绿鬃茂密油亮的狮崽般的天神之子扎拉泽杰，宣布此次战役的将军和军师人选，安排战略战术。他以青龙降雨之曲唱道：

唵嘛呢叭咪吽！
阿拉唱在歌曲的开头，
塔拉唱在西方极乐界。

大王的旨意有三句话，
倘若不用曲调来演唱，
后世有道轮回之藏地，
难以做到流芳至百世。
不敬天神鲁神与年神，

再无神明祖护照拂你，
上师本尊和佛祖三尊，
是三众生的根本要义，
敬请赐予我善良成就。

倘若不识这里啥地方，
玛域滩莲花盛开之地，
玛隆达隆和蔡隆三谷，
如敞开大门的三山谷；
玛塘达塘和蔡塘三滩，
犹如三条毛毡铺大地；
玛曲达曲和蔡曲三江，
三江看似编织的发辫。

还有世间三种如发辫，
天竺佛教正法为其一，
汉地严令法度为其二，
藏地佛法戒规为其三，
此三亦如编织的发辫。
这岭国玛域岱雅达塘，
是行军打仗的扎营地，

是夸耀显摆的根本地，
是共商大计的保家地，
是亲朋故人的欢聚地，
是喜怒哀乐的相诉地，
是唱歌跳舞的欢乐地，
是赛马射箭的竞技场。
如毛毡的四方土地上，
容纳千人白色神帐中，
有上岭中岭和下岭人，
我乃下岭部落的王子，
名称被唤作扎拉泽杰，
是统领岭军马的将军。

那么富足的天神部落，
就在去年年初的时候，
岭国本巴部落的商队，
伙计大约有五十多名，
赶着骡马驮畜五百匹，
携带金银绸缎和珍宝，
被无耻强盗劫所有财。
在东部木雅的土地上，

没被法律制伏的盗贼，
未在鞍下驯服的野驴，
那木雅国王木雅塔杰，
他的背后靠山胆量大，
是汉地西宁在扶持着。

古人谚语说得如此好：
理屈词穷姑娘的马嘴，
莫要乱言紧闭自持之，
脱离村落生活难维持；
恬不知耻盗匪的靠山，
位高权重官员也难当，
起诉到法庭时必获罪；
毫无勇猛匹夫的靠山，
力大无穷巨人勿充当，
英雄狭路相逢难活命；
贪婪势利木雅小国王，
藏、汉、蒙三地法律，
依法治理方式尽相同。
那位理屈的无赖盗贼，
毫无头人首领的品性。

白岭部落各自队伍中，
挑选一千支精兵强将，
其余远途边缘部落中，
再选出五六百名军士。
头无顶冠足无着履者，
并非是我白岭部落人。
本王子叔父雄狮大王，
具备预知未来的神通，
幻化神出如彩虹照耀，
神通法力似龙卷狂风。
接下来是长辈叔父们，
僧伦、总管王、超同，
尼宗拉普达雅为其一，
嘉洛顿巴坚赞为其二，
米谦嘉瓦隆智等长者，
达八十高龄的长辈们，
此次留守营地不出征。

军队统领指挥我充当，
岭国大中小三部落中，
各自选来一千支精兵；

嘎、珠、德三个部落，
贡觉和阿拉黑白部落，
德格杂多和杂麦曲拉，
下江达等各部落之中，
也选一千支精兵强将；
同时芒康琼布和囊谦，
各部将领旗下招一千；
外部盟邦阿扎和其日，
蒙古、和田、泥婆罗，
霍尔部落与黑色魔国，
藏地门巴戎巴工布等，
各带精兵五到六百人。

军需口粮依照路程算，
肥膘骏马良驹凑一起，
强壮健硕男子排列齐。
就在本月十三日那天，
从玛域岱雅达塘启程。
必须遵守行军的法令，
尚未到达木雅国之前，
对途中小国的老百姓，

不许用污秽言语侮辱，
不得嬉戏打闹开玩笑，
不可吵骂打架滋生事，
不能偷盗赌博和欺诈，
哪怕一针一线不得拿，
不可以掠夺任何财物，
此乃岭国行军的法令，
违规者定依军法处置。

军队到达木雅边境时，
首领、头人和将军们，
有何指令计策和安排，
请竖耳朵聆听军鼓声，
军事大会且听海螺声。
沙场挥剑射击矛刺等，
猛击军鼓之时斗兵器，
策马疾驰之时松缰绳，
白海螺频频吹响之时，
射出的利箭如下冰雹，
挥舞的宝剑像暴风雨，
如此等等是战争兵法。

自今日之起二十天内，
准备军械且整装待发，
头盔军甲旗帜均换新，
生铁环扣皮弦也换新，
莫要怕死贪生吓出声。

听得懂在座诸位体会，
倘若有错意请您谅解，
如觉得是空话我忏悔。

扎拉泽杰唱罢，将行军的法令和战略战术等一一做了详细部署后，岭国的叔伯兄弟、勇士、首领、万户、千户、百户等将领回去做好准备，等待出征。尔后，举办盛大的宴会，众英雄射箭、赛马，无不欢乐。十三日清晨，战马披上了战甲，众将士身穿战甲，头戴盔帽，腰束各式兵器。这时各式头盔如天上繁星闪烁，各色靴子如草原鲜花盛开，各样盔甲如山头草木茂密，各种语言如天空飞禽，各色旗帜如空中彩虹。那天举行了盛大的煨桑仪式，天空中桑烟弥漫，大地旗帜飘摇，各自家中亲眷、朋友、兄弟和妻子儿女等给远征的将士们进献茶、酒、哈达，并为他们诵经祈福，嘱托他们一路保重，早日凯旋归来。

那时浓重的桑烟中的人们几乎看不到彼此，吟诵皈依经的祈祷之声如轰隆的雷声般响彻天空，战马的嘶声与铁蹄声以及向天神、年神、鲁神的祈祷声响中，谁也听不到谁说话，那场面乱哄哄、吵嚷嚷的，仿佛是南风向北飘逸、天降甘露、大地万物生长一般。

岭国兵马依照指令准备动身的时候，岭国的姑嫂、姨娘、姑娘们一一前来为将士们壮行。有格萨尔王的母亲果萨拉姆、嘉萨拉嘎卓玛、梅萨拉叶绷吉、戎萨尼玛曲珍、门萨梅朵拉孜、白帐王之女贡措、大食姑娘尼吉、藏北姑娘阿卓，此外还有岭上中下三部的姑嫂丹玛之女玉珍、超同之女查吉、斯戎之女尼吉、卓罗之女白嘎拉措、尼琼、嘎嘉洛森姜珠姆等被十三位女仆簇拥着前来。她们在绿松石点缀的发辫上簪着用珊瑚雕刻的花朵，身穿绫罗绸缎，端起金樽银樽一列列排序着，左右两边是佩戴金银首饰、说话像百灵鸟般动听、脚步轻盈如空行母翩翩起舞的姑娘们。她们双手捧着金壶、银壶、哈达、鲜茶、美酒、新鲜的牛奶等。

那人群中尤其是格萨尔王妃嘎嘉洛森姜珠姆真是美艳绝顶，她在发辫上戴着六种绿松石、六种珊瑚、六种珍珠的头饰，额发顶上戴着白海螺，辫套上簪着三颗大玉石，即奶白大条纹的白玉、金黄色的紫玉和火焰赤色的红玉，另外还有角形的珊瑚、艳红如血的珊瑚、莲花状珊瑚、白色琥珀等各种珊瑚和绿松石佩戴在一起，又有珍珠、天珠、玛瑙、琥珀、青白玛瑙等宝物戴在头上，就像春天的草原上盛开着各色花朵。那些宝物到底价值多少，谁也不敢确定。嘉洛森姜珠姆的一条发辫值一百匹骏马、一百头犏牛、一百头骡子，如白藤般婀娜的身上穿着绸缎衣裳，边上镶着水獭皮，虎皮缝在围裙的裙带角，九十九处衣角边用金线刺绣。她这样美艳动人的打扮，左走一步值百匹骏马，右走一步值百匹骡子，脚步轻盈如空行母舞动，皮肤白里透红，如雪山上的火焰，如湖中燃起大火，微笑之时红口如涂黄丹，三十颗白牙如白海螺排列着，双目如璀璨的启明星，双眉如弯月。为了看到她的脸，就算是天神和得道高僧也会侧目，官员宁愿权势锐减，男子看到她会怦然动心，女人见到她嫉妒的怒火会焚烧胸腔。她被十五位美丽的少女簇拥着，手持洁白的哈达，由尼琼和白嘎两个姑娘左右搀扶，走到世界雄狮大王格萨尔面前，向他敬献茶酒。

那雄狮制敌宝大王贴身穿着白缎子的衬衣，身上挂着红黄白三色的缎子，刺有龙凤对视图案的绸缎从右肩系往左臂下，又一条从左肩系到右臂下，刺有斜棂花格、金刚图案的绸缎挂在胸前，还有绣着双龙腾飞、虎狮鹏龙对视、紫黄金鱼对跳、禽王大鹏双飞等图案的绸缎挂在脖子上，像孔雀开屏；身穿如太阳光辉般的披风，披风下穿着聚万金光芒的铠甲，太阳照在那盔甲上仿佛照亮了整个世界；用金线制成的甲绳打结，照亮三界的铜镜挂在胸前如月亮，头盔上插着的彩旗如空行母舞动，五色背旗如天空挂满彩虹。

那幻化的赤兔马疑似白马，比海螺雪白，视作赤驹，如火焰耀眼；那马头如金色太阳照耀；肚带系过马肚子如盛满甘露的宝瓶；双耳如五佛，好比祭祀五部空行母；上身如傲倨的雄狮，雄狮长着绿色鬃毛；马鬃如清澈的江水，江水自天上而来；双鼻如对齐的唢呐，好似山顶太阳升起；上颚如金制利刃，下颚似银造宝刀；黑红色的马舌如红缎翩翩；前腿仿佛呼唤敌人；后腿好像急于驰骋；腰部如鱼儿在水中游动；下身如羚羊跳动，逆向奔跑；马尾如乌云密布，乌云下起雨露；如右旋海螺般的四蹄不断跺敲土地之声如零星的海螺声、如烈风呼啸；其金色马鞍的前鞍桥上镶了金子，后鞍桥镶着银子，如银色月光照耀，鞍身镶着珍珠，如繁星璀璨；如鳄鱼相吻的马镫，镫带用千丝制成，千丝自然下垂，那马镫上刻有火焰图案，那图案中央是星火点点、火焰熊熊、火气烟气缭绕，那团烈火在每一个火焰图案中熊熊燃烧着，仿佛马头明王为首的众护法本尊驾临。

他的装束集天神上师、官员首领、叔父长辈、英雄豪杰、妙龄少女的装扮为一体，另外天神、鲁神、年神等各路神仙的装扮也无一不聚集在他身上，让他显得俊美动人又气宇轩昂。雄狮制敌宝大王上马镫，骑到马背上傲视群雄时，犹如巨龙腾空盘飞；他拿起兵器时，宛如蛟龙长着风火翅膀；他检查兵器利钝之时，如天雷劈大地，如火势蔓延于森林、江河奔流于山谷，就算是冥王见到了也会退缩。他依如此之势骑在马背上面带微笑，这时嘎嘉洛森姜珠姆把洁白的哈达敬献给大王，并敬酒敬茶，同时向天神、鲁神、年神、战神威玛、众护法和空行母等祈祷护佑，以空行预示之曲唱起：

唵嘛呢叭咪吽！

唱起鲁阿拉用来供养，

在头顶的天神宫殿中，

白梵天王帝释天二尊，

今天护佑我森姜珠姆。

天空弥漫的雨雾之中，

五色彩霞照耀铺天路，

五部空行美丽又动人，

五色彩旗闪动飘摇着，

预言授记声半空飘响，

琵琶唢呐声频频吹奏，

长寿三尊请您护佑我。

位于高山峻岭之半腰，

护法神阿尼玛青人王，

是富饶玛域地的主轴，

上部玛域十三位赞神，

中部玛域的九位山神，

切勿散逸助森姜珠姆。

下部海底龙族的世界，

头顶有玉发鬟的少男，

统辖百万水族的兵将，
拥有三百六十位龙仆，
奇异珍宝财富数不尽，
顶宝龙王为首的水族，
妖怪魔鬼等各路生灵，
安止龙王和守骡龙王，
下部世界水族众兵将，
今天来护佑帮助珠姆。
在东部普陀罗仙境中，
居住着二十一位度母，
是少女珠姆的守护神，
今天来护佑帮助珠姆。

倘若不识这里啥地方，
矿山宝库聚集吉祥地，
岭国兵马行军会师时，
商讨兵法布阵为其一，
迎接饯行军队为其二，
内外部众相聚为其三，
商议部落重大事件地。

倘若不识我是何许人，
是岭国嘉洛森姜珠姆，
是白度母的化身转世，
是那雄狮大王的妃子，
人称森姜天神之花朵。

我右边的金壶有鲜茶，
左边银壶中盛满美酒，
小巧宝瓶白色海螺状，
里面盛满了甘露牛乳。
献给上座的白色哈达，
从上部天神的神绵羊，
到中部年神的年绵羊，
至下部鲁神的鲁绵羊，
上中下三界绵羊的毛，
仙女取其精华而编织，
丝毫无粗细薄厚之分，
是年神女子捻的毛线，
非常均匀平整又好看，
是鲁神之女们编织的，
没有一点粗糙和瑕疵。

哈达的顶端伸向天空，
预示大王威望比天高；
哈达的中端朝向高山，
岭国叔父命比岩石坚；
哈达的下端伸向江河，
岭部落人脉比流江河，
牲畜财富如湖水涨潮，
祈祷幸福降临永不断。

用所饮之茶水来饯行，
茶是汉地花茶的上品，
熬于巨大灶头的中央，
金色铜制水瓢扬空中，
如同红色旗帜当空飘，
巨大灶头吉祥茶锅中，
沸腾茶水似大海漩涡，
炽热火焰熊熊燃烧着，
犹如盐水地在滚滚烫，
淡黄的茶水泛金光色，
熬透浓茶如野牛蛮力，
烧茶之声如蛟龙呼啸，

提取金黄酥油的精华，
摄入藏北粗盐添味道。

印有吉祥八宝的茶碗，
是用狮子雪白的乳汁，
此碗聚集吉祥之八宝，
印有聚集喷焰末尼图，
也有连环雍仲之图案，
同时还有龙虎狮鹏图。

今日献给雄狮之大王，
雄狮大王请满饮此碗，
含有上师空行母加持。
还有这个右边的银碗，
是用紫绿巨龙的乳汁，
取自北方纳木措湖中。
这浅绿色龙纹的瓷碗，
有天神年神鲁神加持。
龙纹瓷碗中的青稞酒，
混沌初开天地形成时，
众天神和上师用甘露，

僧侣末尼用法会供酒，
空行母用送别饯行酒，
运用数年酿制的年酒，
还有数月酿造的月酒，
三天三夜酿成的夜酒，
九道封口的浓烈夜酒，
此酒敬献雄狮大王您。

敬请聆听于我有话说，
官员、叔父、英雄等，
享受营养美味食物时，
头脑清醒胸中有胆识，
知识渊博武艺也高超；
卦师巫师和数术师们，
若用誓言谛语做祈祷，
法术高强咒力也凶猛，
权势威严光辉也无比；
姑嫂空行母和众女性，
倘若拥有高贵的血统，
能说会道玲珑剔透声，
身体轻盈动作也灵敏，

如同仙女一般明通慧，
教诲无碍言语畅自流，
神采奕奕身体聚光圈。

此酒倘若滴流头顶上，
权势高涨容光焕风采，
倘若滴到双目和身体，
能够明目亮眼身体壮，
饮下此酒便能言会道。
滴到马上疾驰跑势猛，
滴到马鞍之上无弯曲。
请饮下此酒雄狮大王，
是珠姆姑娘的饯行酒，
是饯行酒亦是迎请酒，
今年行军外出去打仗，
明后居家外出愿团聚。
走到何方心想能事成，
愿能降伏黑暗的妖魔，
军队能制伏强大敌人。
岭国叔父如草地之花，
愿能鲜艳盛开无霜害；

岭国叔伯如大海涡旋，
愿无霜冻无人能够敌；
岭国叔父如日月相对，
愿罗睺星曜不能吞食。

我所有祈祷如愿实现，
若听懂是双耳的供养，
倘若有错意请您谅解，
若觉得是空话我忏悔，
敬请雄狮大王来倾听。

珠姆唱罢，那雄狮制敌宝大王端起酒碗供奉天地神灵，双目仰视着天空祈祷吉祥平安，以见、行、修的手势修习大空大悲和弥勒自成，他口中说道：“祈祷死煞、尸煞、灾祸的煞气尽消失，地煞、天煞和水煞也消失，总之请天神将各种煞气污秽彻底消除。”说完便喝了敬酒。司膳牵着大王的马为之送行了三箭之地，岭国的叔伯兄弟和姑嫂女子等众人为他们祈祷送行，诵咏六字真言和皈依经之声如轰隆隆的雷声般响彻大地，桑烟弥漫天空，仿佛把日月遮挡，烟雾缭绕于群山间。居家者们在送行，前行的军队开始按照十户、百户、千户、万户的编排列队前行。军队以骤起的狂风、倾盆暴雨、鲜花开满山谷的姿势前行。

二

且说此刻木雅国中，阿萨托杰美巴、卦师喜赛仁囊、算术师南萨阔旦三人无法像往常一样安稳度日，他们三天三夜食不知味、夜不安寝，心情急躁烦闷。卦师走到木雅国王赞古雅美座前，将红白绿黄的锦缎和九匹顶端绑着勇武霹雳长臂宝的黑白锦缎敬献给国王，说："从去年到今年虎年开年后，在上弦月至二十日之间，我得到了天神的某种授记。下弦月至二十九日发现异象征兆，说不清是我木雅国有天灾人祸，或是天、鲁、年神震怒、妖魔势头强劲，还是庄稼受灾、人畜生瘟，也有可能是强敌来袭，有争战之祸，总之一切无法妄下定论。大王请您听我说，今晨我打卦时骰子打滚，卦象不吉，似乎有事情要发生。"说完，他把说明卦象和梦兆的歌曲用通慧自明腔调之曲唱道：

唵嘛呢叭咪吽！
阿雅乌雅木雅的歌曲，
向天神玉则岗坚祈祷，
向年神达玛宗赞祈祷，
向鲁神札那旭泽祈祷，
向命主食肉雌虎祈祷，
并向木雅众神做祈祷。

倘若不识这里啥地方，

是达孜朵的玉龙山谷，
是黑崖鸱枭城堡之中。

在雄伟城堡的宝座上，
端坐着青龙般的国王，
讲述雅语言辞之声音，
恰似长了火焰的翅膀，
权势如天空般的国王，
您的智慧能够理解我。
在香琼白水晶石寨里，
无数年月闭关修行故，
黑色强魔徒众围绕着，
闭关念经修道之要义，
是预言通慧卦象明了。
除非是心识错乱失宜，
不然大事均要汇报您，
国王您的大事最为紧。
那青龙从湖水中腾飞，
不得在天空鸣雷振声；
苍穹盘旋翱翔的雄鹰，
无奈驻足于大地之上；

地里涌出的水流江河，
不得不流到山谷沟口；
喇嘛真实灵验的预示，
无论好坏都要讲出来。

在今年虎年开年伊始，
无际茂密森林之边缘，
斑纹清晰的斑斓猛虎，
被赤色的火焰缠绕着，
不再攀爬枝头走山坡，
梦见猛虎斑纹被血浸，
幻化领悟意识自明之；
在无边蔚蓝大海中央，
巨鳌鱼蚌浪里跳跃时，
无数海螺围绕其周身，
侵蚀巨鳌鱼蚌被血染，
这绝非我梦境是预示，
是那黑色泰让的预言；
扎雅罗刹女的城堡中，
修行禅师花羽毛鸱枭，
夜半空中飞翔盘旋时，
遇见利爪疾驰的岩雕，

梦到鸱枭翎毛掉满地，
此境绝非梦魇是预言，
是那花色泰让的预言；
还未说完有如此现象，
山谷沟头岩穴石缝中，
布满成百上千只绵羊，
白财绵羊吃冬草之时，
凶残饿狼侵入羊群中，
洁白羊群顿时染赤色，
这并非我做梦是预言；
在悠长的孜隆那札谷，
山羊咩咩走石丘山谷，
梦到凶残急速的豺狼，
咬死山羊皮毛满山谷，
绝非梦境是明示预言；
清澈洁净潺潺河流中，
鱼儿金翅游劲十足时，
贪婪渔夫带着鱼钩来，
梦见小鱼尽数被勾去，
绝非梦境是明示预言。

如水晶般洁白的雪山，
显示崇山峻岭之巍峨，
九头白色雪狮围绕着，
怒吼阵阵绿鬃颤抖着，
统治无数肉食的猛兽，
这些何故应该做调查；
在那茂密森林的中央，
梦见无数喜鹊筑巢穴，
大雕秃鹫展翅炫翼力，
鸟雀巢穴被雕鹰拆破，
这些何故应该做调查；
在大地的崇山峻岭中，
向赞年鲁三神供养时，
天降霹雳天雷震大地，
梦到岩石顿然变尘埃，
这些何故应该做调查。

心情无法平静幻象众，
我们王系本就征战多，
部众百姓灾难多繁重，
财富本属异常物三种，

不知此三灾是否降临，
卦师的话语心口一致。
那位富人儿子的仆从，
要干拾柴喂马等粗活，
不然戴帽着履穿衣裳，
未说喜怒哀乐之根本，
于他施舍吃喝是虚空。
权贵大官群臣包围着，
手持法棍旗帜等物件，
商讨大小事宜划计谋，
倘若苦乐不向主公报，
是强横傲慢无耻之徒。
德高上师培育众学僧，
修行正法诵经念佛之，
不能辨别天神妖魔时，
虽然修习若未告上师，
禅修静默亦实为虚空。
凡事全知自明卦师我，
途经岩石山谷去修行，
吃食衣物均是国王赐，
故而所见异常怪相等，

倘若未能向施主告知，
那便是黑腹咒师妖巫，
故此我来到国王面前。

除此之外我还打了卦，
卦象数字是十二和一，
上半辈子身强力壮时，
富贵权势强盛之征兆，
统辖地域广袤又无垠，
组建精兵强将和战马，
打败敌人强盗闯天下，
劫人盗财贪婪行不义，
预兆所欲尽数归自己。
从第二次的卦象来看，
敌军势力如匕首锋利，
足智多谋且有大智慧，
兵强马壮部众安居乐，
国王王妃安康祥和之。
在清晨的九点之时分，
所想事务尽做是甚好，
那位盗窃前行的部队，

遇到一支富有的商团，
财物尽数归己殴商人，
军队屠杀商队的伙计，
认为匪首强野又蛮横。

从第三次的卦象来看，
八位对数出现在四方，
少许咒语恶言会谣传，
显现外敌入侵之征兆，
内乱血流征战的兆头，
人间恐留非可能话语，
如此道完说尽的最后，
并非眼见为实是耳闻。

雪山雄狮傲立天地间，
是岭雄狮大王的魂狮；
怒吼阵阵威慑野兽群，
预示大地山谷布满军；
青龙当空盘飞鸣巨雷，
是岭部落声誉如雷震；
赤红雷电击倒岩山石，

强劲军队疾驰比雷电；
击碎岩石化作为灰烬，
预示岭国军队临木雅。
那山谷中野狼九兄弟，
哭嚎声满山谷是其一，
咬杀白财绵羊为其二，
谷口浸满污血是其三。
在花岭部落的地方上，
如野狼般脚劲急速人，
有英雄好汉达杰森达，
他的美名享誉多康区。
今年木雅草地和山谷，
预示着此人运势亨通。
灰鹰秃鹫展翅飞翔起，
森林中央摧破鸟儿巢。
在花岭部落的地方上，
那戎擦查根是鹰之子，
且有大智慧才识广博，
思绪气量绕大脑三圈，
预示派遣岭军到东方。
以上皆为卦师之想法，

西方黑色暴风骤然起，
预示觉如神幻如疾风，
幻化神通恰如黑旋风。

东方山顶经幡被吹倒，
是对那玉则达杰国王，
八卦运势已经走尽头，
出现了不吉利的卦象。
并非是说谎磨破口舌，
也非想吃而张开口腮，
更不是为无知显通慧。
凡事全知自明卦师我，
所见所显预示与征兆，
可以信赖故而来告知，
如此征兆昼夜皆显现，
好坏得失请各自辨别。

倘若我不向国王禀报，
好比美味食物让外人，
也如自己心力向外敌，
如此想象心情不平复，

到底是何请君臣商议。
在这远近长短时日内，
不知发生祸福何事宜，
但敢断定木雅上中下，
三地部众百姓有灾祸。
吞食他人财物的嗓眼，
贪婪像那大山间山谷；
战胜强大敌人的勇气，
要像震动天地的巨雷；
冲毁小山谷的强劲力，
要像夏季暴雨后洪水。
万不该额头碰撞石头，
以防衣帽被血水浸湿；
势不均敌对白岭部落，
唯恐家乡被驻满兵士；
赤手空拳撕抓半空中，
提防肾脏脉管被断裂，
是否对错请各自思量。
今年我国上下部各地，
可断定无法和平安宁。

倘若懂得是我的想法，

好比喇嘛上师的预言，

实则国王的计谋大略，

歌曲有错意敬请谅解。

卦师唱完，国王心想，从这喇嘛奇怪的言语来看，他无法信守誓言，犹如懦夫壮胆，富人变穷。于是国王嬉皮笑脸地对卦师说着“是，是”，又说道：“尽力完成安排之事，是获取衣食的方法；大臣骄傲的时候，会对上级官员献媚；无论有知或无知者，都说要坚守国家的希望，震慑法度的威望。衣食丰盛的福气均有者，除了你绝无二人。俗话说这天下没有比日月更遥远，比土地更坚固，比国王更有权势的人存在。人们相聚之时，一般是欢声笑语，吃吃喝喝。喇嘛你本在山洞中闭关修行，却到这里讲了一大堆无知、无明、凶兆、疑虑、嫉妒、怨恨的话语。这俗话说得好，人生像旅客的营地，设一次营煮一次茶，接着又要准备启程；与其饥饿着过漫长春日，不如享受温暖短暂的秋天；人生在世，倘若衣食丰满，名声享誉大地上，便可享受。那白岭部落的财富，就如挑水时顺便舀一瓢，火势蔓延时烧尽野草般，一切是顺便、顺手的事情。岭国的那种英雄，你大可不必惧怕，蛮荒边缘的野人，贱母所生的贱种，食地鼠肉的觉如，如今还称格萨尔王，实在是狂傲自大。尚不知有何灾祸时候，不必作法念经诵咒语；敌人还没包围家园时，不必发动战争扰乱军心；身体没有重大疾病时，不需邀请医生来侍疾，哈哈哈。”

国王笑完又说：“有谁会在意梦中的幻觉？谁愿意迎娶怀着孩子的姑娘？谁会相信醉汉所说的话语？哪只鸟愿意与群鸟分离？有谁替无齿的老狼捕猎花鹿？卦师你就住在自己的城堡中，是梦魇扰乱了思绪，无法判断是非。喇嘛上师的双眼盯着信财，只顾金银财宝的供养；国王的双眼盯着法度，只顾惩罚挥动鞭子；小偷只想着盗窃财物；管家只顾掌握庄园；妙龄少女只顾风流；青年男子只顾破营门。哈哈，哈哈，你的那些话根本不可听信。”卦师的话简直像对牛弹琴，国王依然若无其事、自诩聪明。卦师不知该说些什么，觉得非常惭愧，又深感痛苦，最后他只好无奈地离开。

又过了二十八天，木雅地界的夏阿香、达孜多雅香、夏热洛曼等地方来了一大群陌生人，仿佛天降陨石、地里喷出甘泉、鸟雀落于大地一般，地上黑压压一片，覆盖了平地和山谷。那景象犹如烟雾缭绕群山、天空繁星闪烁，用来烧茶做饭的灶石多如岩石滚落到平地，像山上自然生长的草木般。众多人突然扎营，木雅人议论纷纷，有人说是一支庞大的商队，有人说是土匪，有人则说是大部队，总之谁也无法断言。但是那群人操着特殊的语言，军营中满是各色军旗、盔甲和军械，实情很快传遍木雅大地。有人还说在第三十五天，上部北方雪山山谷的北路已阻断，过往路人无法通过，隔断了汉地茶商的茶道。个个小偷强盗都说佩带三械的敌军已驻满木雅。

协嘎、杂帕勒塔森噶雅、杂帕玉赤托杰三人带着五十位骑兵，日夜兼程地赶往木雅都城，来到国王城堡前时，看到外侍阿郭塔杰、扎巴拉赞、班典顿珠三人守着城门。三名外侍不知来者何人，看着三位身体健硕的男子带着五十名骑士，穿着相同的、好看的牧民装束急匆匆前来，也未相互寒暄问候，便挡在他们的前头。那三人也识不得外侍，只管说：“我们要面见国王，有要事相商，你们区区守门人为何要挡我们的去路？”杂帕勒塔森噶雅一直怒吼谩骂守门的外侍，外侍们无奈地向国王禀报，国王说：“请他们上来。”三人走到国王座前，正好遇到国王与大臣商量国事。杂帕勒塔森噶雅拿起一条白色的哈达，献给国王后说：“大王，我有要事禀报。”便把敌军兵临城下的事情以完整白绸之调唱道：

唵嘛呢叭咪吽！

粗声细语高亢的歌曲，

杂语用在木雅话语中，

事情要义说给国王听。

向那泰让三尊做祈祷，
事业速成的阳神祈祷，
护佑众生的战神祈祷，
他们是至高无上的神。

倘若不识这里啥地方，
马头城堡的内部精华，
国王权威震慑座四方，
坐视百姓哀乐业计谋。

何种好坏优劣的计策，
倘若君臣没有做商讨，
犹如火烧灰烬被风吹，
到时后悔莫及也无益；
如毁城只剩废土乱石，
到时后悔莫及也无益；
如人死只剩污血尸体，
到时后悔莫及也无益，
若作比较便是如此之。

天空乌云密布又缭绕，
仿佛欲下蒙蒙的细雨，
大地骤起狂乱的旋风，
似乎欲来狂奔的洪水。
不知来自何方与何处，
地面无法容纳的兵马，
在北方那扎大山谷中，
已经布满了大队人马。
且不知对方来意是何，
某天三个侦查去巡逻，
走到此地最高山峰顶，
俯瞰望去是大敌强军，
扎着无数各色的帐篷。
红帐犹如猛烈的火焰，
白帐恰如坍崩的雪山，
黄帐好比草地照阳光，
蓝帐看似蔚蓝的大海，
人群像天空点点繁星，
那营地巨大犹如高山。
他们或许是前往汉地，
或许是闯荡巴塘的人，

不然是把这木雅大地，
欲想用大军包围之人，
总之一切尚在不明中。

我们那弱小游牧部落，
自天地形成起就存在。
今有顺道摧毁的危险，
犹如剃发顺带剃胡须，
火烧山梁之时焚野草，
现如今无法安居乐业。
旦夕有何祸福不确定，
故此前来向大王禀报。
如何行动该要做决定，
若是敌人必须要决战，
若是商队就交换货物，
若是亲朋以茶酒相待，
无论哪种都要做决断。
那大营地里兵强马壮，
兵士多如山上的草木，
在我看来那些大客商，
并非真的商人是敌军，

以巧言令色麻痹我军，
实是想挑战一方国家，
如不是那无数个兵马，
为何故远走他乡之地？
该探来自远近何方处，
属于东南西北何地方，
这些情况要仔细询问，
如何是好请国王示下。

若听此曲是耳的供养，
未听懂歌曲也无错意。

赞杰雅美国王心想，真的很奇怪，北方军队一般不会南下，倘若是汉军到藏地，那么是藏地遭殃的前兆；倘若是西方军队东征，那样的兵马攻打一小国数目太多，攻大国则数量太少，既不会前往汉地，更不会到蒙古地区，看来果真是冲着木雅而来。之前那卦师喇嘛打卦占星时说：“妖敌岭国觉如的兵马，到我木雅地方上来讨还杀人越货的血债。”还说他几次得到了上天的指示。想毕，国王便对手下说：“从那些兵马的鞋子、衣帽等装束和手势，可否看出是北方人、藏人、汉人或者是蒙古人？能否判断来自何方？速速集合一支小部队前去侦查。”说完命令秘书阿郭吉米快速拟旨，通告东西南北各部众，在当月十日之前，务必整顿军马，准备齐装上阵，若不然，敌军已兵临城下。

那秘书向四面八方的统属部落下达国王的诏书，鼓动十户、百户、千户、万户等军侯筹备军马粮草。于是，木雅做了如下布阵：向东边的天明金刚谷中派遣使者班典多杰扎巴、米青索朗顿珠；南边的虎山天宗堡中派遣使者米青多布丹拉普、英雄董拉珠杰、森普哈夏玛赖；西边的城堡中派使者雅美赞杰多吉、珠酷巴孜图秃、森都齐瓦热仁三人。他们在十二日之内以骑兵如冰雹，步兵似暴风雪的架势，准备了一支五千人马的队伍。北边的人马则原地扎营，负责侦查敌情、相互传信、向国王禀报情况等。他们决定如果来者是盗贼就抢劫财物，如果是军队就打仗，并温和冷静地守护着。北边人拉杰、珠塞、冬图西饶扎巴、朗孜玉沃托杰等人来到牧区，做了安顿兵马的准备。

三

这时岭国部队扎营在北边，白色盔旗如天上的云朵飘到地面上，白色帐篷如云雾缭绕群山般。大队人马对附近牧村的人没有说半句粗口恶言，没有拿一针一线，各自将马匹放在原野上，仆从们军械不离身地牧马、拾柴火、挑水，假装不是军士，与附近牧村的人相互交换生活用具、食物、绸缎、金银等各种财物，说些买卖方面的事。

北边部落的人认为，虽然不知道他们到底是藏、汉、蒙古哪个地方的大军，但绝对不是商队，而是去打仗的军队。又过了八天，那大部队似乎没有继续前行的打算，他们依然驻扎原地。北边部落首领平措旺扎、朗杰多吉、隆那多布丹三人私下商议决定前往大军营地探个究竟。他们三人各骑一匹马，佩带长剑，准备去大营中央时，在营地门口遇到了贡觉阿那顿普和阿杰平措索朗二人，因为对方面生，那北方人平措旺扎立即说道："男儿，你们来自何方？要去何处？有何事情？这如天地般的大营到底是谁的军队？"那多杰旺青扎巴对阿那顿普托噶唱道：

喻嘛呢叭咪吽！

歌唱要事琐事和烦事，

倘若无事何必说废话？

供养天神战神和阳神，

悬挂九天的天宫之中，

向北方战神大鹏祈祷，

向曲日山赞神做祈祷，
向食肉青年赞神祈祷，
向格塘赤面红魔祈祷，
向乡神武艺燃烧祈祷。

倘若不识这里啥地方，
东部木雅黄丹黄金谷，
那扎河谷下位的北边。
岩山峰上满是野牦牛，
是神箭手狩猎的地方，
北边白唇野驴的天地，
马群和野驴在此混融，
白财绵羊与羚羊相杂，
羊羔和小羚羊遍山野，
山羊和高山羚羊混杂，
山野遍是山羊羚羔子。
天鹅海路迁徙绕右飞，
围绕碧色湖水像金灯，
号称香隆幸福黄金谷。
大山腹部皆为片石山，
有自然天成的白银矿；
下部是灿烂的金沙滩，

北部金色部落有金矿；
大山中部是赤色铜山，
有着天然财富的矿藏。

倘若不识我是何许人，
雅达游牧部落的首领，
人称我首领旺青多扎。
此大臣青克巴赛诺布，
彼大臣巴沃达参达片。

今天我三人到这大营，
是为询问各位的来意。
这营地犹如天空繁星，
倘若无大事不会到此，
你等来自东西何地方？
属于何国何地何部落？

谁是尔等城堡的君主？
此行目的地又是何处？
有何货物可以互交换？
北边那扎河谷的下位，
有驮马牛羊可以卖出，

可购买汉藏各地货物，
除了华美艳丽的茧绸，
和上等丝绸锦缎两种，
所欲财宝货物尽有之。
不要隐瞒告诉我实话，
男儿可分上中下三品，
上等品德君子的话语，
无需询问如水潺潺流，
商谈大事之际做买卖，
交换相互所需之货物，
相互盟誓结友纠纷断；
中等品德男子的话语，
对方询问才会作回答，
道出姓啥名甚为其一，
地形风土人情为其二，
国王官员是谁为其三，
说完此三事便不作答；
询问下等品德的男儿，
默不作声如气绝之人，
低头叹气无勇仰起脸，
斜眼偷看双目不正视，
心想之事恶语出伤人，

答复言语尽为是非事，
过早口出恶语与狂言，
时机未熟拔刀相威逼，
最终落得害人又害己，
挑拨村寨部落间关系。
身带三械的英明男儿，
有何货物做买卖交易？
去向何方又居住何处？
重大要事之缘由为何？
来自哪个熟知的国度？
无论大小事宜告实情。
所需货物商品做交换，
买卖亏损盈利均平衡，
出售购买货物和食品。

我大小百余游牧部落，
虽不富足充裕心满足，
寒酸哭穷恶习已丢弃，
源自本地的牛羊马匹，
肉和奶酪荤素吃食等，
除此再无其他的货物。

你等长途跋涉的客人，
是否购买食物和草料？
满足游牧部众之所需，
上部天竺货和藏地物，
茧绸衣裳和白色绸缎，
珊瑚松石天珠和琥珀，
妙龄少女喜爱的饰件，
凡是此地缺稀的货品，
倘若价钱合适均需要。

歌曲听懂是天籁妙音，
敬请息怒那贤父之子。

旺青扎巴唱完，阿那顿普托噶经过一番仔细思量后，心想：俗话说得好，时机未到就口出恶言，是非不分则出手相伤，开始凶悍而最后懊悔；醉鬼和乞丐说话的语气强硬却不可靠；乞丐没有常备的食物；女人的言语不可听信；骗子念经不牢靠；懦夫抢先下手，最终毁掉自己；姑娘被窝里的情话，天亮之时如彩虹；醉酒乞丐的豪言壮语，天亮之后如狐狸般微贱。现在决不能轻举妄动。这里是木雅的牧区，倘若问话必得有所答。如果轻声细语问地势路途、村寨首领、风俗习惯等问题，定能成事；若恶言相逼，定会遭到不测。正如逆缘变顺境，病愈成医生；话语慢说则成事，骏马慢跑则路遥，商品畅销则双赢。对他们慢声细语才能问出我们需要的话，也可以交换货物。

于是阿那顿普托噶说：“壮年人旺青扎巴啦，您的大名我早有耳闻，与其认识百人，不如闻得您的名号。无论亲朋父子兄弟，彼此都要熟识和劝解，需要互做买卖。我们需要的肉食、酥油和其它各种财物你们那儿有，你们牧村所需的绸缎、茧绸衣裳、汉藏货品我们也捎带着一点。”说完便用白绸河流之曲唱道：

喃嘛呢叭咪吽！
演唱阿拉是歌的供养，
蔚蓝的天空无限广阔，
日月星辰运行路平坦；
恩重如山的慈祥母亲，
是从小呵护养育的人；
感谢恩重的根本上师，
是拯救六道生命的人，
是超度阴魂的救世主。
歌唱阿拉是举事之始，
塔拉大乐世界解脱道，
轮回六道众生的痛苦，
得到普度解脱是极乐，
从此歌唱阿拉和塔拉。

太阳光照在额发顶上，
今生托庇的乡神地祇，
身神风神舍神三尊神，
请勿抛弃庇佑祖护我，

祈祷凡心想事能成就。
在心中央佛法宫殿中，
祈祷根本上师仁波切，
护佑我消除黑暗无明，
能破除无知领会意态。

倘若不识这里啥地方，
就如同你所说的一样，
北边是那扎河谷上下，
牛羊马匹牲畜肥美地。
北部上方的白唇野驴，
与骏马良驹疾驰狂奔；
乱石山岭中的野牦牛，
与黑牦牛群相融混杂；
北部山腰奔跑的羚羊，
与白财绵羊相混相融。

倘若不认识我是何人，
在那南边达宗河谷中，
有着上中下三个部族，
在三个部族的汇聚地，

在六座大山的山脚下，
黑白花三色六个部落，
五组六部十二小部落，
安居栖息在西北方向。
有人称爪兽大鹏宗堡，
是禽王金翅鸟的故乡，
鸟禽是部落远古先祖，
达色部落和瓜什部落，
巴如部落和那如部落，
直如部落和给如部落，
达查岭如等有六部落。
那花白城堡南木日宗，
主人是直如部落商人，
称之为顿珠尼玛坚参。

倘若说到此人的能耐，
如那雄伟高山之前后，
生长的植被无法数尽，
天空日月左旋的地方。
在那蔚蓝大海的中央，
无法测量海水之深浅，

是形成世界的基础地；
在那天空白色云岭中，
犹如火焰金翅的玉龙，
闪电冰雹雨水从不断；
在那藏地天竺和汉地，
犹如猛虎出山的男儿，
富饶茂密森林和群山，
远足涉近足迹遍天下。
上部天竺和下部汉地，
中部泥婆罗和丽尺国，
象雄地区和突厥地区，
南部门隅和不丹地区，
藏地下区多康六高地，
中部区域卫藏四翼地，
工布地区和纳西等地，
天下各地基本已涉足。
他是统领各部的首领，
是护佑百姓的英雄男，
谁有权势一眼能明了。
骏马良驹背上的马具，
倘若不知买卖的道理，

谁能定价又如何出售?
灿烂金色黄金的价格,
高低适中倘若不得晓,
如何相互出售和购买?
上中下三部多康地区,
倘若不知道地形结构,
如何辨识道路和驻地?

那么首领多杰旺扎啦,
今日是你我首次相见,
统属哪个部落和宗堡,
父系母系出生骨系等,
您的生平信息均不知。
在这幸福吉祥的日子,
金色太阳从东方升起,
寒霜雨水被阳光暖化,
树木茂密花草长势猛。
雪山融化雪水流谷口,
金色鱼儿欢游张开嘴,
青龙腾跃天空雷声震,
孔雀开屏百鸟争斗艳,

高山顶上大鹏腾空飞，
黑色巨蟒蜷曲峻岭中。

在这幸福吉祥的日子，
我与旺扎相遇缘分好，
看来互通买卖可以做。

阿顿如此说了一通。但是旺青扎巴极其聪明，没能被骗。旺青扎巴再次央求对方说实情，于是阿顿用真言江河缓流曲调唱起：

唵嘛呢叭咪吽！
鲁阿拉是歌曲的供养，
护神守舍神和地祇神，
请勿离开这血肉之躯。

我居住在坚固雕城中，
城堡赢得此名的缘由，
有十八大雕之子的家，
有人称它为白色十卷，
有十九卷百两白银锭，
那城堡的主人就是我。

在东方白岭部落之地，
居住着赤面董氏族人，

旗下有无数英雄豪杰，
是八十位得道者转世。
戒律清净笃实为其一，
修行佛法圆满为其二，
遵戒誓言坚贞为其三，
堪布上师和首领三人，
心怀慈悲誓言行大善。
大成就者幻化之转世，
三十位英雄降生岭国。
保护菩提佛法之主人，
有英雄精武正士七人。
上界天尊神仙的后裔，
本尊天神随众空行母，
护法众神皆在护佑着。
各种神通幻化法力高，
预言明识之能人皆有，
白昼有何象征和标示，
午夜梦中皆能明显见。
性格温和雕鹰虎三将，
犹如阴阳八卦相结合。
天亮破晓之时的雏雕，

翼力强劲意识又敏捷；
凶猛黑鹰利爪扑食时，
威猛强势凶恶不能敌；
野狼游走荒漠高山时，
捕获猎物相互厮杀猛，
此乃白岭雕鹰虎三将。

我乃是副将森达阿顿，
天神上师授记为其一，
术士算时成熟为其二，
卦师卦象显见为其三，
具备此三商讨军机事。
第一是擦香丹玛将军，
调兵东部扎嘎南宗堡，
预备包围木雅如圆环。

我被派到北方烈风口，
无知男儿毫无忧患心，
官员无耻秩序混乱地，
父系游牧部众皆贪婪，
此地调兵之任轮阿顿。

轮回因果前世业缘故，
所愿之事皆未得如愿，
非愿烦事恰巧临身降。
人老体衰额顶显皱纹，
绝非来迟此乃自然律；
年过花甲的高龄老汉，
绝无少年英雄的模样；
八十高龄的老太阿婆，
已无妙龄少女的婀娜；
已过三十马龄的良驹，
再无疾驰狂奔的脚力。
不知前世何为之因缘，
此方北部游牧的部落，
今年轮我吉祥征兆好。

首领多杰旺青扎巴您，
乍看是福泽深厚的人，
所属一百八十个部众，
并非衣食温饱过余之，
也非征战皮肉受过伤，
更无丢失一针和一线。
头颅朝顶护法神殿中，

脚踏大地降伏鬼妖魔，
腰身束带三械威势猛，
喜怒哀乐胆战心惊等，
无需心生困惑和疑虑。
寒冷饥饿灾荒三种难，
一天也绝无需要承受。
即日之起从今往后内，
一如既往管理游牧地，
管好自家财物和牲畜。
山顶沟头和谷口三地，
会派驻英勇兵丁把守，
不会抢掠食物和财产。
男女老少皆为自由人，
绝无军士来调戏刁难。
破坏和睦夫妻情感者，
欺骗男女感情说谎者，
抢夺他人食物财富者，
此三种依军法要斩首，
那是白岭部落的公法。
我白岭部落信仰佛法，
区分因果善恶和黑白，
行拯救轮回众生之事，

为了美誉响彻天地间，
定会起兵打仗干实战。

即日之起从今往后中，
除付钱购买的商品外，
抢夺劫掠得来的财物，
均被白岭法令所不容，
倘若信我记住此话语。
在我达杰阿顿的麾下，
有着一千位精兵强将，
其中有名有姓的英雄，
有二十五位立军令状。
我依严令军纪统领着，
两军征战我为大将军，
我是国君的臣下森达。

如此话语是非请分辨，
倘若听懂请谨记心中，
若未能意会好好思量，
话语要义相互已对完，
但愿旺扎能谨记心间。

阿顿唱罢，多杰旺青扎巴说："呀！呀！你所言之事我已听懂。犹如天神上师的教法，若不领悟修行，怎会凭空生有加持力？又如君主的王法抚育，若不谨记所有法令，怎能分辨是非和对错？那财宝的价值有多少，若不亲眼目睹、仔细分辨，怎知是无价之宝？话说三句便能知深意，我统辖的游牧部众虽然不算太大，但也有一百八十三个部落，黑色牦牛多如地上的蚂蚁，白财绵羊多如草地上盛开的鲜花，虽说苦但也是富足的部落。我此次真是遇到了对的人。"说完便回去。

多杰旺扎回到驻地聚集了自己部落的男女老少，说："在此之前，我是大家信任的部落头领，倘若你等还继续信任我，就同我一起臣服于岭国，如若不然，请各自决定前程。另外，后天太阳初升之际，我北方部落要举行盛大的宴会，宴请岭国大将们。部落十五位姑娘和十五位男孩左右列队两排，长相俊美、嗓音嘹亮的人是宴会的主要人物，所以每人要手持一条哈达，同时要摆起茶、酒、肉、酥酪等食物，我们要举行一次盛大的宴会。"并唱道：

唵嘛呢呗咪吽！
唱起山歌高亢吆喝时，
狂风吹散北部沙漠时，
平原中央扬尘黄沙起；
茅草微风彼此相约时，
奏起琴瑟和鸣美妙声；
温暖春月里的布谷鸟，
时而鸣叫嗓音仍曼妙；
福泽深厚的富户之女，
驱赶牛羊踏过草地时，

时而高亢吊嗓唱牧歌；
茂密森林苍翠柏树间，
画眉鸟儿时而唱起歌；
吉祥三月十五的日子，
嗓音清脆布谷鸟歌唱；
举行盛大庄严法会时，
频频吹奏唢呐声音响；
官员首领开办法场时，
深谋远虑叔父唱起歌；
微风吹起狐狸皮帽时，
英雄男儿带兵打仗时，
唱起英雄豪情万丈歌。
茶酒摆宴欢乐相聚日，
男儿右行排列女儿左，
敬请唱起欢乐的歌儿。
幸福美满今日时机熟，
敬请唱起歌来好汉儿。
上部部落的诺布拉措，
和央金白玛玉珍两位，
中部部落的扎西尼玛，
下部的央吉拉措四人，
请唱起开宴的歌儿来。

不然十五位姑娘少年，
不可只是伸手闭双目，
今儿把酒饮乐唱欢歌。

那东部白岭天兵神将，
若做比喻有此等特点，
好比射法娴熟的猎人，
佩带弓箭游走山岭间，
是为捕获公鹿取螺角。
护法庇佑施令同时在，
执行神令天神也欢乐。
狡诈男儿们行走北方，
是为盗走马群如土匪。
倘若部落村民有福泽，
骏马小驹均能保护好，
部落结盟相互结友谊，
此乃商议和解之善果，
是否值得欢喜众部落?

在那南部蔚蓝大海边，
手持铁质鱼钩的渔夫，
是为捕捞金色的鱼儿，

倘若顶宝龙王加持深，
非说鱼儿蝌蚪无处捞，
最终渔夫弃恶能从善。
如此木雅游牧众部落，
那东部花岭天兵神将，
已开弓拉箭射准目标，
倘若官员首领智慧深，
非说人儿动物也放生，
如此是否甚好众百姓？

倘若不认识我是何人，
是北部游牧部落首领，
名唤作多杰旺青扎巴。

众人且听我有话要说，
近日似有不祥之征兆，
夜寝多梦恶运似降临，
思绪忧虑心事重重来，
三月多来心如潮水般，
却无法详细明确说道。
在座父母兄弟家人们，
那实情无法做出比喻。

在三个月零五天之前，
在那骏马白鹿沼泽地，
聚集兵马犹如草木盛，
灿烂如星刹那盖天地。
平心静气仔细思量时，
认为何故缘由该询问。
我与那玉吉之子拉达，
达孜诺布顿珠这三人，
可以依靠信赖的三人。
野驴奔跑的北部天际，
白帐犹如雪山坍塌般，
乍看庄严威猛气势高，
实质上是喇嘛的法帐。

那日遇贡觉阿那顿普，
彼此相互对话谈论后，
最终启禀英雄的使者，
终得酥油精华般要义，
是否对错部众请思量。

那白面绿鬃的俊男儿，
确定是格萨尔的大臣，

看似业强福泽又深厚。
对于恭敬祈祷的喇嘛，
严守戒律誓言不曾悖，
前生今世得缘能相助。

上诉苦难欢乐的高官，
拥有分辨善恶的智慧，
那弱小百姓由衷甚信，
如今时机我等得安乐。

一百八十个游牧部落，
其中有三个富足部落，
除此之外其他各儿女，
虽不记得究竟有多少，
但估计九十绰绰有余。
从现在起请唱歌跳舞，
若懂欢乐幸福可掌握，
听懂歌曲家事自商量，
若能分辨信仰是佛法，
一切归根结底为自立。
是苦难还是欢乐业缘，

敬请男女老少众聆听，
切勿走神仔细考虑好。

即日之起的从今往后，
此生谁人统领谁人令，
来世何去何从都安然，
是否如此男女老少众？
即日之起的从今往后，
白岭天神部落的命令，
都必须遵从不得违背。

请在高山之巅立经幡，
江河大川之上架金桥，
半山腰中请堆放擦擦，
山底谷口修佛塔宝瓶，
时刻祈祷天神众护法，
尽情供献神饮常煨桑，
虔心修佛利他行善事，
口诵六字真言嘴莫闲，
手持佛珠双手做祈祷，
在座诸位请如此谨记。

四

第三天，全部落男女老少不约而同地盛装出席了宴请岭国勇士的宴会，他们腰间佩戴各种金银饰器，头戴绿松石、珊瑚、珍珠、天珠等头饰，耳朵上戴着金耳环，脖颈上挂着各种金银宝盒，好像是三月的草地开满鲜花。

在七天内男儿们参加赛马、射箭等体育竞技，众人唱歌、跳舞，大家都沉浸在欢乐的氛围中。在那四方的黑色帐篷内，岭国五位英雄和五个随从共十人端坐在右席排，多杰旺扎和妻子拉泽美朵、姑娘益西曲措和儿子柳吾达布四人穿着盛装端坐在左席排，席间摆放着茶、酒、肉、奶制糕点等美食，他们边享受着美食，边观看帐篷外正在举行的各种竞技活动。这时那贡觉阿拉黑白部落的阿嘎扎西扎巴，从右席排中间起身，拿着两条白色的哈达献给塔杰森达和多杰扎巴后，用天降甘霖之调唱起这祈祷吉祥的歌曲来：

唵嘛呢叭咪吽！

歌曲供养上部的天神，

倘若歌曲不供养天神，

如何头顶青天安自在？

歌曲供养乡神地方神，

倘若不供养家乡神祇，

寿命福泽又要托付谁？

歌曲供养土地、年和鲁，
年神鲁神土地不供养，
立足行走又如何无碍？
向战神和阳神做祈祷，
倘若不供养战神阳神，
征战沙场之时谁护佑？
向喇嘛本尊佛祖祈祷，
向勇士空行母做祈祷，
向财神赞巴拉做祈祷，
向食神女神地神祈祷，
向天神世间九尊祈祷，
向永宁十二地母祈祷，
向南部戎神坚赞祈祷。

倘若不识这是啥地方，
是那木雅地区的北部，
北方那扎部落游牧区，
富满祥瑞的吉祥之谷，
拥有矿藏牛羊衣食等，
汇聚财富瑞气满大地。

在此前的十二天之内，
我们左右侦查勘探过，
相互通话派遣了使者，
如今彼此熟识结朋友，
晓知地名人名部落名，
岭国兵不血刃得胜利。
护佑世间财神赞巴拉，
已成白岭部落的盟友。
就是在那两年前时候，
我花岭部落一支商队，
大小商人二十余人众，
路途经过木雅地方时，
木雅土匪突袭商旅团，
杀死商队首领和随从，
抢劫财宝货物无数个。
此等行径好比扔顽石，
抛向天空最终砸脑袋，
不戒贪欲抢夺他人财，
此次自食其果遭报应。

那古人的谚语说得好：
强行牵着鼻绳朝前走，

魔鬼举鞭赶其后面跑，
险峻山崖边上跑赛马，
必会人仰马翻流鲜血；
赤手空拳伸手扑空中，
是断裂肾脉道的前兆。

如今这偌大游牧部落，
百众男女老少齐相聚，
双目观视各竞技比赛，
身着豪华艳丽的盛装，
相互信任唱起欢乐歌，
开怀喜悦赛起马儿来，
哪有比这欢乐开心事？

高耸入云的山脉之最，
是如顶冠冈底斯雪山，
是招来狮子的吉祥地，
兽王傲视天地鬃毛密；
南部戎地的茂密森林，
是斑斓猛虎洞穴所在，
斑纹灿烂猛兽爪子锋；
那飞奔激流的河水中，

金色鱼儿欢乐畅游着，
金鳞坚固鱼翅有猛劲；
那鲜花盛开的百花园，
蜜蜂嗡嗡歌唱采花蜜，
得来蜂蜜不费时日之。
这富足部落首领多扎，
让英雄部落岭国男儿，
尽情欢乐歌唱在此地，
如上师般的雄狮大王，
不久将会驾临大门口。

即日之起的从今往后，
绝无任何不欢之事情，
大可欢乐相依度人生。
衣食住行齐全的村落，
中阴解脱来世生命路，
此生住行生存的依托，
天下游牧部众的首领，
唯有雄狮大王格萨尔。
今天吉祥幸福的日子，
白岭部落的众英雄们，

并非无事邀请来做客，
好比福气深厚的人家，
无主流浪牲畜到门口，
不得不交天生的主人。
蔚蓝广阔无垠天空中，
乌云密布阵雷下大雨，
绝非土地感应相邀故，
初夏时节天空降阵雨，
大地湿润丛林万物盛，
从此幸福太阳照大地。
富足的白岭天神部落，
昂然立足天地之中央，
犹如天龙美誉满乾坤，
无从听闻之人早绝迹。
北部无边无际的土地，
牦牛群和白财绵羊群，
无主的野牦牛和野驴，
黄羊羚羊成群结队走，
雄鹿和雄岩羊等动物，
各种生命无一不聚集。
大海无边深邃又无底，

容纳百川无际不干枯，
鱼儿水獭鲨鱼水族旺。
蔚蓝无边天空的中央，
日月星辰昼夜环四洲，
大地富饶百姓得幸福，
祈祷世界和平得吉祥。

在幸福的岭国土地上，
以雄狮王格萨尔为首，
其余英雄大成就者们，
所愿之事皆能得如愿，
信仰誓言从来未渝盟，
上师教言也绝无衰败。
有那威严法官的管辖，
偷盗撒谎抢劫从未有，
光明磊落正理得维护。
高大山脉的肥美水草，
大地若无震荡和摇晃，
冬夏水草永远吃不尽。
好比雄狮大王是喇嘛，
引导众生来世的上师，
制敌降伏妖魔的英雄，

幻化神通如虹的性质，
加持悉地无穷又无尽，
谨记此等要深刻领悟。
在这富足的游牧部落，
天空照耀幸福的太阳。
那木雅王塔杰加布他，
再无安宁之日夜难寝，
百姓离散民心尽失之，
从此心中忧虑无喜悦。
从初夏到秋末的时节，
羊毛等各种苛捐杂税，
若想收缴是白日做梦。
犹如塔杰森达所言般，
即日之起的从今往后，
这北方的三个大部落，
统属白岭部落的管辖，
牛马人头等各种杂税，
从此一律不需要上交，
只要尔等信任便即可。

若听此曲是耳的供养，

未听懂歌曲也无错意。

阿嘎扎西扎巴唱完此曲，大家欣喜非常，都在尽情地跳舞唱歌，卸下心里沉重的包袱，从此欢乐愉快起来。此时，森达阿顿将军对手下的贡觉阿那顿普、扎西尼玛、旺扎多杰、白玛顿珠、拉赛扎杰下令，对北部游牧部落讲述岭部落的政教法令，要求一切制度按照岭的规定行使，并派遣一百人的部队驻扎此地，还颁布文告，规定军队所有衣食必须自行解决，不可收纳部众百姓进献的财物，不可掠夺北方部落的一针一线。那文告上盖了印章，严令众人必须遵守。同时岭国百余精兵和北部首领多杰扎巴为首的一百八十三名骑兵，前往格萨尔大王的神帐拜会。

那天白岭雄狮制敌宝大王预知这吉祥之事后，说当天要完成吉祥的大事。岭国各兵营内煨起了祭祀天神的桑烟，人们高呼呐喊，等待着众人的到来。日当正午，塔杰森达阿顿率领北方一百八十三名骑兵到达营地，他们各个身着华丽衣裳，像草地盛开的鲜花那般璀璨鲜艳，大家走到岭国军营前下了马。岭上中下三部落的众英雄们走进神帐，按职务高低依次入席。雄狮制敌宝大王端坐于中央的金椅上，面带笑容，双目仰视着天空，那威严自然震慑三界，所见之人无不臣服。于是以首领多杰扎巴为首的北方叔父英雄们，从各自的座位起身，手持哈达、绸缎、金银珍珠、绿松石和珊瑚等宝物，走到大王座前依次进献贡品，并祈祷护佑后又回到原座侧身坐下。

大王座前的金桌和左右两旁，摆放的贡品堆成了一座小山。众人饮酒喝茶，尽情享受着肉、酥油、奶制糕点、糖果、蜜糖等美食。人人心中欢喜，遵守礼节。这时游牧部落首领多杰旺扎缓缓起身，手持一条哈达，哈达的顶端捆绑着一个右旋海螺，并牵着一匹白色骏马，走到大王座前磕了三个响头。那匹被牵到金桌前的白马，犹如太阳照耀雪山般周身洁白无瑕。

多杰旺扎后退三步后便转身回到座位上。雄狮大王说："贤父之子，你那贵胜种姓的财物——温驯的骏马，很是珍贵。现在广施教法的喇嘛面前来了敬信的施主，天降甘霖于广袤大地，草原盛开鲜花，四蹄牲畜家道旺，众生平安得幸福。在那十八层地狱内，住着幽冥阎罗王，那些无法无天罪孽深重的人，都被惩处无一能逃脱；神通三界喇嘛往生夺舍，生得极乐世界；白岭大军降临，各游牧部落、男女老少均虔诚信仰，进献哈达和宝物，故能得到极乐生活，幸福的太阳将会照耀，黑暗苦难的生活从此一去不复返，在座各位请聆听于我，我有话要说。”说完便用六颤神鼓金刚谣之曲调唱道：

唵嘛呢叭咪吽！

唱起阿拉如无边天空，

广阔无际深远相依依，

日月星辰可自由环行，

阿拉是演唱歌曲之法，

塔拉如极乐世界的歌。

有情生命众生之父母，

轮回投生人身的最后，

唯我自持游走轮回中，

那无明幻觉的业缘故，

烧杀劫掠罪行孽障深，

命定业缘无法能反攻。

祈愿世间轮回之生命，

无有污秽中邪和危机，

也无妒嫉心和饥饿感，

麻风瘟疫疾病勿缠身，

祈祷三宝庇佑加持之。
塔拉是歌曲演唱之调，
演唱曲调有各式各样，
六颤神鼓谣唱给天神，
颂扬天神威严之日唱。
请年神格祖护佑于我，
悉地降霖给海底龙族，
赐予衣食财物之日唱，
顶宝龙王悉地之日唱。
高亢铿锵歌声飘天空，
莫唱内容空洞的歌曲，
犹如天空无际又难触；
曼妙玲珑歌曲如流水，
莫唱像河水长流拖沓，
宛如大海无边又深邃；
自续脉风轮转的歌曲，
并非我的脉风疯狂跳，
而是无碍自由跳动故。
各种不同风格的曲调，
清洁笃实的佛法之歌，
统辖三界英雄排列中，
威严震慑四座的歌曲，

施舍慈悲关照富人歌，
骄傲凶残野性英雄歌。

倘若不识这里啥地方，
是汉藏两地的交界处，
是木雅达塘达隆地区，
金色美日山四汇合口。
在第一世强盛的时代，
是统属藏区的管辖地，
藏汉之间语言不相通，
两地风俗相异不干涉。
后来形成的汉人村落，
是属于西宁王的管辖。
中期佛法没落衰败时，
汉地岭国和四水六岗，
以及藏地十二万户等，
衣裳帽子方言和习俗，
现象各异均不同特色。
如今那位木雅的国王，
显现贪婪无耻罪恶心，
破坏佛祖正法的斧子，
欺辱信守誓言的藏人。

十位商人五十名伙计，
前往汉地引进货物时，
被木雅国的强盗劫掠，
夺取无数食物和财宝。

今年岭国军队来木雅，
并非自愿是注定业缘，
唯恐木雅变成妖魔地，
就算岭国无精兵强将，
为天道踏平木雅之地。
你一百八十游牧部落，
有一百八十智者老人，
一心忠贞臣服于岭国。
三界六道轮回的众生，
无需宰杀牲畜屠杀人，
没有罪障能安乐戒苦。
现在本王当面许承诺，
在座所有的游牧部落，
因今生和来世的业缘，
不虚度今生拯救来世，
以虔诚之心祈祷诵经。

诵六字真言莲花心咒，
善良慈悲宽容待他人，
莫无辜屠杀恶道众生，
莫对他人撒谎说恶语，
这是国王命令切遵守。
今日赐你们授记加持，
明日将得投胎获重生，
干枯花朵即将遇甘霖，
罪孽污垢能够彻底净，
得到佛法正道的精华，
不要疑心虔诚做祈祷。
今日进献的所有财宝，
还请各自收回莫留下，
此行来到木雅的目的，
并非贪婪好夺来敛财，
为制伏黑暗暴君妖魔，
为蛮荒之地弘扬佛法，
为拯救众生能得和平，
因此来到这木雅王国。

敌若不犯相互无侵扰，

请领会道理谨记心中，

倘若听懂请老者谨记，

一心一意臣服于岭国，

清晨早起叩头做供养，

夜晚睡前虔诚做祈祷。

若听懂此曲有种意义，

尔等游牧部众请切记。

格萨尔王唱完，在座游牧部落的叔父老者们顿时变得心里踏实，认为没有比雄狮大王格萨尔更伟大的君主，他好比是众生的父母。世界和平自身才能安乐，众生能得安乐才不会有战争和各种纠纷，同时不必争夺地位、荣誉、财富，更不必你争我夺，互相厮杀。因此皈依佛法，以慈悲的菩提之心，众人相互帮扶，有福同享、有难同当，便不会有谁来与我等为敌。

那时，坐在格萨尔王座侧席位上的首领多杰旺扎起身，向格萨尔王磕了三个响头，环视四周，双眼含泪地说："今天，幸福的太阳照在大地上，众百姓福泽深厚，好比一块金疙瘩突然滚落到家门口。这天神般的上师降临门前，是幸福和平的征兆。在座游牧部落的叔父老者们，你们懂得如何观察、思量、听闻，今天我代表游牧部落说些话，是否对错待请各位辨别。"说完用天然江河法则之调唱道：

嗡嘛呢呗咪吽！

向根本上师用歌供养，

若不用歌曲颂扬上师，

谁能引导来世中阴道？

向首领官员用歌供养，
若不赞扬叔父首领们，
向谁诉求黑白善恶事？
向地方护法神做祈祷，
若不供养地祇和护法，
谁来护佑气运常亨通？
身神阳神以及木雅神，
护佑此地父业能子承，
祈求地方护法庇佑我。

如今有事向诸位请奏，
木雅国妖神扎赞美巴，
不仅神通广大变化多，
也如黑色旋风能轮转，
信仰托庇之人大可有。
在正道佛法弘扬前期，
信仰佛法有天神庇护，
曾经制伏妖魔和怨鬼，
天尊上师偶尔转法轮，
木雅国小王南木赞他，
熟悉藏地律法和习俗。

结盟起誓要天神作证，
杀生恶行罪孽量减少，
上供下施积德结善缘。
崇山峻岭也基于土地，
天尊神仙都从人转化，
妖魔鬼怪也是人臆想。
现如今这样的时机里，
那首领达杰赞的部众，
劫杀下部汉商断茶路，
掠夺上部藏商阻商道，
动用兵马抢劫显淫威。
抢夺所有财宝归自己，
不管他人死活威势逼，
带头毁灭佛法和正理，
摧毁寺庙神殿如盗匪，
眼里难容僧侣和沙弥，
向邪魔赞和泰让托庇，
预言启示向二魔祈诉。
如今这幻化血肉之躯，
从未口诵过六字真言，
高耸山顶未见立经幡，
三岔路口未见修佛塔，

诵念观音心咒是犯法。
莫说天神佛祖的塑身，
煨桑祈福也会遭杀身，
此地妖魔邪恶势力强，
如此已过七十个年头。
即日之起的从今往后，
那扎巴南杰王的儿子，
他的名字叫塔杰赤加，
自诩继承父业功劳高，
欺压弱小百姓施严法，
平民有理不得正待遇，
高官富户无故会赏赐。

请听雄狮大王格萨尔，
一个嘴巴没两个舌头，
一个身体里绝无二心，
从今日起是岭国属地，
有福同享有难也同当。
黑白善恶正义道德事，
事事均要向天神依托，
公正法律才辨别真伪，
这是多扎的肺腑之言，

是否对错请岭君臣鉴，
是否可以敬请商讨之。
你等白岭君臣大部队，
是为轮回众生的公义，
如此善举天下人皆知，
如同生身父母的国王。
赤胆忠心实言相告之，
敬信感戴地实话实说，
我这小小的游牧部落，
食物财宝未强行掠去，
部众百姓一人未丧命。
我游牧部落所有财富，
哪怕穷人的一针一线，
愿意供养进献给谁人，
都在自身是否舍与得，
无人敢说可行不可行，
是否以虔诚心献宝物，
岭人自能辨别真和假。
财富供养天神和喇嘛，
若无财富便无回向礼；
用财富拉拢官员首领，

没有财富法令无尺度。
因此进献财物请笑纳，
即日之起此地的生灵，
鸟雀等一律不得射杀，
不可在河流中捕鱼虾，
行走门前的野兽猛禽，
不论大小也不可射杀，
除此之外的野生动物，
不得无故射杀和捕猎。
有关惩戒偷盗的法律，
由我颁布并严惩不贷。

歌唱之人心诚无错意，
请静心待修聆听此曲，
倘若有错意请您谅解，
如觉得是空话我忏悔。
祈祷雄狮大王能护佑。

多杰扎巴唱罢，雄狮大王格萨尔双目仰视天空片刻后进入了空性菩萨定状态。这时多杰扎巴等北方部落的叔父长辈和男女老少立即起身向格萨尔王叩头祈祷，忏悔以前种种行径，将所有财宝进献给大王。宴会罢后北方部众各自回营地，岭人相送，岭部军营就地驻扎了三天三夜。

五

木雅王塔杰加布下令木雅上中下各部做好准备，并告知臣民，说一群强敌已到达木雅北部，并诬陷他们捕杀畜生和动物来食肉，劫掠粮食来酿酒，奴役百姓，对民众施以酷刑，人们已经生活在水深火热之中，说他们还拦路抢劫，抢劫来自藏区的茶商，掠夺到汉地的客商，他们的军营覆盖了草原，百姓已无法安宁度日了，便要求部众安排军马，随时准备打仗。

那时木雅王塔杰加布住在大鹏飞天城堡之内，那宫殿富丽堂皇，明堂敞亮，犹如金银、绿松石、珍珠、天珠、青金石、玛瑙等镶嵌的珍宝宫殿，宫顶高耸入云，地基植根深海，宫半腰住着年神。遵法的汉地、尊佛的天竺、来往的客商均无法能敌。如此高傲自满的木雅王，麾下有巴赛诺布塔杰、扎赞多杰平措、玉杰巴沃冬图、风之子普叶吹美、星曜之子普叶赞杰、龙妖之子普叶百沃、赞神之子普叶翟次等如霹雳风火般的十四位大臣。十四位大臣各个如火势蔓延于森林、雷电击中于山崖般。因此邻国部落惧怕木雅，汉藏印交汇处木雅王的威慑如天龙巨响，名声享誉大地之上。

那偷盗者、盗匪、聚众行凶的无赖君臣，浑似活阎罗王的国王由屠夫般的十四位大臣围绕着，在当今天下，简直无人能与之抗衡。这些木雅君臣在大鹏飞天城堡的聚光殿里召开会议，他们坐在各自的席位上，大口吃肉，大碗喝酒，口出狂言，煞气冲天，一个个气宇不凡，正在商议着征战和讨伐岭国之事。这时候，木雅王从宝座上环顾着四周，他身穿印有双龙戏珠纹案的绸缎衣裳，腰系着红色薄绸腰带。他庄严起身，在众人面前来回踱步，又回到宝座上，犹如雪狮傲立于雪山之巅，把威福英勇六艺之歌用天雷巧舍绸缎之曲唱道：

唵嘛呢叭咪吽！

一唱二唱三唱的歌曲，

三种动荡三界的歌谣，

犹如狂风暴雪落大地，

大地草木丛生景象状，

涛涛江河流到山谷口，

遥看断岩激流不复返，

飕飕寒风旋刮至北方，

北风吹响野草瑟瑟声，

唱起歌在木雅大地上。

箭唇对准弓弦欲待发，

如雷电火焰射准岩石，

若岩石不能击碎尘埃，

虚射发箭颜面何存在？

身怀六艺男儿死沙场，

倘若不砍断强敌手脚，

豪言壮语皆为空谈也。

向天神玉则托拉尊祈祷，

向赞达玛洛日本尊祈祷，

向地方神杰赞苏达祈祷。

神尊降临大地如雷电，
助我降伏黑暗的妖魔，
龙神出没江河的中央，
敌军出征之日断桥梁，
我们吉祥幸福的故乡，
无仇敌人无端降临此，
若无回击犹如小媳妇。

倘若不识这里啥地方，
下部西宁上部是霍尔，
北方地区蓝天湖水清，
南端已达文殊五台山，
是藏汉地相互交汇处。
在当下如今的时机里，
非属藏地也非汉统辖，
各自管理一方的土地，
倘若唤名是木雅玉杰，
凶猛大臣如地狱使者，
短命人等唯恐难活命。
敌军客人占领通道时，
践踏花草树木为其一，

弄脏江河浑浊为其二，
平原扎营驻人为其三，
一律均要估价收钱财，
大路朝天也要买路钱。

蔚蓝天空虽然无边际，
日月星辰各自有宿营，
春季太阳升于东北方，
落日方位却在西北处；
秋季太阳升于东南方，
日落方向却在西南位，
此乃日月星辰的轨迹。
东部木雅的塞隆玉隆，
若想走道扎营给金子，
砍伐树林需要留银子，
饮江河水需要交绸缎，
随意自由之道此处无。
在去年前年和往年中，
无耻贪婪的白岭部落，
所到之处未交地皮税，
牲口随意吃着青草地，

随口喝着江河酥油水，
如此行为过分又贪婪。
流浪他乡的岭国乞丐，
占领藏汉两地交汇处，
无端生事冤枉老百姓，
欺辱虐待无辜的人众，
恶贯满盈的强贼盗匪。
从前效仿天竺的佛法，
身穿袈裟头戴僧侣帽，
手持铃铛诵密宗咒语，
心未净而讨亡斋毒水，
别说托庇来世得解脱，
妖魔鬼怪也不懂识别。

那所谓的三十位英雄，
实际是一群山野盗匪。
他们违背伦常和法度，
搅得南瞻部洲不安宁，
欺辱屠杀无罪的百姓，
挑衅君王权势抢部众，
捣毁城堡村寨不留痕。

自称南瞻部洲的主轴，
实为搅乱世界的恶人。
听闻今年木雅驻满军，
如此之势木雅男儿众，
该是召集军队的时候，
我们小小的木雅部落，
无需臣服于敌军麾下。
敌军自行走到木雅国，
绝不留下活口放生路。
福泽深厚之人的门前，
短命男儿犹如暴风雪；
位高权重的官员门前，
弱小之人如鸟群飞落，
是否对错各位请辨别。
虎豹熊豺野兽的嘴边，
食草动物无路可逃脱，
如此需要行军做准备，
精兵强将需要多少位，
请各位大臣好好思量。
臣达杰诺布桑珠其一，
赞都星杰邦仁为其二，

萨都图杰美巴为其三，
赤赞托郭美巴为其四，
西庆加仁南朗为其五，
恰庆嘉措阔顶为其六，
雅美多郭达孜为其七，
鲁都赞拉扎祖为其八，
南卡玉杰沃是为其九，
赞都拉噶邦仁等内臣，
十位各领千人的部队，
一万精兵务必准备着。

请竖起耳来敬请聆听，
无法领会奥秘不存在。

木雅国王如此安排行军之事。那时候大臣们心想：这如同生身父母般的国君，我们的衣食财富均来自于他的恩赐。在今日之前，我们头顶着天，脚踏着地，木雅英雄之地有四十位如活阎王般的英雄大臣，此事谁人不知谁人不晓？现如今该是我们展露英武的时刻，就算赴汤蹈火，牺牲生命也要誓死保卫家园，遵从国王号令。

那位希青南朗扎巴认为：这下完了，这绝非好事。倘若天空不被乌云遮住，怎可无故下雪？大地未被寒霜锁冻，怎可无故有人打喷嚏？山头未被大火焚烧过，怎可成为炭矿？你若未犯他人，别人怎可无缘无故到门前滋事？在这南瞻部洲，唯格萨尔大王势力强大，拥有无尽的财富，手下大臣智慧无边际。打架斗殴拌嘴等行为，只能坏事不能成事。涎分无法治好，官司无法脱身；与阎王罗刹相斗会丧命，同富户贵胄相斗遭制裁，看来不会有什么好结果了。

于是希青南朗扎巴低头叹气地坐着。大约过了半个时辰，他左手扶着腮帮，右手搭在膝盖上说道："在座君臣，我并非糊涂不明，而是略有所知，想在这里畅谈，若有错意，请各位谅解。我们与岭国为敌，并非好事。好比惹怒龙妖，只会疾病缠身；又如巫师放咒语，只会断子绝孙；更如触怒龙族般，祖辈麻风传子孙；与岭国为敌，只会动摇江山社稷。"并用江河缓流之曲唱道：

唵嘛呢叭咪吽！
一首两首三首的歌曲，
三首歌曲唱法各不同。
天降蒙蒙细雨的日子，
春回大地解冻的时机；
大地吹起微风的日子，
春起寒霜下雪的始端。
此曲是用故乡语言唱，
虽非幸福吉祥欢乐歌，
故乡母语和族系三样，
人的根本不能失去之，
丢失家园则无法挽回。

向天神玉日泽杰祈祷，
您长扎西色隆山谷中，

有天神杜赞美日巴瓦；
在南部戎地的森林中，
住着天神凶猛斑纹虎；
在奔流急江河玉曲中，
居住着龙妖黑色龙驹；
向各方天神龙妖祈祷，
吃食鲜红血肉的赞神，
天神泰让请您护佑我。

倘若不识这里啥地方，
是木雅国达隆诺布地。
北方部落游牧牲畜多，
黑白牛羊无数遍草原；
南方村寨农耕粮食足，
五谷丰登户户粮满仓；
大地丛生植被结果实，
上下部落幸福吉祥地。
在更早以前的时代里，
文殊菩萨祈祷发愿故，
南部主神祇玉则托郭，
文殊菩萨五顶神魂山，

木雅国的玉日泽杰山，
霍尔国的杂杰山三座，
护法神祇凶狠地祇猛，
神鬼赞妖生灵出入地。
融于东南西北四大洲，
习俗律法效仿各地区，
法度仿汉宗教学藏地，
佛法盛传百姓守教戒，
佩戴金银玉石的首饰，
鞋帽衣裳均是藏地俗，
财富遍及藏汉大地间，
两部交际地之幸福国。
在中期时段的岁月里，
高山之上花草和树木，
夏季茂盛冬季变干枯，
唯有高山依然矗立此，
国家法度政策变化大，
强盗小偷无赖犯罪多，
清净宗教戒律遭破坏，
山谷平原满是妖魔怪，
世间人类生活变化多。

在当下如今的时期里，
木雅国既不属于藏地，
也不统属汉地的管辖，
法度教戒一律不遵守，
赌博偷盗欺骗样样行，
生命不分大小均屠杀，
豪强弱小势力两极分。
首领凶残部众更无耻，
人类血统牲口的品种，
基本延续父母的基因，
微贱母系所生的贱种，
丑恶骂名遗留传九代。

贫瘠土地之上种庄稼，
九年之中颗粒收不到。
如今好比古人的谚语：
崇山险峻之地本无路，
如今强硬踏足开小道；
不宜观赏之事已明见，
寻衅是非惹出祸端来；
不可触怒的地煞神祇，

如今已被污秽中了邪。
现如今无法说明清楚，
老朽记得前些年时候，
岭国客商的手和头颅，
是被我木雅人所斩断，
捎去诋毁侮辱的口信，
其余的客商和伙计们，
凶残割去双耳和鼻子，
所有货物被木雅人抢。
如今岭国军队来寻仇，
好比遇到罗刹活阎王；
那敌国岭部落的军马，
行军打仗一生的戎马，
视死如归的岭国军队，
心胸豁达生存不在意，
习惯远走他乡度一生，
吃食自家他人无差别，
南征北战一生争斗故，
心无他乡故乡的差异。
如今到了危险的时刻，
自不量力挑衅岭国人，

好比双手捣毁自家院，
用力抛向空中的石头，
最终落到自己的头顶；
双手洒向天空的炉灰，
最后落入自己的双眼；
胸无胆识自傲的小人，
挑衅权势贵重的官员；
行为不净触怒了龙妖，
大地流行瘟疫染麻风。
岭国党如兵临木雅地，
是为颠覆木雅的权势，
是否对错请君臣斟酌。
这并非是老朽在谋划，
而是赤胆忠诚的话语。
年过花甲的六十老翁，
一直担任国王的大臣，
怎可怀有反叛不臣心？
也无侮辱欺瞒歧视心。

方才老朽所奏之事宜，
倘若不愿听闻也无碍，
若有错意敬请谅解之。

希青南朗扎巴唱完，国王心想：恶人口出恶言，这老头不懂装懂，将别人看成阎王，将魔女当成母亲，将敌人认作父亲，将毒药当作食物，里外分不清，鬼神辨不出了。那贱母生下的贱种觉如，有什么可怕的？无非是被他打入地牢，割去五官，更甚者被杀死，除此之外还能有什么更可怕的结果呢？于是他疾言厉色地训斥老臣希青南朗扎巴，说从即日起，倘若老人还自不量力，胡说八道，将会撤去其所有职务，将其逐出木雅。老臣今日之事是否要惩处，还待他日君臣商议之后再做决定。

各大臣不知所言之时，达赛尼玛顿珠、珠拉南杰托贝、星杰邦仁、琼那米吉、萨都那拉邦仁等傲慢凶残的大臣们纷纷起身，口出狂言，直言要斩断岭国将领的首级，踏平岭国营地，将他们杀得片甲不留。赞都星杰邦仁说："山岭间行走着八角雄鹿，倘若猎人不能狩去，说明射技不如他人；敌军兵临城下，倘若不拿起三械，说明男儿无胆懦弱。"并用允诺英武冰雹之曲唱道：

唵嘛呢叭咪吽！
一首两首三首的歌曲，
三首歌曲唱法各不同。

青龙当空雷声阵阵响，
是为冰雹倾盆裹大地；
北方狂风暴雨骤然起，
细沙淹没谷地的征兆；
天降暴雨洪水奔流飞，
大地冲成土坎和断崖；
赤色火焰被风吹燎原，

山野森林烧成黑色炭；
那岭部落短命的军队，
走到边缘木雅土地上，
英武话语遍传于大地。
若未让岭军横尸遍野，
就当男儿赞都是死尸。
向护法神地祇神祈祷，
在玉日南卡泽古山上，
住着吃喝血肉的赞神，
黑花白三色的泰让神，
向各神祈祷加持于我。

倘若不识这里啥地方，
此地乃是木雅的中心，
是骏马良驹嘶吼之地，
山下是翠绿的水草地，
雌雄野鹿生存于此地，
长满草药的山谷草地，
是万马驰骋奔腾之地，
南部植被茂盛山岭地，
弥漫黑色巨蟒的毒气，

猕猴猩猩嬉笑打闹地，
百灵鸟雀欢乐歌唱地，
灌溉水地庄稼收成好，
草木茂盛枝叶也繁茂，
百姓富足部落牲畜多。
巨蟒般的四十位英雄，
英勇好战无人能够敌，
木雅国君烈日当空照，
黑色乌云无法能遮挡。

尔等认得我是谁人也，
是英勇千户长的后代，
人们称父亲赞拉扎巴，
生下英雄郎赞都邦仁，
带领千军万马的将军，
忠诚国君的股肱之臣。
野牛角力炫耀于山谷，
斑斓猛虎出没森林中，
鳄鱼埋伏热带河流里，
英雄都在扬威于沙场。
在今年寅虎开年之际，

野狼来势凶猛袭羊群，
鲜血染红山谷的羊圈，
牧人痛心疾首又后悔；
灰白鹞鹰叼着鸟雀儿，
天空飘满鸟儿的羽毛；
罗刹无常行走天葬台，
短命贱人喂食于秃鹫。
木雅赞都雅美等英雄，
四十位英武的男儿郎，
敌对岭军行走于坟场，
死尸将会遍及坟墓地。
那么恩重如山的大王，
且莫震怒也无需生气，
雪山虽被太阳融化了，
巍峨岩山本色从不改；
河水断流河床虽干枯，
平坝岩石本色从未变；
蔚蓝天空虽被乌云遮，
四方天际亘古无变化；
懦弱敌军虽然临家门，
英雄男儿胆识不错乱。

此次无需后悔又担心，
福泽深厚之人的门前，
薄命之人如风雪飘零；
高空雷声阵阵青龙腾，
颗粒饱满作物险被打；
赤色火焰凶猛燃烧地，
茂密丛林险要被烧尽。
木雅君臣气焰高涨时，
胆小如鼠岭国的军队，
鬼使神差走到木雅地，
这并非所想是所缘也。

在如今的这开年之际，
整顿军马集聚在山头，
在那十五个部落当中，
四十位英雄每位麾下，
必须集中五百位军士，
男儿盔甲要重新打造，
军马喂养要用精饲料，
磨亮长矛利剑锋芒露，
磨尖箭镞磨套索环扣，

另外三械皆要重打造。
我这并非说辞是真理，
前往敌营厮杀莫坐待。
遇到强敌迎面做争战，
访客到家摆宴要款待，
牛羊围圈就要挤鲜奶，
商品盈利之时做买卖，
运气亨通之时穿盔甲，
如此之事请谨记于心。
要在本月十九日那天，
军队会师红山的脚下，
英雄嘶吼莫要惜生命，
头盔旗帜黑白花三色，
要像天空五彩云飘荡，
身穿花色盔甲和衣裳，
像大地盛开艳丽花朵。
盛夏雨水猛增洪水流，
冲毁大地成鹅卵石滩；
气焰凶猛的岭国军队，
不请自来走到木雅国，
唯恐屠城一人也不剩。

此言并非说辞是真理，

是否如此赤杰王之子？

倘若歌曲有错乱之意，

敬请在座的君臣谅解。

赞都星杰邦仁唱完，他身穿盔甲，佩带军械，咬牙切齿，怒视众人，傲慢无礼地坐在席位上。接着阿扎拉赞顿珠说：“今日我也有话说。这俗话讲得好，未战莫要逞英雄，战时胆破吓出声；刚上马背莫要松缰绳，骏马疾驰之时勒紧绳；兵未血刃莫要装好汉，实战对峙莫要如狐狸；财大气粗莫说大话，买卖顺利莫要翻盘；若无冤仇莫要动干戈，若要打仗切勿犹豫。今年我木雅和岭国的争端，是无故浪费财力，无怨屠杀生命，无事派兵布阵。现如今看来将要横尸遍野，狼烟四起。倘若发生战争，国家将会人财两空；倘若流行瘟疫，人们将会街头行乞。种种情形如今又毫无办法。就在去年，我国不知分寸的君臣们，对岭国商队的所作所为好比是用冷水浇灭了熊熊火焰、挡住礌石、用双手筑坝，做了许多违反天理的事情。如今，以我国的势力难以与岭国为敌，即使后悔也无用，此战无法避免。战争无非是两种结果，要么岭国战败，要么我木雅亡国，谁也无法断定。那天空中悬挂的彩虹，虽然缤纷耀眼也无法布满天；大地奔流的江河，何去何从自如，堤坝巨石难阻挡。今年我木雅国，实在傲慢过了头，非要惹怒那岭国，好比搬起石头砸自己的脚，不受伤才奇怪。男儿骄傲自满，招来杀身之祸；女子泼辣风骚，怀得野汉孽种；幼驹欲驰疾行，四蹄脚劲踉跄；官员权高位重，百姓流离失所；喇嘛贪婪好财，坠入恶道地狱。这些并非我危言耸听，事实定会如此。为今之计，请诸位仔细思量，好好斟酌，献出你们的智谋。十户长、百户长、千户长和万户长们，请静下心来好好考虑，必须要定个天衣无缝的计策。今年是我木雅的关键年，开战之际众将不要自满，战争之后也莫要后悔。”

如此说完，那木雅国王的脸黑得像高山顶上翻腾的乌云，他心里在想：我的这些大臣都是些吃里扒外的人，没有一个敢迎战杀敌。我亲自任命的大臣，为何不为江山社稷着想？这些人有美味佳肴之时嗓眼大，驱赶敌人之时妄言多，受到凌辱之时如狐狸，胆小夹着尾巴逃窜。养兵十年，用兵一朝，他们一直吃我俸禄做我的官，倘若此次不能让他们为我效忠，我如何能守住这江山和宝座呢？于是，木雅王说：“在座各位大臣，我要颁布懿旨，倘若谁不遵循，定以国法处置。”木雅王将旨意以晴天霹雳之歌、用凶恶幻歌之调演唱道：

唵嘛呢叭咪吽！
歌唱蔚蓝无边的苍穹，
悬空赤日烈焰金灿灿，
光辉照耀宇宙四大洲；
高空疾风耳边呼呼响，
狂风造就大地凹凸状；
歌唱飞奔狂流的江河，
大河瀑布之水不自满。
黑白花三色泰让保佑，
请您护佑加持帮助我。

倘若不识这里啥地方，
是木雅大鹏飞天城堡，

幸福吉祥太阳照此地，
富饶资财任意享受地。

平日太平安宁的时候，
男儿好汉英武如虎豹，
用武之际一群野狐狸，
无勇显露斑纹和利爪；
平日太平安宁的时候，
智慧犹如日月星辰转，
似乎手握乾坤与阴阳，
如今商议国家安危时，
愚笨蠢钝又如天地暗。
尔等如此不得说两句，
俗话说道夏季来临时，
青龙夹带狂风和暴雨，
龙腾神湖蒸汽迷雾飘，
青龙展露焰翅飞云端，
雷鸣隆隆响彻天地间，
冰雹雷声阵阵满山谷。
秋风寒霜起在高山顶，
昆虫蛆虫躲在荆棘丛，

天干物燥火苗随时起，
烧尽山头虫类无处藏。
如此一般的木雅君臣，
平日有钱富有的时候，
炫富夸耀彼此斗财富，
豪言壮语人人皆英雄，
满身佩戴饰品赛娇艳，
自诩俊美修饰无节制，
能说会道如山顶经幡，
无需刮风也能自飘摇。
如三冬雪迫害的大臣，
装聋作哑哀声连连叹，
心情郁闷厌烦阴着脸，
好比白天飞行的鸱枭，
如此痛苦难堪真寒心。
昔日强壮矫健的身手，
看似并非父母养育恩，
男儿成丁身体强健时，
自恃成事傲慢又骄横，
遇见鬓白双亲心烦恼，
莫说侍奉衣物和吃食，

口出恶言手持着棍棒，
凶残恶狠拳脚相加之，
不再信仰天理和人伦；
位高权重富有的大臣，
手握重权威震君王时，
骄奢淫逸彻底忘君恩，
巧言令色蒙骗着国君，
所有国之大计和策略，
皆为私欲并非为国王，
结交群臣英雄是盟友，
各个足智多谋有心胸，
能够承担大事挑大梁，
如此现象实在很奇怪。

就在去年年初的时候，
大臣班典郭布为其一，
赤托恰那顿堆为其二，
顿图本美巴杰此三人，
带兵行走北方草原时，
遇到东部岭国的商队，
抢劫商队驮畜一百多，

屠杀无数客商和伙计，
这等行径我从不知晓，
但获赃物之人心欢喜。
这些傲慢无礼的蠢人，
无端生事与岭国为敌，
如今敌军兵临城下时，
各个犹如缩头的乌龟，
无人腰束三械去打仗，
所有男儿像背箭姑娘，
利箭好比老太的纺锤，
利刃好似牧人抛石器，
骏马良驹好比长耳驴，
长矛看似打狗的棍棒。
莫说赶赴沙场迎敌军，
空口白话无能的大臣，
对部众百姓残酷严厉，
争夺财富你死又我亡，
商议国家大事的时候，
无才辨别对错像头牛。
那么木雅国的大臣们，
是否感到羞耻无颜面？

倘若汉地传闻木雅人，
胆怯懦弱怕死可咋办？
若天竺传言又是如此，
尔等又岂能无动于衷？
藏十三部落又如何看？
木雅国王玉则南杰我，
实在无福如老太经商，
无法坐以待毙寝食难。
无爪鸟雀得用嘴觅食，
无仆君王得自己备马，
我要前往岭国军营里，
玉则觉如彻底做了断。

良种骏马幼驹赛脚劲，
道高天师徒弟比法力，
国力相等君王比财富，
年少英雄男儿比武艺。
小国君王木雅玉则我，
并非是贪生怕死之徒；
统辖的十五个大部落，
也能自持守住管辖地；

从不惧怕藏汉地法令，
与岭为敌无惧也无悔。
英雄男儿出身各不同，
所谓强中自有强中手，
好比山脉此起又彼伏，
群山竞高无法做断定；
君王势力有强弱之分，
统辖臣民有优劣之等；
种马决定脚力的好坏，
持家本领显贫富差距，
属民忠诚显首领权威。
出生之时男女均相等，
后世福泽权威的高低，
生辰年月日期的吉凶，
人情伦理价值的取向，
善恶黑白自身的行为，
与此紧密相关无他因。

尔等行军打仗做准备，
后天本月十六日早晨，
军马聚集于那玛山沟，

兵力强盛英勇的大臣，
胸无谋略狭隘心又黑，
无视大局只满足私欲，
商议大计无法做裁断，
如今凡事自行做决断。
还有某些可恨的大臣，
口出恶言长觉如气焰，
污蔑国君百姓的威风，
如此之人从此不可留，
这等大臣是罪魁祸首，
或者是拖延后退之人，
好比墙头野草随风倒，
犹如牲口随处觅食物，
天地难容无处可藏身。

从今日之起逐出木雅，
或者投降岭国格萨尔，
或者投靠敌人讨生活，
木雅国的爵位和俸禄，
从此不再享有均削取。

国王唱完，下令决定严办那些忤逆他心意的大臣。这时群臣畏惧大王，那些胆小的人心想：这国王是体恤百姓，赐予我们爵位和俸禄的大恩人，我们无论如何也要报答他的恩德，坚决服从他的旨意。但是塔杰珠拉、多布庆米巴、赞杰雅美等大臣骄傲自满地认为：如果自己没有胆识，国王又能如何庇佑？这简直是天大的笑话。他们依然无动于衷。老臣扎巴南杰心想：这下完了，倘若君臣内讧，最终国家会乱；锤子半空乱扔，最后砸在芝麻上。天空下起的冰雹，大地只能接纳；大海升腾的雾气，天空只能接纳；日月星辰运行宇宙间，不得不绕行四大洲；国王大臣和百姓，从此生活在水深火热之中，我无论如何也不能坐以待毙。于是老臣扎巴南杰将行军之事用炽热毒药之曲唱道：

唵嘛呢叭咪吽！
今日演唱木雅的歌曲，
并非为说公道的话语，
既然投生四元素的人，
才识福泽聪慧等条件，
个人所缘并非均相等。
轮回中人福泽的薄厚，
是前生修集业果之因；
男儿所谓英勇和懦弱，
是一天气数盛衰之因；
骏马脚劲的快慢速度，
是七天水草饲料之因；
首领权威的高低之分，

是与臣民的爱戴有关；
天神法术的高低之分，
是与祭祀和供养有关。

古人谚语说得非常好：
短腿之人不能急速走，
就算挥臂摇手也无益；
倘若没有富足的资粮，
就算贪婪敛财也无益；
倘若天生没有智慧眼，
瞪大双目环顾也无益；
倘若没有加持的力量，
就算作法念咒也无用；
脚劲缓慢吃力的老马，
就算铁鞭策马也无用；
糊涂盲目无脑的傻瓜，
就算灌顶智慧也无益；
无胆男儿傲慢又矜骄，
倘若缺乏智慧和胆量，
就算咬牙切齿也无益；
没有钱财的疯狂醉汉，
若无法道出谛语真言，

错乱语言说出也无益。
那么木雅国的君臣们，
相互埋怨内讧为其一，
你错我对追究为其二，
相互逃避责任为其三，
如此三者是内乱根本。
善恶业缘对饮食男女，
倘若衣食住行不齐全，
畏惧艰辛苦难的日子，
对于衣食生活无助益。
刁民、奸臣、暴君三，
各自行使义务范围内，
相互埋怨和推卸责任，
实际是助长敌人气势。
倘若君民一心抗外敌，
定能击退岭国安木雅。

倘若不识我是何许人，
英雄之子扎巴南杰我，
虽未见多识广有智慧，
但也年事颇高经验多。

如不懂得做人的分寸，
如同疯子无心走他乡；
倘若说话不懂得轻重，
狂妄部落首领如疯子；
倘若不懂得节制吃喝，
大嘴贪吃女子如疯子；
倘若不懂得松紧缰绳，
远行的骑士犹如疯子；
念经放咒不懂得收放，
道行高深喇嘛是疯子。

如今把内争暂且放放，
在老臣扎巴南杰看来，
木雅王国十八个部落，
理应是有十八位首领，
再次派遣使者下旨令，
下达严令在十日之内，
军马会师弥隆那文滩。
战甲盔旗均要做统一，
腰束三械战士显威武，
骑兵步兵数目要相等，

究竟多少各自做思量，
穿衣吃食盔甲和战马，
所要军需物资皆自备。
骑兵要像冰雹满地滚，
步兵恰似暴风狂乱吹，
要求每位首领的麾下，
聚集五百位精兵强将，
其余所需慢慢做打算。
驮运军资粮草等所需，
预备驮马驮骡驮牛等，
倘若谁敢抗命不遵旨，
军马会师弥隆谷之日，
依照军令当众斩首级。
斩杀外敌内患均无异，
倘若谁不遵从国王令，
重者斩断首级当众示，
轻者割去耳鼻等五官，
即使你等反对也无益，
严厉酷法不会做动摇。
僧侣听取上师的教诲，
佛法兴盛辩经声悠扬；

臣下遵从首领的命令，
百姓团结部众肩并肩；
孝子听从父母的话语，
家庭和谐财富满仓库；
青年听从老者的言语，
来回行动众人步伐齐。
是否对错请大家辨别，
还有要事要歌唱向告，
智慧分为上中下三等，
人多嘴杂思想又迥异，
最终一事无成毁自己。
倘若兵临城下要征战，
宾客临门以茶酒相待，
天神降临要央求加持，
首领临门要迎请款待，
如此是古人谚语所说。

总之木雅从此无宁日，
国王命令和臣下所言，
均为国之大计无差异，
倘若听懂请记在心中。

今日必定要集中精力，

在座人臣务必要听懂。

老臣扎巴南杰唱完，这时坐在上部金座之上的大王和位于中间虎皮豹皮席位上的大臣以及大小各官员首领都极度赞扬扎巴南杰所言，回去后都准备战甲、头盔、鞋帽和食物。那景象犹如双手无法遮住天亮、水涨漫桥无力阻挡、火势蔓延柴火无干湿、大雨倾盆树叶无高低。严法治理百姓则百事顺畅。木雅军民在各自辖区准备战事，以大将扎巴南杰为首的赞杰雅美邦仁、琼那雅美、隆拉美巴、扎拉托赞、曲拉古嘉、赞拉诺布、赞杰鲁沃、扎拉美巴、星杰刚杰、南拉托贝、琼青南杰、智青额巴、朗青多布旦、赤赞德郭、雍仲拉赞、尼玛塔杰、扎拉顿觉、扎拉普顶、特布让托贝、都热那布、美拉珠杰等人，顶戴头盔，身着战甲，腰束三械军械，各人所骑骏马备着金鞍银鞍。

几天之内，派往各地的使者将紧急军事通知了各部首领。木雅十八部落的军马在短短数日内聚集于那文滩上，军营中的大大小小的帐篷，犹如雪山屹立、火山喷发、黑气笼罩；军队像天上繁星；舀水之人如候鸟群飞；煮茶的热气如大雾弥漫，灶石如巨大岩石。那时扎巴南杰、隆拉美巴、美拉珠嘉、曲拉古嘉四人作为领队的四员大将，每位带领着一千人马精良的骑兵和无数步兵。那些军士身上穿着战甲，顶戴插着各色盔旗的头盔，他们步履统一，整装待发。那架势犹如天降冰雹、天雷阵阵、火焰熊熊，在四位将军的带领下于九月十二日前往北方部落岭国军队扎营地。

九月十五日晚，格萨尔大王在修行空性菩萨定的时候，天空突然出现彩虹，三界动摇，彩虹之光照射在大王寝帐之上。那彩虹中南曼杰姆头戴五部空行帽，右手持檀木杖，左手持白银铃铛，脖颈上挂着预知未来的镜子，骑着狮子，牵着青龙和骏马，在无数仙女的簇拥下，踏着彩虹之路缓缓降到格萨尔大王的寝帐内，用鲜明预示之调唱起：

唵嘛呢叭咪吽！
阿拉是父系空性之歌，
犹如五色彩虹空性歌，
无法触碰无边的歌曲，
领悟佛法要义的歌曲，
六道众生利他的歌曲。
塔拉是轮回解脱之歌，
是西方极乐世界之歌，
有情生命摆脱厄难歌，
是利他事业圆满之歌。
在三十三重天之下方，
在十八层地狱之上方，
六道轮回有情之众生，
解脱厄难得道的歌曲，
坦途清净本性的歌曲，
歌唱无边法性的天空。

倘若不识这里啥地方，
是木雅国色泽玉龙地，
是个吉祥富饶的地方，
是天兵神将的战争地，

那大山、高地、草原，
犹如大门敞开迎宾客，
谷口江河奔流水潺潺，
北部住着游牧的部落，
东部是往汉地的道路，
西方是藏人生活之地。
在这通达四方的要地，
如天地精华般的帐篷。

你可认得我是何方神？
一生供养托庇的神仙，
不得不护你一时平安；
一生积攒的所有财富，
不得不在一天内挥霍。
这木雅是退敌的战场，
去年前年收取的利息，
今年连本带利要还清。
去年木雅国的君臣们，
耀武扬威带兵去抢劫，
在弱小客商伙计手中，
抢去所有财物和商品，

今年该是归还的时候。

那么尊贵的天神之子，
敬请聆听我教诲之言，
如此业缘你且不能睡，
请勿躺下速速来起身。
草木未被暴风雨摧残，
是九九冬月自然特性，
静躺死水险些会结冰，
大地寒冷顽石也冰冷，
树木枯死树根会发烂，
上师睡觉辩场变安静，
戒律松弛誓言不守信，
妖魔罗刹横行气焰高。
倘若官员松懈法度衰，
敌人强盗会胆大妄为，
弱小百姓难安身立命；
倘若叔父混痴言辞断，
延误大计财富被人夺，
瘟疫灾害流行百事衰；
倘若男儿无勇敌临门，

妖魔鬼怪军队围四周，
威武英雄气势输他人；
倘若姑嫂懒惰茶酒断，
莫说客人生计能依靠，
就连帮闲佣人也挨饿；
倘若姑娘风流难嫁人，
未婚先孕身怀有野种，
衣食住行生存无保障。
那木雅国君玉则南杰，
统治管理十八个部落，
护卫有五百一十八位，
各个英雄好汉如毒气，
那立下军令状的前锋，
其名称唤作扎巴南杰，
还有赞都星杰邦仁二，
鲁都白巴郭松为其三，
美拉玉龙珠嘉为其四，
南拉扎那托贝为其五，
赞杰雅美邦仁为其六，
星都岗仁君布为其七，
赞都热巴弥散为其八，

热都那布鲁沃等英豪，
这些视死如归的男儿，
好战嗜杀成性为其一，
轻敌惹是生非为其二，
做事毫无章法为其三，
吃喝他人食物已习惯，
只做偷盗抢劫非法事，
无法无天的妖魔之臣，
军马无数如狂风暴雨，
三天之内到达岭军营。

敌人临门则击退困难，
河水冲堤则无法阻挡，
大火蔓延则不能熄灭，
太阳融化雪山不可挡。
湖水雾气蒸发的地方，
青龙腾飞盘旋于空中，
预示雷鸣季节已到来；
南部门隅茂密森林中，
猛虎嘶吼跳跃丛林间，
展露斑纹时机已成熟；

蔚蓝无边大海的中央，
鱼蚌鲨鱼水族浪里跳，
预示大海翻腾水浪高；
那木雅年轻国王玉则，
行军走到岭国军营前，
欲想屠杀岭国的兵马。
熟悉地形如自己掌纹，
野狼山和那野牦牛山，
野鹿山野猴山和岩山，
五山哨兵均要协作战，
如果里外不一致抗敌，
敌人临近则无法阻挡。
部落首领英雄和将军，
且要军械盔甲不离身，
虽然劳其筋骨又麻烦，
但是官员命令不可反。

天母预言将会继续有，
倘若听懂是耳的供养，
未听懂歌曲也无错意。

南曼杰姆预示完毕后，众天女在铃铛声中突然消失了。格萨尔大王入定回神，乘着天刚擦亮，从小方桌上拿起摇铃，摇了三下。司膳索玛巴杂、玉杰诺布桑布、拉赞达杰顿珠、噶德尼玛曲荣等仆人，有些准备柏桑料、御酒，有些准备净水和茶，煨桑、焚香祭祀，点着酥油灯。大家前后簇拥着走到大王座前，大王立即下令于四方岭国军营，通知各部摇旗敲鼓速速集合。太阳照耀大地之时，岭国各部军马会师在格萨尔王的大帐前。

这时那雄狮制敌宝大王将自己深夜入空性菩萨定时期，天母南曼杰姆亲自降临预言之事告诉大家。格萨尔王身穿金色衣袍，端坐在赤色金座上，将金刚自鸣之歌用威光征服大众之曲演唱道：

唵嘛呢呗咪吽！
阿拉是歌曲的开头篇，
头顶蔚蓝天空高声唱，
灿烂辉煌温暖如太阳；
塔拉唱自极乐的世界，
众生为母六道轮回中，
虔诚皈依佛法的歌曲，
威光征服大众国王令，
臣民昂起头颅之日唱。

倘若不识这里啥地方，
是高地藏区的边缘处，
妖魔猖狂鬼怪横行地，
赞神泰让气势高涨地。

没有礼制风俗无赖多，
目无法纪的国王玉则，
弱智无脑大臣如毒蛇，
欺压善良百姓害忠良，
但凡行事从不计后果，
男儿言谈从不分亲疏，
亲朋好友之间无情感，
父母养育之恩不报答，
残害抑制善良的百姓，
野蛮男儿四处去流浪，
无耻屠夫生活的地方，
犹如魔鬼屹立的城堡，
若懂审时是自寻苦恼。

你等倘若不识我是谁，
在那玛域玉龙森多地，
女性果萨拉姆的儿子，
人称地鼠杀手的觉如，
在玛域生活十二年里，
降伏妖魔鬼怪无数个，
制伏各种生灵显神威。

就在我十二岁的那年，
岭部落姑娘森姜珠姆，
带领觉如前往上岭部，
戎岭部落的赛马比赛，
觉如夺魁岭国的宝座。
自那日觉如佩带三械，
戎马征战行军到四方，
虽知辛苦无奈是命运。

今年我岭国格萨尔王，
是毒一般木雅的克星，
原本无心招惹木雅人，
虽然无心亦是命运也。

古人谚语说得非常好：
从药箱取出一味药引，
无病乱吃拔了人命脉；
羊圈里面走出一只豹，
瞬间血染羊群成红色；
叔父之间无端出敌人，
位高权重的木雅玉则，

骑着野马不懂收缰绳，
坠入悬崖后悔也莫及；
恶人心灵无法能劝善，
法场行刑之日才后悔；
风流浪女无法闲修身，
身怀野种之日才后悔；
无耻部落首领和官员，
常年欺压和奴役百姓，
行军打仗之日气焰高。
木雅小国自负又傲慢，
自不量力与岭国为敌，
拦路抢劫汉地的茶商，
汉地国王心急犹如焚；
阻拦卫藏客商的去路，
藏地四水六岗同愤慨；
另外西宁地区的上下，
兵荒马乱满地是劫匪，
未见尊荣臭名满天下；
他之前所做的一切事，
明目亮眼之人皆愤恨。
口腔蛀虫是牙的克星，

是引发胆囊炎的根本，
他木雅国王玉则南杰，
是汉藏通商的拦路石，
如此恶人与其继续活，
不如杀死其名也不留。

花岭天神部落的男儿，
贩盐经商四处做买卖，
汉地客商足迹遍藏地，
红茶绿茶驮运到藏区，
藏区各种药材送汉地，
藏汉之间友谊的金桥，
从未间断商贸关系好。
但是客商行走的路上，
失去性命财物尽被抢。
那条黑腹的大嘴毒蛇，
此次要全身涂满药物，
砍断可恶强盗的手脚，
让畜生牲口都嫌弃他。
无耻奸诈的木雅国王，
向白岭部落挑衅生事，

今年定要讨回所有债。
从今天起在三天之内，
各地关卡哨口派驻兵。
洪水未到提前筑堤坝，
敌人未到首先做防卫。
如今天神授记预言明，
就在后天吉祥的天日，
向我军出发的敌军们，
到达三谷汇合的谷口，
北路南路和西路三军，
堵住三谷进军的出口，
岭国战场设立在中央。
我们无需前往就地等，
受到天神预示的之前，
稳如大山一丝也不动。

听懂歌曲请谨记心间，
每位好汉都要冲先锋，
叔父兄弟众人请谨记。

格萨尔王唱罢，神子扎拉泽杰、姜国王子玉赤贡杰、丹玛王子玉卫奔美、戎氏王子尼玛拉达、达氏王子达瓦顿珠、珠氏王子美耶尼玛、珠弥噶柳吾桑珠、贡萨普耶朗杰、贡贝巴沃通卓、贡贝夏嘉森格、本巴柳吾嘎琼、本巴玛尼嘎热、玉色南卡珠嘉等诸王子以及岭国各位英雄豪杰按照格萨尔王的命令，在各自军营附近的关卡、哨口、谷口、河边、桥旁、山口和敖包旁派兵把守；金谷、玉谷、虎谷、莲花谷、巴姆谷、扎姆谷、姐妹谷和魔女谷等各个谷口也派重兵驻守着。

那天，太阳初升之时，由达郭琼那、扎拉托杰美巴、赞都邦仁、玉沃多布庆扎巴、多布庆拉美卡雪、赞杰雅美邦那等将军带领的木雅军队已到达卓姆隆三岔路口。那阵势恰如赤色火焰熊熊、紫黑云雾缭绕、绿水沸腾奔流一般分三组列队前进。岭国人看到赞都邦仁、隆那萨都、扎那琼宗、邦玛赞杰四人，每人带领一百余骑兵纵马前来。于是岭国方面由本巴柳吾嘎琼、本巴南卡多布旦、本巴拉色扎巴、本巴柳吾喜嘎、穆巴赞杰多吉等人在各自部落中挑选三百精兵准备迎战。

那王子玛尼嘎热骑着一匹白马，身穿白色盔甲，头戴白色头盔，身体两侧带着白色虎皮和豹皮制成的箭筒，胸前挂着白色铜镜，后背挂着白色盾牌，白马搭着白色马鞍，仿佛太阳照耀在雪山上。他身材魁梧如大山，仿佛能统辖三界、征服三世间。他纵马一跃，刹那间挡在木雅大军前，那木雅将领赞都邦仁勒住闪电赤色骏马的缰绳，手握长矛说道：“倘若今日不能把这位骑着白马的人弄得狂风吹断经幡、太阳融化冰山一般，打得他粉身碎骨，我便不是英雄好汉。”于是木雅将领赞都邦仁将询问来者姓甚名啥、故乡何处、何等种姓之事，用天降雷电之调唱到：

唵嘛呢叭咪吽！

天公作美晴空万里时，

画眉鸟儿才会唱起歌；

盛夏草地鲜花烂漫时，

蜜蜂嗡嗡作响采花蜜；
心情焦虑心急如焚时，
妙龄少女高歌放声唱；
好汉对峙狭路相逢时，
少年男儿高亢唱起歌。
这曼妙动听的木雅歌，
歌声嘹亮犹如降甘霖，
大地万物丛生植被密。
唱起歌满足部落所需，
再唱震慑四方的歌曲。
向乡神和地方神祈祷，
在那玉日南宗山顶上，
有战神玉则拉日桑丹，
向森林峡谷赞神祈祷，
向食肉罗刹神做祈祷，
向黑白花泰让神祈祷。
护佑军士征战赴沙场，
欲走时如马匹的缰绳，
庇护此地恩重如父母，
那猛虎般的玉则神祇，
能摘敌人心脏喝鲜血。

倘若不识这里啥地方，
是美丽幸福的木雅地，
上方北部草原无边际，
是游牧部落的栖息地，
成群黑白牲畜遍草原；
下方肥沃土地农田多，
农民五谷丰收似粮仓；
山谷植物茂密果实多，
野猴玩耍野兽常出没。

倘若不认识我是谁人，
在南部的白隆山谷中，
有座猛虎斑斓奇幻城，
统辖村寨部众如江河，
英武善战如虎豹对峙，
财富和食物多如牛毛，
矿藏物资如大海浩瀚，
百位好汉之中最绝顶，
平日唤我作赞都邦仁，
有些人唤我赞郭扎杰，
有些人叫我南嘉托巴，

父母称我为阿达拉赞，
首领称我为赞都邦仁，
一人四个名称者是我。
降伏四方妖魔的英雄，
汇聚四处财物的能人，
英勇善战武艺能超群，
对答如流话匣自打开，
权势显赫能与日月齐，
并非男儿自大说空话。
对汉地所有律法严令，
绝非是折腰遵守之人；
对天竺所有宗教神学，
绝非是虔诚笃信之人；
对藏地所有政教法令，
并非是诚信遵守之人。

英雄好汉休想超越我，
在那连绵山脉的垭口，
筑有阎王的四方城堡，
那木雅国王玉则南杰，
好比空中的罗睺星曜，

运行何处与日月相克。
缠绕血肉之躯的病魔，
因四大种传染的晦气，
贪婪杀戮的孽障等三，
都说源自于罗睺星曜。
下部汉地的边疆区域，
藏区多康四水六岗地，
中部嘎、珠、赛部落，
木雅统辖的部落无数，
犹如大地生长的草木。
粗野好汉男儿出入地，
妖魔罗刹无从能得手，
天空雷鸣狂风夹冰雹，
广袤大地不得不颤动，
雪山融化流淌的洪水，
谷口崎岖狭路均冲毁，
英勇赶赴战场的军队，
临死央求敌人放生路，
实为懦弱贪生怕死者。
骑白马的白人听我言，
你是来自何方去何处？

故乡何处到此为何故？
富有力强的重要客人，
倘若您要前往那汉地，
向木雅国王借道问路。
多康霍尔等三个地区，
处在汉地的边缘线上，
你有何货物可做买卖？
请勿隐瞒告知我实情。

如此谚语古人说得好：
男儿可分上中下三品，
上品优等君子的话语，
无需询问如水潺潺流；
品德中等男子的话语，
犹如高山顶上的经幡，
微风吹起之时轻轻动，
对方询问才会做回答，
此类安分相安又无事；
询问下等品德的男儿，
心中所想绝不说出口，
双目噙满泪水欲掉落，

鼻涕口水唾沫满天飞，
粗气吁吁犹如牛鼻声，
时机未熟拔刀相威逼，
话语未懂真假未辨时，
过早口出恶语与狂言，
最终落得害人又害己，
如此行径又有何用处？

你这长途跋涉的路人，
有何善良高尚的品性？
汉藏两地买卖的货物，
锦缎丝绸珍贵的物品，
贵重珍稀货品有什么？
价格如何到底怎么卖？
请勿隐瞒实话告诉我，
敬请聆听白人白马者。

赞都邦仁唱完，那王子在马背上不急不慢，双手空空，犹如白色雄狮傲立于雪山、青龙盘旋在雨雾之巅。玛尼嘎热手中没有兵器，坐在马背上，身体纹丝不动，说道："你说得非常对，倘若对方询问而默不作声，那是下品男人的行为。那云中之龙，来自大海，并非为了下冰雹，只因季节已到来；候鸟从南国飞来，围着天湖绕右飞，并非为了炫耀翼力，是到了冰川融化的时机；布谷鸟从门隅飞来，在藏区树木绿荫中欢唱，并非为了炫耀动听的歌喉，而是夏季已经到来；蚂蚁从石缝的蚁穴中爬出来，背着蚁蛋四处奔，并非力大无穷想要背，而是土地解冻必需背。在这夏季暖风吹起时，就连蚂蚁也长着翅膀，树木茂密，鲜花灿烂。小人的家乡在西方，如今离开家乡走四方，并非为了炫耀三械和臂力，若换作是你，你不得向前来。请赞都邦仁聆听于我，您说话犹如天空中的日月，仿佛要征服南瞻部洲，又如天雷冰雹，雷劈岩石。倘若不回答您的问题，我就是内心黑暗郁闷如哑巴。来自何方、故乡是何处、何等种姓之事我无需向你报告，也没有货物可以做买卖，但我到此的目的可以告诉你。青龙出海要腾空，那是因为大海雾气来迎请；猛虎走出森林、饿狼行走草原觅食物，那是因为羊群出现在草原。”

玛尼嘎热如此说完，用白绸水流之调唱道：

唵嘛呢叭咪吽！

阿拉是所有歌曲之母，

没有母亲的有情众生，

血肉之躯无从能降生，

塔拉是解脱道之歌曲，

倘若不懂苦乐的根本，

难以辨认真假之区别。

倘若不达极乐的世界，

无法能逃脱世间苦乐。

上师举行法会弘佛法，

若无密法灌顶和加持，

学生信徒如何懂修行？

位高权重的官员首领，

臣子随从众人围绕着，
若不知部众人畜数量，
权力高位又有何用处？
身束三械的英雄好汉，
倘若不识敌人是何人，
带领军队打算去何处？
富贵人家贤惠的女儿，
倘若不懂上供下施礼，
积聚财富又有何好处？
欲动急速奔驰的骏马，
倘若脚力不够路未达，
脊背覆盖布匹有何用？
此番有重大事情解决，
盛夏季节到底到未到，
就听高山雪鸡鸣叫声；
富贵权威到底有多高，
请看衣食财富之多少；
远途客人行程的脚步，
要看白昼黑夜的轮转；
那山谷的深浅和长短，
要看谷口流淌和河水。

倘若不识这是啥地方，
如你所言是木雅地区，
汉地茶商无法入藏地，
卫藏商人不能去中原，
货物商品无法做交换，
言语相撞无需做商量，
是北方部落的边界地。

倘若不识我是何许人，
无需隐瞒就此亮身份，
我来自白岭芒康部落，
十八部落的内情精华，
上部游牧之地的草原，
住着富足的嘉洛部落；
下部险要的山林中间，
住着赛巴氏族八部落；
山下绿茵茵的草山地，
住着文布氏族六部落；
下部玛域玉龙松都地，
住着穆江氏族四部落；
这上中下三个大部落，

人称富足的天神部落，
它的美名享誉人世间。

为轮回众生利他事业，
英雄野蛮男儿不放过，
懦弱胆小的人不讥讽，
因果公道法令自然成，
辨别真假业缘有标准，
上至佛法僧三宝加持，
下至海底龙王的宝库，
中间年神战神的护佑，
此三条件岭部都拥有，
还有忠心的玛域部众，
誉满这南瞻部洲之地。
并非我无端夸大其词，
无怨不打流浪的野狗，
无故不杀饲养的牲畜。
那栖息在山间的动物，
绝对不会无端被射杀；
山腰茂密的森林中间，
出没的猿猴虎豹猛兽，

从未无缘无故射杀过；
那江河中鱼儿等水族，
从未无缘无故捕猎过。
若非敌人挑衅到门前，
绝无前去招惹他部落，
并非无缘瞎扯说胡话。
清晨供养天神做祈祷，
夜晚诵念六字真言经，
依靠佛法寻求来世路，
行走他乡与人能和睦，
对于弱小贫寒的生命，
施舍衣食财物乃本性。
天神法师讲法的道场，
拜谒供养丰富的礼品，
走到村寨部落众人前，
无论谁人均要献茶酒。
岭国叔父青壮众兄弟，
部落结构内外分三层，
谁也无法独自使权利，
对于投降臣服的俘虏，
比那亲生孩子更疼爱；

对于本村部落和民众，
以慈心悲悯之法治理；
外围数以千计的部落，
统辖四方大国的君王，
无一例外均被佛感化，
诸事顺利无人做反抗。
向西至喀什米尔地区，
往北方直至突厥地区，
拥有数万骑兵的蒙古，
岭国军队涉足天地间，
无论多少英雄不能敌，
如今岭部国泰民也安。

就在去年开年之时机，
我白岭部落的客商们，
何故无怨被阻又劫杀？
杀害先祖命价为其一，
杀死过路客商为其二，
劫掠财物利息为其三，
如今就来讨要做赔偿。
古往至今你与我之间，

争端如此频繁是何故？
归根结底怨那木雅王，
愚蠢至极自己招敌人。
若无残暴野蛮的行径，
此番争端完全可避免。
倘若天空不被乌云遮，
何必天降冰雹敲大地？
倘若货物不卖合理价，
何必借贷还息做生意？
倘若没有杀人结冤仇，
何来立案诉讼断纠纷？

今年在这木雅国家内，
若有人愿意臣服投降，
想必官司可以做了断。
若花岭部落人财牲畜，
将原数奉还他的主人，
此地战事完全可避免。
是否如此赞都邦仁啦？
废话太多耳朵出茧子，
寡妇太怨哀伤无法藏，

花言巧语容易蒙骗人。

听懂歌曲是耳的供养，

心黑之人请铭记于心。

王子玛尼嘎热唱完，紧抓缰绳，但没有立即手持兵刃，稍显放松地看着对方。这时赞都邦仁说：“看来你大有来头。这俗话说得好，猎人背着弓箭走高山，是为猎取公鹿的鹿角，不料今日在山顶相遇，金鱼被渔夫捕捞，雀儿被秃鹫叼食，都是他们前世的业缘。你这白人白马者，虽然口出狂言，蛮横无理，但我毫无怯意。到底谁人是好汉，兵器之利钝，气数之高低，福泽之薄厚，今日定能有分晓。白唇野驴想奔跑，是因寒流要侵袭大地；大雕兀鹰欲飞翔，是因岩山将要被雷击；鱼儿想游入深海，是因渔夫环海来打渔；小偷欲想偷吃食物，是身陷官司的前兆。像狐狸一样的岭国男儿，最好不是胆小懦弱之辈。”说完，他将手中的长矛如雷电飞驰般刺过来，使人目不暇接，好像森林火势蔓延，无法控制。

但是那王子玛尼嘎热有着天、鲁、年神的庇佑，身穿格萨尔王钦赐的衣裳和悉地女王的终身衣，贴身带着千佛的发丝，所以未被刺伤。于是赞都邦仁又勒马转身，将长矛在头顶飞转一回，又一次猛烈地刺向他，接着连刺两回也未能刺中。就在这时，玛尼嘎热拔出利剑向赞都邦仁的右臂猛砍三剑，砍断其盔甲。赞都鲜血淋漓，右臂骨已露，虽然未到生死关头，但已被吓破胆，他急速勒马转身，目不回望地策马逃奔，途中命二十位士兵左右护卫。

这时扎郭托拉赞布怒气冲冠，犹如黑色旋风般纵马跳跃到玛尼嘎热前，俩人对战了三五回合也无法分出胜负，战马大汗淋漓，男儿豪气冲天，挥剑如电，相互不分胜负。就在这时，王储扎拉泽杰在大帐左侧远眺，目睹气质非凡的两位好汉在左右夹攻着玛尼嘎热。看着那两人犹如猛虎出山、青龙腾云、无常夺命、火蔓森林般非同一般。于是王储纵身上马，如烈风般飞去助阵。

扎郭托拉赞布勒马转身，举起大刀，猛烈地向玛尼嘎热砍去。就在这刹那，王储扎拉泽杰如天兵降临，用刀挡住了这凶猛的一击。扎郭托拉赞布非常吃惊，心想：今天怎么就遇到了这样身段、装束、武艺基本相似的两个人？这到底是怎么一回事呢？于是他在前鞍桥上来回磨着剑，把英雄之歌用吼声醉血黑熊之调演唱道：

唵嘛呢叭咪吽！
起调高亢是歌的唱法，
狂风扬起灰尘之日唱，
阻碍大地草木庄稼生，
太阳融化山顶的积雪，
潺潺河水流到平原上，
冲毁原野刹那成河谷。
歌唱木雅威武英雄姿，
大地之上无人能够敌。
孤独野狼行走的途中，
可怜弱小绵羊将被吃；
花斑岩雕翱翔于天空，
可怜灌木丛中的野兔；
青龙腾空雷鸣冰雹下，
可惜绿茵庄稼就被毁；
生死主宰阎王的门前，

短命男儿无法能逃脱。

倘若不识这里啥地方，
是南部茂密的大森林，
巨蟒口喷毒液的地方，
所长树木叶茂绿油油，
田地肥沃五谷满粮仓，
地下矿产资源丰富地，
石砌城堡里外有三层，
人称金刚扎郭托赞城。

倘若不识我是何许人，
是木雅国王的内大臣。
武艺高超长空能划破，
犹如漆黑夜晚的明月，
威光普照南瞻部洲地，
立夏风雨交加的时机，
引领雷电冰雹的前兆，
身长火焰翅膀的青龙，
天下冰雹花草树木败。
短命岭国军队的对手，

有着毒物般的男英雄，
英雄男儿炫耀手艺时，
理发剃头顺带刮胡须，
河水奔流之势冲沙丘，
策马奔跑之时摘花朵，
是否如此苍白岭国人？
脸色白净看似如女人，
瘦弱白马犹如母山羊，
白色弓箭如捻线纺锤，
手中兵刃好比猪耳草。

古人谚语说得非常好：
如姑娘纺锤一般的箭，
切莫要用良弓射出去；
如猪耳草一般的兵器，
切莫用于与英雄决斗。
男儿莫给姑娘逞英雄，
骏马莫与山羊比脚力，
锐利兵器莫与铅比较。
不知死活的岭国狐狸，
两个男子对打一个人，

无胆男儿的后援部队，
犹如胆小狐狸的列队；
没有父母的可怜孤儿，
只能依靠虱子做后盾；
没有主人的野生动物，
祈求猎人慈心来生存；
身无衣履的水中鱼儿，
睡在冰河和泥水之中；
胸无胆识的岭国男儿，
众人怯懦接踵来帮扶。
神龙未见雷声满天空，
见是长满羽毛的鸟禽；
男儿未见号称活阎罗，
但见犹如无形彩虹身；
骏马未见号称赤兔马，
但见犹如长耳的毛驴；
两军未战军士在躲懒，
白岭主仆无耻又狡猾，
刀剑起落之时如婆娘。
你这白人白马苍白人，
要想决战胜负做较量，

就算赞都邦仁打不赢，
还有扎郭东林阿瓦日，
隆拉美巴和班典珠扎，
视死如归的三位英雄，
兵不离身绝不做后退。
倘若听懂请你做回答，
想要寻死舍命的傻人，
欲速不达如山顶经幡，
险些被狂烈风暴吹断；
心急如焚犹如野狼般，
觅食不得死在荒漠中。

倘若听懂请铭记心间，
听不懂不会反复演唱。

扎郭托拉赞布一直用言语讽刺激怒对方，并用刀剑轻轻触碰马尾，等着对方回应。王储扎拉泽杰将这豪气冲天之歌用雌虎食肉之调唱道：

唵嘛呢呗咪吽！
歌唱阿拉塔拉和塔拉，
阿拉乃是歌曲的唱法，
是我白岭部落的母语，
塔拉是超脱轮回之歌。

轮回六道的有情众生，
堕入无明罪恶之业缘，
想到此处修明知佛法，
引渡众生到极乐世界。
向天神和三宝做祈祷，
根本上师亲临加持我，
恩重双亲心近爱护我，
心系故乡莫要远离它，
今日对此三歌唱赞颂。
头顶的神明和护佑神，
请如身影相随莫离开。

倘若不识这里啥地方，
是北方的卡热南宗城，
住着上百部游牧部落，
是木雅东赞妖魔之地。
虽不是黑土地的差别，
但凡所生之人的习惯，
变化多端千奇又百怪。

在过去遥远的年代里，
对下要讨好中原皇帝，

遵守汉地法规和律令；
对上要讨好高地藏区，
遵循藏地的政教法令。
中部多康的四水六岗，
汉地的西宁和木雅国，
虽然不是一父之所生，
但也相互亲近扶持过，
食物财宝相互交换过，
律法指令相互交流过，
宗教正法相互传播过，
因果报应相互遵守过，
政治法律彼此皆平等。
各地国君叔父是平等，
金银财宝财富各相等；
官员首领统辖各相异。
因果黑白业缘的标杆，
对于耿直之人皆相等，
绝无成败胜输之区别，
不会骄傲自满和自大，
能与众人为善无敌人。

如今太平繁华的盛世，
高山顶端积雪为其一，
花草树木茂盛为其二，
凶猛野兽繁衍为其三，
富饶藏域财富的故乡，
预示矿藏丰富宝物多。
北部山谷牦牛野驴多，
南山森林虎豹巨蟒盘，
东山背后是汉地西宁，
西边是卡切和泥婆罗，
四方边境隔江相望着，
那是岭国统治的疆域。
山顶积雪冰封成雪山，
白色雄狮盘踞在此处；
山腰岩石青草混合地，
野鹿岩羊雄獐满山腰；
山下四周碧水环绕着，
鱼儿水獭欢游在水中。
加持成就和悉地之人，
地方护法神祇权威高，
护法的善品地方神祇，

神山险要之地的主人，
众神曾经立下过重誓，
皆有天神佛祖的指令，
委任作为矿藏的主人，
世间众人皆会做供养，
是那指点迷津的导师。

你等不知我是何许人，
我的前辈祖宗是雄狮，
绿鬃茂密傲立天地间；
父系属于禽王大鹏鸟，
富可敌国天下无人敌，
系高贵的董氏族后裔；
母系汉公主拉嘎卓玛，
生下神之子嘉擦霞嘎，
不幸亡于霍岭大战时。
我乃他遗子扎拉泽杰，
是格萨尔大王的侄子，
是白岭众臣民的储君，
是岭国叔父们的宠儿，
好比他们的眼珠心脏。

你这胆怯狐狸莫逞强，
我等今年远行涉足此，
何故缘由你理应清楚。

就在去年开年的时候，
木雅无端挑衅岭商队，
挑起事端杀人又越货，
贪婪无耻的木雅强盗，
杀死我本巴部落客商，
死士一人堪比一城堡，
如今金色城堡已塌陷；
男儿一命好比须弥山，
如今巍峨弥须已坍塌；
男儿犹如空中日月星，
如今黑暗笼罩无光辉。
在南瞻部洲藏域高地，
唯有岭国威名与天齐，
并非自诩实际就如此。
倘若你真是英雄好汉，
那么击剑射击和抛石，
摔跤臂力武艺任你挑，

今日你我来个真较量。
富足的白岭天神部落，
面对敌人绝不会胆怯，
也不能无端冤枉欺凌。
我等从不欺凌弱小者，
也绝不和颜讨好强者，
白岭部落的法规习俗，
抑强扶弱替天来行道，
无论何时此法不更改。
男儿历经世间的沧桑，
女子操持日常的饭食，
骏马行路高山和平地，
此乃定律万物各所命。

倘若听懂请铭记于心，
未懂歌曲无人再反复。

扎拉泽杰唱罢，并稍等了片刻。这时扎郭托拉赞布骄傲得气血直冲大脑，满脸通红，怒目赤色，顿时举刀策马奔向扎拉泽杰，刹时对着扎拉猛砍了七八刀。但是由于那扎拉泽杰是六世净修之身，又有千佛发丝、格萨尔王赏赐的衣裳和悉地女王的终身衣护体，并持有天、年、鲁等神灵、护法神、战神威玛等的护佑，不但未被对方兵器伤到，反而让对方刀口无故断了一截。扎郭托拉赞布非常惊讶，差点连心脏都停止跳动，他心想：此人刀枪不入，并非凡人。我一刀砍去他却如岩石般坚硬，这刀并非一般的兵器，有着白特布让天神的加持，唯我一人所有。今日断刀非常不吉利，似乎有丧命之嫌。于是他勒马转身，准备逃跑，这时神子扎拉泽杰拔起那阳光照雪山般明亮的宝刀向对方的头砍去，将扎郭托拉赞布断然劈成两半，使其身体掉落在马匹的左右。于是诺布顿珠、巴杰玉沃本图、万户南卡坚参三人前去收拾盔甲和头盔，并牵战马。

接着岭国军队齐攻敌军，军士挥舞着刀剑长矛，抛石头，那场面如野牛角斗、猛虎厮杀，如暴风骤雨、寒风凛冽、冰雪狂飞，顿时间天昏地暗、日月旋转，大地血流成河、横尸遍野。过了几顿茶的时间，岭本巴部落吹响退兵的号角，岭国军队逐渐退去，木雅军队也自知难以取胜，就没有趁机追随。

那天本巴部落损失了三百多人，木雅死伤较严重，大约死了一千多人。乘太阳落山之际，木雅赞都邦仁、星杰沃美、琼那顿图、隆拉美巴等人将部队撤回到拉日滩扎营，并在那里烧茶做饭，整修复原。他们在军营四周派重兵把守，命其严加看守，不敢有丝毫差池，一股紧张的气氛笼罩在木雅军营中。木雅各首领商议，决定让琼那顿图在次日天亮之际袭击岭国大营。而岭国军营中，本巴部落的军帐前摆放着木雅三位勇士的尸首，众英雄齐聚在军帐之内商议次日的战事。位于右排虎皮席位上的老英雄擦香丹玛起身向大王进献了一条哈达后，用塔拉六变之调演唱道：

唵嘛呢呗咪吽！
歌唱阿拉塔拉和阿拉，
塔拉是极乐世界的歌。

皈依恒久不变的三宝，
若不违背誓言和戒律，

天神三宝本尊能亲见，
头顶日月旋转的乾坤，
三十三重天宫神殿中，
冠顶白海螺髻的神尊，
左手持有水晶智慧剑，
右手端着莲花的宝盆，
向那白梵天王做祈祷，
今日护佑英雄歌唱顺。
巍峨群山林立的中央，
红幡赤色旗帜闪闪飘，
头顶盘旋着花雕鹞鹰，
右身赤焰凶猛虎犬跑，
左边有浅红色的豹犬，
十三头肥壮的野牦牛，
角尖锋利鼻孔喷怒气，
四蹄抓地扬尘飞满天，
如食肉猛虎般的山神，
请勿走远今日护佑我。
蔚蓝无边大海的中央，
三十三重玉石城堡中，
身穿清澈碧绿的水衣，

十万财神仆人围绕着，
俊俏绿色鬃毛的男儿，
顶宝龙王是岭王财神，
无尽悉地财宝的主人，
所欲所想尽可向禀报，
请您今日护佑英雄我。

花岭天神部落的军队，
背离家乡行军到此地，
无奈前世业缘所致故，
征战四方戎马的一生，
天下为家故乡已模糊，
金戈铁马杀戮度时日，
家无顶梁老小无依靠，
一生较量成败和胜输，
无奈过活日子已忘记，
且莫气馁共同赴喜乐。

倘若不识这里啥地方，
犹如镜子般的金色滩，
是来往路人必经之路，

天下南北的交界之处，
是木雅国的边境地区。

理应认识我是何许人，
在那更早遥远的年代，
丹域卡热瑟热曲热之，
天神后裔的曲热氏族，
母系属丹氏族称丹玛，
父系源自北方称香擦，
我名乃称作玉杰赤图，
是那雄狮大王的噶伦。
绿色丛林中的布谷鸟，
绕树鸣叫之时在故乡，
除此无需家乡和故地；
展翅翱翔天际的雏雕，
悬崖峭壁乃是它故乡，
除此无需家乡和故地；
野狼行走荒漠和原野，
夏季生育幼崽在岩洞，
除此无需家乡和故地。
丹玛我的故乡在战场，

自从少年成丁之时起，
年老八十额头满皱纹，
此生光阴度在沙场中。
在外自由放任的牲畜，
无需畜棚围栏和主人。
一生流浪远走在他乡，
前世业缘无法躲着走，
老来皱纹不能磨平滑，
如同此理岭天神部落。
如今这两年的时间内，
总管王查根年事已高，
岭国长老议事在更替，
头发花白双目已深陷，
身体干瘦胸中无豪气，
头脑糊涂心智已模糊，
心弱气衰不能驾马匹，
体力衰退双目不识途，
如此老者安身座毛毡。
丹玛孤身一人无牵挂，
人老体衰也要赴战场，
只为服从君王的旨意，

此为丹玛天生的宿命，
是为利他众生的事业，
今年来到了这木雅国。

我是总管王的代理人，
虽然狐狸不能替猛虎，
但是斑斓毛色是一样；
虽然家犬不能替雄狮，
但是利齿鬃毛是一样。
那么白岭国的君臣们，
就在昨日上午的时候，
四十位喷毒的木雅人，
浑如一群活阎王罗刹，
视死如归来到岭帐前。
纵然太阳运行在途中，
罗睺未能彻底吞没掉；
恶狼觅食行走的途中，
羊群虽未严重遭捕杀。
强敌猛烈攻击的时候，
神兵未遭严重的死伤，
一是因为佛法真谛故，

二是天神护法显威力，
三是岭国军队攻势猛。
从此便无法安然度日，
白岭部落十五位英雄，
各领一千五百名步兵，
每位将领带一百骑兵，
在后天吉祥天日之时，
拔营起寨勿要留痕迹，
全军整装攻击木雅军。
老朽不才随军要出战，
王储扎拉泽杰为一将，
达伦柳吾达嘎又一将，
丹氏王子玉沃本美一，
珠氏王子米益尼玛二，
姜国王子玉赤贡杰三，
神子诺布桑珠也在列，
贡氏王子美达慈洛五，
穆氏王子尼玛扎巴六，
文布王子达姆赤郭七，
赛族王子尼玛曲扎等，
诸位王子父辈如猛虎，

胆识谋略无人能够敌，
每人各领一百名骑兵，
重整父辈威名杀敌人。
除此其余的军政大事，
雄狮大王懿旨为其一，
天神上师预言为其二，
岭国作战规矩为其三，
依照此三样作战打仗。

若听懂众卿铭记于心，
岭国丹玛心思是如此。

丹玛唱完，岭国叔父英雄们异口同声地说："丹玛的命令不能违抗，直下的瀑布无法回流，滚落的巨石无法返滚，就算是阎王的坟地我们也誓死前往，绝不后悔！"格萨尔王面带微笑，亲切凝望着老英雄丹玛。岭国众王子依照丹玛的命令，在各自的部队中挑选一百位精良骑兵，整装军士，佩带兵器，给骏马喂饲料，全军上下蓄势待发。

那日上岭赛巴八部落、中岭文布六部落、下岭穆江四部落、嘎氏六部落、达戎部落、琼布黑白部落、丹玛南北部落、贡觉黑白阿拉、芒康十二部落、扎雅十六部落等，在诸王子的带领下向木雅军方向进军。军士们身带三械，骏马肥壮，男儿如青龙腾空，如火势蔓于森林，如江河激流奔腾，如巨石滚落于大山，如狂风暴雨般冲向木雅军营。走到拉日滩，岭军看到木雅大营黑漆漆地扎在不远处。

木雅哨兵见到大敌前来，就立即点燃四周烽火，通知大军敌人已到来，顿时木雅军营混乱一片。军士各自迅速备马，身穿战甲，佩带兵器，火速来到各部帐前，准备迎战。这时在东山顶上，太阳升起的同时，巴森丹玛的部队如蓝旗覆盖天空、青鸟腾空、青龙盘旋般，一百名头顶蓝色盔旗、统一盔甲的骑兵打马前来。南部水晶山上，王储扎拉泽杰率领的部队身穿白色盔甲迅猛赶来，那阵势犹如白云翻腾、雄狮傲立于雪山、白鹤飞翔在空中，马步轻盈整齐、军士装备统一，如巨石滚落、雷电闪鸣；北部百灵山上，姜王子玉赤贡杰率领的军队如大鹏鸟在山顶腾飞，翅膀覆盖天空，如青山乌云缭绕、乌黑苍茫；文布部落的军士马步整齐、装备统一，如洪水般迅猛赶来。同时在西山口，珠氏王子柳吾桑珠带领的军队紫光霞气、金色灿烂，直袭木雅大营而来。

木雅人发现岭军从四周包围而来，无法升天入地，唯有誓死一战，难免有些胆战心惊。这时达拉多杰旺扎、扎巴南杰、鲁沃托杰和赞杰雅美四人带领军队到四个方位拦截敌军。那扎巴南杰遇到了巴森丹玛的部队，他骑着一匹青鸟般的骏马，人如青龙，身高如一座小山丘，体宽如粗壮的松柏。扎巴南杰右身的虎皮箭筒中的利箭可随时射发，左身豹皮弓筒中的宝弓也可随时拉开，他将英武震慑三界之歌用英雄怒骂之调演唱道：

唵嘛呢呗咪吽！
高声曼妙是歌的唱法，
青龙雷鸣山谷响回声，
寒冬下雪风声飕飕响，
天降甘霖河水潺潺流，
此乃男儿故乡的母语。
向天神白色泰让祈祷，
精通六艺急速威力大，

犹如霹雳冰雹雷电猛，
今日前来护佑英雄我。

倘若不识这里啥地方，
是玉隆草山的沼泽地，
是洪水泛滥的险要地，
两山犹如故意凑成对，
两滩好比双额相对碰。
牲畜无数富足的木雅，
矿藏田野遍布天下间，
百姓富有美名传四方。

倘若不识我是何许人，
在那木雅玉则南通地，
险峻扎隆雅玛岩山下，
有一座卡森多热城堡，
我乃堡主也是万户长，
是木雅王玉则的兄长。
南部门隅的森林之中，
唯有猛虎自由地出入，
我有斑斓猛虎的急速，

他人称英雄扎巴南杰。
是木雅王的内臣亲信，
是十四位英雄的首领。

肤色浅蓝的人听我说，
听说去年年初的时候，
木雅抢了岭国的客商，
口出恶言掠夺岭财富，
此事是否属实我不知。
藏家固有谚语如此说：
豺狼食肉栽赃给狐狸，
公鹿食草栽赃给雄獐，
野牛喝水栽赃给黄牛，
汉人劫岭嫁祸于木雅。
你这青马青色的小人，
百灵误以为羽翼丰满，
倘若不知险恶乱叫鸣，
花雕鹰鹫利爪所伸处，
可怜满天羽毛被风吹；
蜿蜒崎岖爬行的毒蛇，
倘若不知森林的行径，

禽王大鹏巨翅猛烈扇，
可怜巨蟒身断四处飞；
弱小白财绵羊的群体，
倘若不知凶险走草山，
凶恶豺狼嘶叫来侵袭，
可怜羊儿鲜血染草地；
头顶长满长角的雄鹿，
倘若不知凶险走山谷，
贪婪的猎人举枪瞄准，
鹿角被夺鹿皮制坐垫；
狐狸般胆小的岭军队，
倘若自不量力逞英雄，
险遇木雅强劲的大军，
可怜军营将要化成灰，
若不能够南杰非英雄。
倘若男儿不懂得自控，
定有身首异处的危险；
若女子不懂洁身自好，
定有生养野种的危险；
战甲兵器随身的男儿，
与人交战若不懂收敛，

定有粉身碎骨的危险。
天下谁人如岭国贪婪，
藏北蒙古姜国和门隅，
大食珠古四周的岭国，
皆被岭国的大军占领，
不管他人死活自欢喜。
如今大喜随后有大难，
饥饱轻重相随又相伴，
无敌英雄定会遭劫难，
青年体壮能征又善战，
年老体弱无所能适从。
今日你若不懂得自量，
定会利箭穿透胸腔死。
若不让敌军胆战心惊，
让我军得胜欢乐大笑，
若不完成自己的使命，
从此便不是英雄好汉。

倘若听懂浅绿人听好。

扎巴南杰唱罢，想着对方定有回音，于是未射箭，等着对方回唱。不料岭国将军丹玛玉杰从箭筒抽出一支箭，按在弓弦上，指着木雅人说：“倘若不说些话，就算是亲生父母也无法相信。你无需嘲笑我这面色浅绿之人，难道你未曾听说过时值盛夏际，大地也变绿；江河清澈时，山谷绿郁葱？你这又红又苍白的老头，竖起耳朵听着，我今日有话要讲。”于是丹玛用塔拉六变之调演唱道：

唵嘛呢叭咪吽！
歌唱阿拉阿拉和阿拉，
塔拉是歌曲演唱之调，
重复三次是嗓音起调。

向白岭天神护法祈祷，
阳神战神和地方神祇，
护法本尊各路天神们，
今日前来护佑英雄我。

这赤面苍白的糟老头，
是毁灭佛法的老妖魔。
赤面老头心惊装愤怒，
懦弱胆怯血液不畅通，
胸无胆识心脏怦怦跳，
夸下海口狂言如悬河，
实战英雄梦中才豪杰。

古人谚语说得非常好：
依仗父母昏庸不孝儿，
无论财富多少不满足，
平日出口成章的智者，
辩经论道之日成哑巴，
无魂躯壳神鬼皆可用，
无主财富众人皆所有。
倘若血肉之躯的人体，
最初出生种姓不洁净，
就算祈祷祭祀不受用；
倘若污秽邪气未侵袭，
父系哑巴孩子生不出。
残疾瘸子哑巴和耳聋，
是那恶业所致的因果，
妖魔赞神和龙妖之子，
生母种姓皆是为低等，
没有福泽深厚的后裔。
种姓高低与生辰吉凶，
是前世业缘善恶所致，
善良慈心之人投善道，
凶残心黑之人坠恶道。

福泽浅薄之人的财富，
就算吝啬积储也无益；
毫无姿色姑娘的脸蛋，
涂脂抹粉描眉也无用；
心胸狭隘内腐的女人，
善言好语相劝也无用；
品性低劣凶残的恶棍，
智谋胆识再高也无益；
好大喜功鲁莽的英雄，
贪图功勋终得毁自己。

如狐狸般的木雅男儿，
英雄我在岭天神部落，
唤作丹玛威名震四方，
木雅将领是否有耳闻？
统领将士万名的万户，
是岭雄狮大王的近臣。
军士虽少却团结一致，
这一百名精锐的部队，
和木雅作战觉得太多，
比起胆怯的乌合之众，

英雄单打独斗更痛快。
骑射击剑长矛等兵器，
何种比赛任你赤面选。
我等英雄豪杰的军队，
绝不背后偷袭先下手。
我这所向披靡的宝刀，
是下界海底龙王所赐，
出自龙族上部矿藏中，
是顶宝龙王亲手所赐，
今日砍杀敌人来祭刀。
除了马鞍马匹和马垫，
砍成三段如倒立食子。
并非口出狂言说大话，
那马背上狂躁的男儿，
驱使灵魂游走于阴间，
你我到底谁为真英雄，
较量决斗自然分胜负。

倘若听懂请铭记于心，
未能领会也再无解释。

丹玛唱完便拔剑欲冲时，丹玛的儿子玉卫奔美策马挡在前头，急速扬刀奔去，两个旗鼓相当的少年英雄，挥刀打斗了几十个回合也不分上下。扎巴南杰因为有邪神和赞神的加持庇护，故刀枪不入。同样玉卫奔美也有战神威玛和护法众神的护佑，丝毫未伤。这时丹玛之子心想：这人刀枪不入，只能撕开盔甲。倘若今早不能来个生死博弈，就分不出谁是英雄好汉。于是丹玛之子将剑放入鞘中，扎巴南杰也将剑放入鞘中，两人在马背上赤手打斗起来。

玉卫奔美一手紧抓着扎巴南杰的肩膀，另一手猛烈地击打他的胸腔，拳头如雨点般落在扎巴南杰的胸前，使他措手不及，无法抵挡。接着玉卫奔美又狠狠地向他的前胸打了三拳。扎巴南杰口吐鲜血，疼痛难忍，双眼滴泪，他用手中的长矛冲玉卫奔美狠狠地刺了三下，但是战神挡住矛锋，使他仿佛向空气刺去，他又抓起玉卫奔美的衣襟，使劲将他拖下马背。这时玉卫奔美腾空三拳，连续向扎巴南杰脸上打去，顿时扎巴南杰口鼻中喷涌鲜血，玉卫奔美并拖着扎巴南杰在地上来回几次。玉卫奔美捡取一块石头，猛烈地向他的大脑砸去，那扎巴南杰的头颅刹那间血肉横飞，头颅粉碎散落各处。丹玛和玉卫奔美拾起扎巴南杰的尸首和盔甲战马。

这时木雅将军隆拉美巴怒气冲天，暴跳如雷，他勒紧马匹的缰绳，直袭丹玛。丹玛将绿柄大刀从头顶一转，隆拉美巴的头颅随即从肩膀上掉落下来，顿时身首异处。接着赞杰雅美飞奔来袭时，被丹玛古如坚赞用长枪刺死。几位首领死后，东面的军营犹如鸟巢被鹰袭击般，顿时变得混乱沸腾，军士有的死伤，有的投降，东面的木雅军营被丹玛部队占领。同时南面由木氏王子尼玛扎巴、达色多杰赤赞、巴沃拉赞托郭、穆江鲁杰顿都率领的部队前赴后继地来到南营前。

木雅萨都将军骑在一匹宛如大鹏神鸟般的骏马上，他以蛟龙腾空的身姿，以欲下暴雨般乌黑的表情，突然降临到穆氏王子前挡住去路说：“你这小儿今日运气不好，遇到我定会丢掉小命。”木雅萨都将军并唱起索命豪语大安息之歌：

唵嘛呢呗咪吽！

如火焰般燃烧的歌曲，

实质是英雄豪气之歌。

向黑白花泰让神祈祷，

今日前来护佑加持我。

在险峻的红岩山谷中，

闭关修行的鸱枭神鸟，

威力超群山妖守护着；

在奔腾飞流的江河中，

水族龙妖之八翅鱼儿，

有十万水神日夜守护，

今日前来护佑英雄我。

在虎山那瓦雄珠之上，

有着三个头颅的猛虎，

是天神泰让的寄魂虎。

粗野暴烈狂风飕飕吹，

凶猛赤色火焰熊熊燃，

英豪怒吼之声频频起，

欲驰急速四蹄阵阵敲，

食肉饮血噬骨的天神，
煞神赞神龙妖等神灵，
今日前来护佑英雄我。

倘若不识这里啥地方，
是虎山林谷的三岔口，
是大帐幻化火山之轮。

倘若不识我是何许人，
是南部绿城堡的主人，
是统辖一方的千户长。
罗睺、赞神、泰让神，
今日祖护庇佑英雄我，
我是木雅国王的近臣，
立下军令状的敢死队。

倘若国王亲近的大臣，
不能保卫江山的社稷，
何必做臣侍君吃俸禄；
德高大法上师的徒弟，
倘若修行不满智慧低，

身穿袈裟犹如鸭戏水；
君王御座近前的大臣，
倘若胸无胆识没武艺，
犹如灌木丛中的狐狸；
身带三械的年轻男儿，
敌军临近之时无反击，
身带兵器只为做装饰；
美艳动人的妙龄少女，
倘若年轻之时不嫁人，
是固守破皮的浪荡女。

那么蓝皮蓝马的男人，
你大军旗幡布满天空，
彩旗飘摇四周起尘土，
骏马欲驰四蹄在抖动，
军士欲战双臂挥动着，
你的军队实在太狂妄。
在我木雅拉日南滩上，
无端驻兵成千上万支，
未惹事端反而被挑衅，
抑制欺辱无辜的弱小，

无耻贪婪之人满大地，
屠杀无辜鲜血流成河，
驻军布满木雅人心惶。
上长鲜草吃完山头秃，
下淌河水饮完河床干，
平坦大道已成崎岖路，
无路山坡故意修山路，
从东山垭口到百隆谷，
屠杀人群死尸满山谷。
南部军队固守自家门，
未能免遭屠杀的厄运，
到底何故要如此残暴？
远从岭国行军到此地，
我等从未滋事遭反击，
古无旧怨今日添新仇，
到底有何冤仇和债务？
请勿隐瞒告诉我实话。
倘若听懂请铭记于心，
听不懂不再重复歌唱。

旗鼓相当英雄对峙时，

且莫撒谎说出实情来，

定有各自思量和想法。

春日漫长焦虑的白昼，

且行且坐时日难打发，

秋季昼夜长短相当时，

睡觉起床时间有充裕，

胸襟宽阔英雄相对时，

定有言说聆听的时间，

此歌若听懂你记于心。

木雅萨都将军唱完，勒住马的缰绳，将系在后鞍上装有石头的口袋拿到鞍前，准备随时向对方扔石头。这时，穆氏王子在骏马风翼蓝驹的背上依着马镫起了起身，手握着刀柄说：“你这尽说怨言的嘴，就像喷着粪便之气的狗嘴，不分业缘真假黑白，只管说狂言。所谓巧舌的撒谎者、大眼的瞎子、挥动双臂的断手人，你这无理的莽汉还耀武扬威、口出狂言，像女子哭声满大地、小人之言骗叔父。我这花岭天神部落，从无说谎行骗的习俗，也无无故行凶的规矩，是否真实请听于我。”穆氏王子便用白绸流水之调演唱道：

唵嘛呢叭咪吽！

鲁阿拉演唱歌曲之母，

伟大母亲上师和太阳，

世人皆知恩大重如山。

向天神护法本尊祈祷，
就请您护佑加持于我；
向阳神业神乡神祈祷，
闲暇之时煨桑做祈祷，
紧急关键时刻护佑我；
岭国护法玛杰奔热神，
犹如身影相随不离弃；
年神之王格拉格儿祖，
争战沙场之时护佑我；
伟大业神白梵天王尊，
时刻保佑我运气亨通；
财宝之主水族的龙王，
请赐予我无尽的财富。

倘若不识这里啥地方，
是黑妖魔和屠夫之地，
人们称南山白龙热扎，
是虎豹棕熊栖息之地，
密林如九层黑暗笼罩；
田野肥沃宽阔又无边，
是五谷食粮的生产地，

所想各种谷物皆生长。

木雅小国凶残的暴君，
拖着尾巴急速的狐狸，
心智不清自诩是猛虎。
粪便粘毛残弱的老狗，
可怜误认自己是雄狮，
倘若狮背没有长绿鬃，
休想行走傲立于雪山；
双唇腭裂的白色野兔，
可怜误认自己是雄鹿，
倘若药用鹿角还未长，
就算疾驰奔跑无人理；
木雅小王傲慢又无礼，
可怜以为统治着世界，
破坏汉藏关系结梁子，
拦路抢劫远行的客商，
屠杀人马劫掠他人财。
木雅法度未依照汉地，
君臣齐力行偷盗之事；
木雅没效仿藏地宗教，

烧杀劫掠已恶贯满盈，
狂言如青龙当空震响。

在那蔚蓝大海的中央，
巨鲨鱼蚌庞大的水族，
力大无穷遨游于大海，
栖水生灵无穷入腹中，
倘若弱小生物齐反击，
再无延年益寿的希望；
贪婪无耻的木雅小王，
驻守汉藏两地的中间，
偷盗行骗恶行无节制，
前半生积恶业的因果，
后半业缘轮回遭报应。
没有主人的山野牦牛，
炫耀角力霸持着草山，
欺压脖颈弱小的动物，
自封草地天生的主人，
倘若不知凶险走高山，
小心邪恶猎人挡去路，
双角锋芒力大也无益。

游走北方羌塘的野驴，
自称无人管束急速奔，
冬季寒冷风霜来袭时，
未能抵御横尸遍原野。
行军打仗走到木雅国，
听闻无需法度自断案，
毫无顾忌他人随意判，
没有法令任意做判断，
最终阻断汉藏的通路，
引来强敌惹杀身之祸。

对我花岭天神的部落，
就在去年的开年之际，
木雅做过何等残酷事。
犹如饿狼袭击吃绵羊，
无耻强盗无故杀牧人，
荡妇招惹野汉无羞耻。
我白岭富足天神部落，
十位客商和五十伙计，
被木雅国强盗和小偷，
无端屠杀鲜血满山谷，

财宝货物被大军抢掠，
其余众人割取耳喉鼻，
残酷行径是否想得起？
时间不久只过了两年，
今年我花岭天神部落，
若不能杀敌横尸遍野，
报仇雪恨洗刷当年怨，
枉称英雄豪杰难自立。

我是下岭穆江四部中，
称穆氏王子尼玛扎巴，
是四个大部落的首领，
是四千位精兵的将领。
今年岭部落天兵天将，
召集范围不大人数少，
有岭上、中、下部落，
嘎、珠、赛巴等部落，
再加上琼布黑白部落，
从芒康扎雅召集精兵，
志在屠杀黑色的妖魔。
岭国木雅心胸不能比，

腾空大鹏神鸟的后裔，
羽翼丰满翅膀长势猛；
兽王白色雄狮的后裔，
绿鬃茂密傲立群山间；
丛林斑斓猛虎的幼崽，
斑驳纹路清晰明可见。

那么萨都之子请听我，
尔等贪婪无耻惊于我，
听闻萨氏赞氏非英雄，
敌军兵临城下无回应。
花雕翼力鸟禽不能敌，
不慎羽毛最终满谷口；
斑斓虎豹凶猛食动物，
最终兽皮被人做成垫；
巨鲨搅翻大海波涛起，
最终海螺扎身搁浅岸。
我花岭部落天兵天将，
召集少许人马到木雅，
欲将木雅国上下部落，
像勒紧牛皮袋的绳子，

绝不会放过一个活口。
犹如羊圈外围的野狼，
袭击羊群鲜血染草原；
犹如鸟巢四周的岩雕，
叼食雏鸟羽毛布满地，
是否如此请仔细思量。
倘若你等不投降磕头，
将那铁链绕颈押赴岭，
拴在岭国茶宗的门前，
并非白岭没有看家狗，
欲将狗与歹人相混淆。
是喜是悲请好好思量，
你这位萨都妖魔之子，
倘若今日不能活擒你，
我非英雄好汉真男儿，
是否听清黑脸毛粗人？

穆氏王子尼玛扎巴唱完，策马奔向萨都，两人刀剑相撞打了十几个回合也不分胜负，无奈两人只得稍息片刻。这时穆氏王子尼玛扎巴心想：这人刀枪不入，我得看看能不能用套索套住，如果套不住，只能摔跤了。穆氏王子于是将剑放回鞘中，拿起套索准备向萨都扔去。同时萨都也将剑放回鞘，从羊皮口袋中拿起两块石头，两手各拿一块，用右手的石头猛烈地向尼玛扎巴砸去，那石头端端落在尼玛扎巴的脑袋上，他顿时感觉眼前模糊，如青龙落九天般从马背上摔下来，当场死亡。

仁青达鲁看到此情景，心想老年丧子实在无奈，但也只有父报子仇，不然如何立足于这人世间？于是他举刀向萨都奔去，达拉赤噶、阿那顿普两人紧随而来，俩人抓住萨都的左右胳膊，用力夹攻。可是那萨都力大无穷，仿佛是岩雕抓着兔子、脚夫抬茶袋一般，轻而易举将俩人抬起来，使他们的双脚无法着地。这时仁青达鲁用长矛刺了萨都三下也无果，无奈用力扔套索，那套索刚好绕其颈三周，仁青达鲁乘着萨都慌乱，用尽浑身气力勒紧套索，托在双臂上的俩人顿时掉地。那仁青达鲁双手紧抓着套绳，跳下马背，达拉赤噶和阿那顿普紧忙抓起萨都的双手，从后背用绳子将其捆紧。愤怒的拳头如雨点般落在萨都的双眼和脸颊上。他们拳脚相加，萨都顿时倒在地上，于是众人用绳子捆绑萨都周身，让他无法动弹。接着穆江部落十五位将领抬着萨都，牵着他的马走到军帐前。

接着岭国铁骑踏遍木雅南营，如洪水冲堤、火势蔓延于森林、庄稼被秋霜打落般，弄得木雅南营支离破碎，歼敌三百余人，岭国死伤一百余人，岭军大获全胜。

同时由姜国王子玉赤贡杰率领的部队直袭北营，将要破营之时，南营守将萨都斩杀穆氏王子尼玛扎巴的噩耗传到北营中。王子玉赤贡杰、酷秋本布玉超、姜木雅玉杰赞布三人愤怒异常，刺马直捣木雅北营。这时木雅将军嘉多其美那布、图多那布雅美、星都阿拉岗仁三人列队冲向王子玉赤贡杰，一时间长矛刀剑当空相拼，擦出许多火花，但谁也没能刺伤谁。此刻两军对峙已死伤百余人，木雅将军嘉多其美那布从巨翅黑雕般的马背上纵身跳地，举起饮血食肉刀跑到姜国王子前说：“你们这些像娘儿们一样的岭国男人也想打仗吗？”于是木雅将军嘉多其美那布用合金熔液滚烫之调唱道：

嗡嘛呢叭咪吽！

用啊依起调的空行歌，

在万里长空的云端上，
演唱犹如甘霖的歌曲；
在富饶肥沃的大地上，
演唱鲜花盛开般歌曲；
在无边深邃的大海上，
演唱波涛汹涌般的歌。

向那威武的赞神祈祷，
在红岩妖魔神山深处，
住着马眼的罗刹魔女，
向赞神热恰火焰祈祷。
黑白花三色天神泰让，
是阳神乡神和守舍神，
是我木雅举国之业神，
今日护佑我完成使命。

倘若不识这里啥地方，
是位于西南方的山谷，
青色片山岩石之下方，
绿色草地和沼泽之地，
是汇聚大乐的吉祥地。

倘若不识我是何许人，
在木雅达热南宗城堡，
虎谷和熊谷和豹子谷，
三谷汇聚犹如猛兽齐；
石山和岩山和森林山，
三山犹如擎天的柱子；
石子滩和草地和沼泽，
地质不同三滩如毛毡；
石谷和林谷和草山谷，
三谷犹如大门敞开着。
在高耸入云城堡之中，
是无敌英雄嘉多那布，
是千户部落的千户长。

在万里长空的神殿中，
昴宿当空灿烂照耀着，
深秋季节天空格外蓝，
昴宿璀璨众星似捧月，
二十八种星宿之运行，
是那季节转换的法则。
天空中其余的众星宿，

各有其名和运行特征，
时间短促无法做解释，
那么我犹如那昴宿般，
今晚黑夜明朝黎明间，
是黑夜长空的主星宿。
在高耸入云大山之顶，
在水晶般的雪山之顶，
傲立俯瞰天地的雄狮，
虎豹棕熊马熊和巨蟒，
五种动物名声震大地，
但是在雪山融化之前，
唯有雄狮傲立天地间。
蔚蓝无边大海的中央，
无名实有生物无数种，
唯有金色翅膀的金鱼，
才能翻越汹涌的波涛。
在木雅玉则的地盘上，
有四十位自负的英雄，
萨都鲁都和赞都三人，
是四十之首绝地英雄，
其余隆拉美拉和曲拉，

以及嘉多赛多和都多，
这九个绝顶英雄男儿，
是誓死保卫家国之人，
是国王江山守护之人，
十五万百姓庇护之人。
木雅下部边境达汉地，
汉地西宁上中下三部，
休想途经木雅到藏地；
木雅上部边境达藏地，
藏人不能路经木雅国。

如今来自玛域妖魔谷，
低贱母亲所生的贱种，
捕食地鼠又挖人参果，
恶业缠身之人走顺道，
妄想高山用绳背起走，
不知高山重压断脖颈；
幻想大地当成毛毡铺，
不知寸地寸土有主人。
捕食地鼠的骗子觉如，
聚集三十无赖自称王，

挑衅上行的百位客人，
欺辱下走的千位商人。
行为看似发疯的黄牛，
体力衰竭口干气虚粗。

那肥胖贪婪的老猴子，
除了攀爬树枝无去处，
无法炫耀敏捷的身手；
渔夫环湖布网撒鱼钩，
金色鱼儿无法能逃脱；
黝黑大山被猎人包围，
八角雄鹿从此无处逃；
残暴野狼被猎人包围，
从此不能袭击牛羊群；
无耻姑娘被疾病缠身，
从此无缘嫁人生子女；
千里骏马腿脚被折断，
从此不再奔驰炫脚力；
满嘴空话的岭国男儿，
断送性命绝缘于战场。
就在去年年初的时候，

砍断你等野人头颅者，
到底是谁你还记得否？
可笑今日来追索财物，
就像天亮群星已不见，
有谁知数原封还给你？
秋月落叶鲜花已干枯，
有谁上山采药找花草？
冬日寒冷大地被冰封，
何处能见波涛的江河？

你等岭国年少男儿们，
奉劝尔等原路返回去，
不然自诩英雄危险多，
守住营地草山是上策，
是否准确请仔细聆听。
你这贪婪狂妄的男儿，
管理何地又有何官衔？
出生何地故乡在何处？
身负觉如的何种命令？
切莫隐瞒实情告诉我，
将死之人留临终遗言。

倘若听懂请铭记于心，

听不懂且莫怪罪于我。

木雅将军嘉多其美那布唱完便空手等了一阵。此时姜王子玉赤贡杰在马上举起战刀，想着自己必须将这妖魔砍杀成被利箭射中的花雕般，叫他落得满地羽毛；将族人后裔扶持，如雄狮般傲立于雪山，鬃毛覆盖雪山。那英雄之后裔，炫耀其威武勇猛，就如黑熊嗜血如醉一般。于是姜王子玉赤贡杰便用制敌杀生之调唱道：

唵嘛呢呗咪吽！

高亢歌曲一二再三唱，

以再三之调唱一首歌，

姜国的语言是我母语。

向山神戎拉坚赞祈祷，

向山神独朗阿尼祈祷；

在那黑色毒湖的中央，

向龙妖九头青蛙祈祷；

在那朝日山的虎穴中，

向野兽九头雌虎祈祷；

在乌云翻腾的长空中，

向大力火焰雷神祈祷，

今日前来庇护英雄我。

倘若不识这里啥地方，
石山岩山草山等众山，
林山上部全是片石山，
草山如丝绸缎子柔软，
河水奔流花草树木盛，
入云岩山犹如擎天柱，
平坦草原似毛毡铺地，
战争之时横尸遍野地，
血流成河渠水染红色，
是木雅人的葬身之地。
惊叹弱小木雅的国王，
所做并非常人的行为，
封锁四方道路设关卡，
阻挡上行的汉地茶商，
抢劫下行的藏地客商，
兵戎阻挡佛法的传播，
豪夺北方蒙古的财物，
恶名传遍西宁上下部。
满嘴诳语恶言已习惯，
生食父母血肉的毒誓，
如河水奔流从不间断。

白天带领盗贼抢路人，
夜晚协助小偷当窃贼，
何以所得财物均无别。
倘若玉则行事无底线，
霸道凶残不懂得收敛，
世间自有正义做决断。
盛夏腾空雷鸣的青龙，
出水寄情蔚蓝的湖泊，
驾驭天空白云的去路，
隆隆雷声作响天地间，
雷电闪烁冰雹倾盆下，
大地五谷农作连根除。
但在深秋北风刮起时，
云朵大雾被风四处吹，
无奈青龙不能再雷鸣。
南山茂密森林的中央，
满口獠牙的虎豹猛兽，
炫耀斑纹游走森林中，
必食所遇动物的血肉，
阻挡往来人群的去路，
猎人埋下捕兽的铁扣，

斑纹绚烂的猛虎猎豹，
最终成为英雄的褥毡，
从此不再嘶吼亮獠牙。
毒液般的木雅英雄们，
业缘气数亨通的男儿，
闲暇无聊之时截路人，
欺辱弱小百姓抢财物，
对于良善慈心的人儿，
喂食生身父母的血肉，
烧杀劫掠不分敌和友，
内乱起哄犹如疯狗叫。

不知苦乐的木雅男儿，
倘若不识我是何许人，
姜国萨丹国王的胞弟，
赞杰鲁沃乃是我父亲。
照耀碧空太阳的光芒，
四洲大地热度各不同；
如意树的叶子和花瓣，
甘霖成就悉地各不同；
达官显贵萨丹的后裔，

体魄气力大小各不同。
姜国和花岭争战三年，
姜大臣将领被岭俘虏，
那时姜国王子不懂事，
对格萨尔王出言不逊，
无法撑起头盔和战甲，
依然扬言对峙格萨尔。
大王神通幻化的虹身，
并非凡胎的血肉之躯，
无法用刀枪进行打斗，
无奈我被俘到岭部落。
直至满二十岁的那年，
达岭两国间发生战争，
我和那东赤南拉噶琼、
文布部阿努巴森三人，
在北方叶拉山的谷口，
歼敌无数尸体满山野，
从此百千万户长职位，
说非我玉赤贡杰莫属，
由衷敬重我姜国王子。
后来岭国出征阿扎国，

我活擒阿扎托拉南杰；
在岭国和曲日打仗时，
射杀了阿色玉雅赞布；
岭军出征卡切的时候，
遇到如毒水般的强敌，
我俩比剑斗勇三昼夜，
最终劲敌落败于我手。
岭国雄狮大王格萨尔，
在三十位英雄的中央，
夸赞英雄莫属姜王子。

你这长毒蛇头的野狗，
我绝不让你多走三步。
牧人脖颈上挂沃尔朵，
表示是绵羊群的主人，
即使豺狼奔跑速度快，
倘若不能脑血溅四周，
牧人无勇犹如那死尸；
家财万贯富翁的儿子，
数以万计财富的主人，
万一哪日被强盗包围，

即使无能猛烈做还击，

若未打拼你死或我亡，

万贯财物被尽数夺走；

腰束三械的白岭英雄，

若未能战胜黑色妖魔，

妄称我等是天神之子。

我白岭国三十位英雄，

就算阎王也不是对手，

可怜黑色毒蛇般的你，

今日不巧走到阎王殿，

除了死路再无他去处。

倘若听懂请谨记于心。

姜王子唱完，便拔刀冲向嘉多其美那布。俩人比剑三个回合也无法分出胜负。那嘉多其美那布有泰让三神、龙妖等木雅众护法的护佑，故姜王子无法用剑将其砍伤。同时姜王子玉赤贡杰也得到战神威玛和护法众神的庇佑，更是有千佛寿衣和格萨尔王的护身符护体，除了金色铠甲的甲绳断了几处外，身体并未被砍伤。玉赤贡杰发现嘉多其美那布的羁索能够索住风火水等自然元素，是龙妖的寄魂索。

此寄魂索利剑无法砍断，火焰无法烧毁，英雄的臂力无法拉断；倘若扔向天空，日月也能套住，星曜也无法逃脱；倘若抛向江河，鳄鱼也能索住，即使波涛汹涌也无益；倘若扔向森林，虎豹猛兽也能套住。于是姜王子将自己的羁索从头转了一圈，用力扔向敌军，顿然间羁索套住嘉多其美那布的脖颈，他瞪大双目，嘴里发出“嗯嗯”的声音。嘉多其美拔起刀向索绳砍去，但那羂索仿佛是钢铁铸成，根本砍不断。

接着岭国将领酷秋玉赤和姜木雅玉杰赞布俩人左右夹攻，抓着他的胳膊将他拽下马背，将他拴在马后。那马拖着人急速奔跑，仿佛野狼叼着绵羊疾走般。岭国将领勒马停蹄，看他时，他已如死人般，只差断了最后一口气，于是岭将砍断了其双臂，但那人果然英雄了得，紧闭嘴巴，未喊出一个字。

接着岭国将领们肆意砍杀木雅军，仿佛野狼穿入羊群般，混乱一片。就在此时，木雅英雄图多那布和赛多色布二人，疾驰赶来，如闪电般直袭岭国将军酷秋玉赤，向其砍了三刀，酷秋玉赤身受重伤，岭军随即赶来救援，将他带到军帐中疗伤。姜木雅玉杰赞布非常气恼，拿起大刀在木雅军中左右砍杀，砍死了五十余人。厮杀正猛时，遇到木雅赛多色布，那人双手拿着石块，骑在一匹棕黄色的马上歌唱道：

唵嘛呢叭咪吽！
如冰雹雷电的木雅歌，
如野狼食肉的木雅歌，
如雄鹰飞翔的木雅歌，
如火焰沸水的木雅歌，
用母语演唱木雅的歌。

倘若不识这里啥地方，
是色隆山谷的草山地，
是花色军帐的西南方。
雪山是狮子的栖息地，

雄狮展露绿鬃的地方，
无奈青龙雷声阵阵响；
大海是鲸鱼容身之地，
巨型鱼蚌围绕其周身，
波涛汹涌海水起海浪，
无奈金鱼难抵深海处。
木雅玉则南杰的地界，
男儿英雄好汉数不尽，
各个好比巨蟒喷毒液，
岭国短命恶人到此处，
不济额头击石福泽浅，
是你脑血四溅的征兆。
哑巴耳聋乞丐的儿子，
小心贪吃嗓子被噎着，
你等空话犹如河水流，
到底谁是英雄见分晓。
嗜杀弱肉的残暴野狼，
之前咬杀绵羊的血债，
今日猎人射杀来偿还；
抢劫掠夺村寨的恶人，
之前劫杀他人的血债，

今日蹲入监狱来偿还。

倘若不识我是何许人，
是木雅王玉则的大臣，
拦截阻挡上行的客商，
劫持抢夺下走的路人，
誓死保卫国王的江山，
人称英雄赛尔多色布。
你这贪婪无耻的恶人，
纵马奔驰耀武扬淫威，
是否寻死岭国的乞丐？
我这两块野人的巨石，
蓄势待发直至到今日，
到底谁人英雄谁好汉，
今日之战定能见分晓。

倘若听懂请铭记于心，
歌曲未懂不会再重唱。

赛多色布唱完，未待对方回唱，便使缰绳松弛，将一块石头猛烈地向玉杰赞布扔去，幸好玉杰迅速躲闪，未被击中。玉杰赞布暴怒，拔刀向对方砍去，二人在马上打了十余回合也未见分晓。赛多色布将另一块石头向玉杰扔去，恰好打到他的右肩，玉杰险些落马。这时，岭国两位将领看到此景，立即策马过来助阵，三人齐力攻击赛多色布，玉杰赞布的利剑刺进他的心脏，顿时他口鼻鲜血直流，当场暴毙。

于是岭国众军士如老鹰抓小鸡一般，在木雅北营中肆意砍杀，杀伤无数，占领了北部军营。同时，驻守西营的美拉扎巴南杰、隆拉普幼措青、曲拉尼木雪杰三人率领军队，嚎叫声响彻天地之间，如洪水般向岭国军队走去。他们遇到了岭国达戎部落的军队，那支军队由达戎王子查郭邦仁、超加南朗维那、星都扎仓沃娄三位将领带领。两军狭路相逢，来不及对话便抽起刀枪弓箭相互猛烈厮杀，临近黄昏依然无法分晓胜负。此刻木雅将军美拉扎巴南杰挡到达戎王子的面前，举起断岩宝刀，威猛无比地用制伏英雄闪电之调唱道：

唵嘛呢呗咪吽！
阿拉是歌曲的演唱法，
是否有无是自己语言，
如滚石瀑布的木雅歌，
源自山谷奔流至谷口，
宛如疾风冰雹猛烈下；
如雷鸣电闪的木雅歌，
犹如青龙当空阵阵响，
霹雷闪电冰雹大地震。
花草树木枝叶尽数落，
旋风扬尘火势满山头，
可怜大地草木无法长，
冰山融化雪水被雨冲，

洪水泛滥冲毁农家田。

好比江河的木雅男儿，
虽然家有妻儿和老小，
但绝非难舍贪生之人，
明知遇险九死而一生，
倘若贪生怕死非好汉。
黑白花三色神尊泰让，
虽非得道能中阴救赎，
阳世遇险之时能庇佑；
光芒万丈的金色太阳，
并非光弱当空不耀眼，
实为黑色乌云从右袭，
无奈四洲环绕来运行；
杜鹃鸟儿柏树枝头鸣，
盛夏多雨清脆鸣叫声，
花草树木枝叶伴着密，
小鸟昆虫生灵来歌唱，
深秋五谷丰登的时机，
并非曼妙嗓音变沙哑，
实乃寒临候鸟飞门隅；
盛夏暴雨江河泛红色，

雪水跟着雨水流谷口，
丘陵岩穴冲毁成壕沟，
寒冬季节江河结成冰，
并非河流不愿起潮水，
此乃自然季节的法则；
早年气运亨通福泽深，
佩带军械兵马身相拥，
高扬英雄旗帜杀强敌，
耀武扬威战胜无数人，
晚年躯体佝偻力不从，
抓起袖管擦拭鼻涕泪，
并非胆怯英雄气势弱，
实乃岁月催人临黄昏，
回天乏术只能赴坟墓。

木雅小国虽然面积小，
但是玉则国王心胸宽，
大臣智谋双全英雄多，
四周邻国皆是木雅敌，
强取豪夺财物进私囊，
吃喝玩乐享乐度生命。

享用他人财富的冤报，
时机成熟轮回到木雅，
但绝无后悔赎罪之人，
享乐富足人生已过半。
且听岭国无耻男儿们，
小偷盗贼强人的头领，
恶名传遍天涯四方人，
贱母身怀奸贼的孽种，
吃食鼠肉的贱人觉如，
四处流浪故乡已忘记，
抛弃结发妻子找女人，
藏匿财富用他人之财，
假装替天行道说真言。
倘若那岭国信仰佛法，
夜行鸱枭鸟是佛教徒，
身穿黄衫非皆是喇嘛，
若是黄野鸭亦是上师，
是否如此岭国的男儿？
在去年前年年初时候，
岭部男儿组成的商队，
高昂头颅傲慢又无礼，

财宝货物布满大地上，
大言不惭说汉货运藏，
牛马骡子驮畜数不尽，
招来垂涎之人无数位。
这木雅小国的小部落，
结成盗匪抢夺岭商队，
成年男子皆被砍头颅，
细软财富尽数归木雅，
不知是喜是悲难分辨。

我乃是鲁都隆那之子，
木雅玉则上下的首领，
犹如阴间冥河无堤坝，
好比陨石滚落力无尽，
像雷电划破长空落地，
摧毁庄稼颗粒收不到。
今日你等乞丐的儿子，
倘若不能破营毁阵势，
尸横遍野鲜血流成河，
我非英雄九死也无憾。
赤面红人你谨记于心。

木雅将军美拉扎巴南杰唱完骑在马背上，缓缓取下枪套，等着看对方有何动静。这时候达戎王子手握刀柄，回唱道：

唵嘛呢呗咪吽！
鲁阿拉是歌曲的供养，
鲁塔拉是演唱的要义。

向佛法僧三宝做祈祷，
祈愿善恶业缘能分辨。
倘若不识这里啥地方，
从未来过汉藏交界地，
没有法度蛮荒的野地，
地势险峻山谷森林地，
木雅强盗劫匪藏身处，
今日抵达誓死要铲除。

倘若不识我是何许人，
东部玛域众人向往地，
岭国上部中部和下部，
达戎十八英雄部落中，
位于鲜花山谷的对岸，
越过三座高大的山峦，
渡过三条激流的江河，

有座马头形状的城堡，
供养着阳神马头明王。
城堡主人唤董氏超同，
主母名唤作赛措拥青，
是岭国父辈之第二人。
我董氏族裔源自天神，
端坐虎豹兽皮的坐垫，
阎罗死神也无能对抗；
神鸟大鹏展翅飞翔处，
矫捷巨蟒毒蛇无活路；
豺狼穿行游走的山顶，
野牦牛无法独自行走；
百战无敌英雄的达戎，
军士凶猛如赤色雷电，
所到之处所向能披靡。
我乃岭达戎部落将军，
名字叫达戎扎擦沃鲁，
并非内心阴郁脸下垂，
是因他人无权侧目看，
倘若目瞪对面来观赏，
每次均要献我一只羊。
在我白岭天神的部落，

有着三位俊俏的男儿，
其中达戎部落的俊男，
长相俊美面孔如皎月，
笑容灿烂太阳照雪山，
武艺高超无人能够敌。

那么你这叫美拉扎巴，
说话好似渠水潺潺流，
豪言壮语犹如霹雷震，
心思不密脾气又急躁，
急功近利无法担重任。
木雅小国的强权统治，
倘若继续留存无天理。
途经木雅的客商路人，
异口同声称木雅盗匪，
拦路抢劫杀人和越货，
人神共愤的无耻勾当，
均已被你木雅人做完，
如今汉藏两地的商桥，
也被你木雅人所摧毁。
恶狗不嫌臭味吃人屎，
盗贼自认英雄乱村寨，

都是无故结怨的祸首，
今日你我实际做较量，
到底谁是英雄分胜负。

歌曲听懂请谨记于心，
听不懂歌不再做解释。

扎擦沃鲁唱完，他们策马挥剑，打了几个回合也未能分胜负。那风之子身体高大威猛，如参天的松树，他纵马来到扎擦沃鲁跟前，右手揪其衣领，左手抓其腰身，如老鹰捉兔子般，将扎擦沃鲁从马背上托举摔地，使之人马分离。风之子又从马上跳下，狠狠踩了他三脚。

这时躺在地上的扎擦沃鲁举刀砍向风之子，但那刀只砍到对方膝盖位置而落空，于是风之子将扎擦沃鲁按在地上，向他的脑袋猛击三拳。扎擦沃鲁在挣扎中从腰间拔出匕首，刺破对方胸腔，一举划破到肚脐，风之子被开膛破肚，鲜血汹涌而出，当场丧命。这时的扎擦沃鲁也被打得脑浆外流，无法起身，继风之子之后而死去。

两位豪气相当的英雄尸身犹如野牛猛虎般倒在血泊中，从此不能起身行走。这一情景被超嘉南朗威玛瞧见后，他怒发冲冠，策马奔来时遇到了木雅将军美拉扎巴南杰。美拉扎巴南杰骑着一匹浅黄色的骏马，双足踏着马镫立身在马背上，从腰间拔出利剑，想询问来者到底为何人。不料超嘉南朗威玛从系在后鞍桥的口袋里掏出白梵天王的寄魂石，霎时猛烈地向对方抛出，恰好击中对方脑袋，顿时美拉扎巴南杰脑血四溅，落马而亡。岭国将领们从风之子的尸体下掏出扎擦沃鲁的尸首，超嘉威玛和雍仲拉赞等一干人将尸体驮在马背上，纵马回营。

六

岭国将士们带着木雅将领的首级、马匹和盔甲等战利品，将上至高山脚下，下至江水河畔的木雅军队杀得落花流水，顿时草山尸横遍野，血流成河，惨不忍睹。黄昏时刻，岭国达戎部落的军队回到军营中，各将领齐聚议事于大帐之内，以左右上下程序按照各自的地位就坐，尽情享受酒肉飨宴。此刻坐在右席上座的达戎超嘉南朗威玛手持洁白的哈达，起身走向雄狮大王，进献哈达后，就次日战事做商讨，并用绵软白绸之调唱道：

唵嘛呢叭咪吽！
阿拉作为歌曲的供养，
端坐在额顶日月之上，
向那战神威玛做祈祷，
向空行母和众神祈祷；
在心中佛法的殿堂里，
有着恩重如山的上师；
自身佛性的坛城中央，
向数百静猛天众祈祷，
修定三身请护佑加持。

倘若不识这里啥地方，

是木雅南部的虎头山，
平坦的草地犹如毛毡，
虎山如国王稳坐龙椅，
山丘和岩山及石子地，
宛如群臣向国王献计，
雅江长江和黄河三江，
宛如十字纵横木雅国。

在莲花盛开的军帐内，
右席上座是达戎部落，
从今日起我替父带队，
作为达戎部落的核心，
在那超日天雷城堡中，
被誉称神子超嘉威玛。
在年满十五的少壮期，
带领军队镇压擦戎国，
从此征战戎马度岁月。
此生苦乐好比黄羊角，
下坡时如褡裢缠头颅，
饥饿温饱如野牛呼吸。
前世业缘命运所注定，
雄鹰展翅翱翔于苍穹，

并非展现翼力赛众禽，
自然生存无缘守鸟巢，
夜晚栖息崇山峻岭间，
吃着人马野狗的死尸，
无暇分辨腐烂臭恶味；
饿狼穿行山峦和草地，
昼夜不分奔走觅猎物，
并非不知疲倦四处蹿，
口食猎物均在原野间，
无奈忍饥游走山野中；
天神之子岭国众英雄，
雄师威名享誉天地间，
一生戎马生命耗沙场，
并非战无不死得永生，
是为拯救众生利他事。

如今黑色妖魔满大地，
是我天神之子的宿命，
再多苦难危险也无碍，
定会视死如归赴沙场，
尽得临终时刻也要战。
那么尊贵的天神之子，

昨天那达戎扎擦沃鲁，
是我达戎部队的前锋，
不幸遇到木雅风之子，
俩人恶战几轮回合后，
未见分晓双命丧黄泉。
随即木雅美拉赞玛他，
与我岭军决一作死战，
年事虽高心性如毒水，
无奈抛出梵天寄魂石，
美拉脑血四溅落下马。
我军四部迎战的将军，
铁骑踏平敌人的炉灶，
好比火灭炉灰风中撒，
江河干枯河床变沙漠，
军旗死尸布满山谷间，
白岭天神部落获全胜。
自此起兵打仗之日起，
折损五名勇猛的虎将，
今后死伤多少难预料，
不论敌我但凡亡故人，
均要作法超度其亡魂。

那位木雅国暴君玉则，
如今已如秋末花儿枯，
洪水泛滥道路堆满沙，
鸟雀不知凶险被雕捉，
饿狼冲入羊群被猎杀。
岭国凶猛威严的英雄，
满腔的骄傲愤恨嗔怒，
亦属无奈前世业缘故。
木雅玉则的上下领地，
此番踏平勿要留后患。
长者所说话语之要义，
实为鼓舞君臣的士气，
胸有谋略智慧和气度，
虽非人性上善之要素，
生命遭遇凶险的时刻，
定能获得生存的经验，
此番是老者智慧之言。

若有深意君臣皆听取，
倘若有错意请您谅解，
如觉得是空话我忏悔。

达戎超嘉威玛唱毕，雄狮大王格萨尔、王储扎拉泽杰、擦香丹玛香查、尼奔、阿怒拉色、穆江扎巴坚参、姜王子玉赤贡杰、木雅酷秋尼杰、姜蔡玛奔吉拉杰、扎巴诺布桑培等人欣喜非常，在近七十多年中，他们弘扬佛法、统领治理岭国，造就了伟大的业绩。这时王储扎拉泽杰面带笑容左右顾盼着说："老人言语有智慧，天神授记能预知，都是所愿事成的预兆。骏马奔驰的急速，百匹雏驹不能抵，定能夺魁颈系绸。每次征战，担任前锋的老将军们无一不立下过汗马功劳，对我岭国恩重如山。此番岭国行军到木雅，相信亦能打败敌军取得胜利。那么本王子作为此次最高指挥，与诸将领商讨接下来的征战计划如何。"于是扎拉泽杰做了如下安排部署：

嗡嘛呢呗咪吽！
阿拉是佛法智慧要义。

阿妈上师和太阳三位，
是世间众生万物之母；
天空灰白银河为其一，
亘古北斗七星为其二，
古稀之年老者为其三，
是非评判标准的依据。

歌唱自家断言确定事，
轮回因果报应随即到，
祈祷天神三宝得加持，
恩重父母慈心永不变，

天神上师护佑永相伴，
苍穹太阳之光永温暖，
向战神阳神神明祈祷，
请毁灭木雅不义之师。

倘若不识这里啥地方，
这是木雅国的玉龙滩，
南部森林绿意盎然地。

倘若不识我是何许人，
宛如阳光照耀的雪山，
白色雄狮傲立绿鬃密，
本巴氏族神子恰如此，
父亲嘉擦霞嘎的幼子，
人们称王子扎拉泽杰。

顶撑黄伞的黄帽上师，
若无修行佛法的加持，
便是假有世俗的业债；
高官厚禄的官员首领，
若不分黑白真假忠奸，

言辞犹如墙头的杂草；
身上佩带三械的男儿，
倘若进军未能与强人，
手持兵器好比是经幡；
犹如须弥山般的叔父，
若无大智不能献计策，
年岁虚长只徒增疾病；
酿酒熬茶的姑嫂巧妇，
倘若行路男儿未解渴，
恰似吃食满仓不裹腹；
肌肤白皙妙龄的少女，
倘若婆家不满未立足，
牲畜财富虽多如秋花。
白岭天神部落也如此，
自从血肉之躯降临起，
命中业缘注定去征战，
敌军皆如洪水猛兽般，
不分春夏时节总泛滥；
财富食物犹如花朵般，
随时凋零败落又枯萎；
艰苦恐惧冷暖之业缘，
堪比冥府地狱般残酷，

就算厌烦憎恶也无益。

今年那木雅国王玉则，
无畏不惧狂言尽口出，
自恃兵强马壮粮草足，
轻狂断言打败我岭国，
扬言劳民伤财也无悔，
如此战利品可做军需，
雄狮大王可名震天地。
就在今明后三日之内，
全军养精蓄锐待征战，
水路陆路关卡驻守军。
三日之后黎明破晓时，
亦如从岭国出征之势，
首领将军带各军兵马，
十户、百户、千户等，
各自集聚少量的精兵，
从东草山到南边森林，
西边山峦到北方神山，
要四面围绕水泄不通。
木雅宗是否高耸入云？
泰让神是否法力无边？

英雄男是否霸气逼人?
财富是否任意可挥霍?
此番一切可拭目以待。
木雅玉则不可留活口,
岭国赛巴部落的将领,
要阻挡往汉地的道路,
定要守住渡口和滩头;
本巴守军驻扎在南边,
姜王子玉赤贡杰带领,
倘若玉则欲窜到姜国,
堵截山路和林中小道;
西边红岩险峻的垭口,
由本巴和穆氏和姜氏,
三族军马一齐来驻守,
倘若玉则窜逃到魔国,
到北方草原之前斩杀;
北边山崖草地的出口,
由嘎氏、珠氏和赛巴,
同样三族军马齐把守,
遇见玉则可格杀勿论。
此外南北的丹玛部落,
英雄巴拉森达的部落,

岭达戎部落等三部落，
作为此番战役的中军，
向那玉赤九层城出征，
将那城围个水泄不通。
来日作战部署是如此，
一起皆为业缘请谅解，
是战神的预言必遵循，
是君王的指令请领命，
也事关我将领的英武。

倘若听得懂歌如甘露，
倘若有错意请您谅解，
若觉得是空话我忏悔，
在座岭国勇士请谨记。

王子扎拉泽杰唱完，岭国叔父兄弟和众首领英雄全场静默，无一人不佩服王子的计谋，众人一致认为王子所言非常有理。上至格萨尔大王，下至厨子马夫，没有一人反驳扎拉泽杰的此番话语。三天之后，众将领皆依照王子的命令，安排各部兵马，准备战斗。此间岭国将士和军人整顿军纪，人马养精蓄锐，打磨剑刃、修复战甲、枪戟淬火、箭筈破口、换弓弦等万事齐备，只等王子扎拉泽杰发号施令，齐军出征。

在第三天吉祥天日里，岭军做好出征前法事，各部兵马依照先前指令，阻断了蝌蚪山、黄鼠狼山、金谷山、银谷山、牦牛山、骏马山、紫黑山、绿松石山八座高山的谷口。东边的赛巴军队犹如太阳照耀在东山顶上，南边文布部落的军队好比昴宿璀璨南天，西边嘎、珠、赛巴三部的军队宛如候鸟群息，北边丹玛部落的军队恰似天际起旋风。从四面八方如洪水般涌来的军队，好比大地草木繁盛、天空群星璀璨。半空乌云缭绕，鸟雀只能窝巢，妖魔不敢出行，泰让神也无胆施法，甚至冰雹不敢自天降落。

这时木雅王玉则南杰将大臣尼玛次仁、塔杰顿珠、星杰岗玖、赞都雅美、森布拉美、超沃达堆以及王妃等人叫到座前说："看来今日必会大难临头，四面八方被岭国军队包围着，他们像暴风雪般吹来，我们无路可逃了。"于是将雅美赞杰、森格本加、玛擦赤雅岗仁、查拉托赞、鲁都百巴等人安排在右席就坐，自己坐在金座上，王妃坐在银座上，让大家享受茶酒肉奶酪等美食，彼此倾诉心中苦闷。国王玉则南杰的心如红风旋刮、傲慢愤怒的情绪直涌心头，仿佛血肉躯体的每一个关节都在跳动，心想这富足奢侈的生活要毁在一夕之间。他坐在宝座上，气得双目喷着愤怒的火花，双唇颤抖，喘着粗气，仿佛全身经脉要爆裂般。过了片刻，他对大臣森格本加、查拉托赞、玛擦赤雅岗仁三人下达旨意，命令他们带着军队去探寻窜逃汉地的道路，并让他们带着金银财宝去央求法师南拉噶热赤钦和喇嘛森布拉美作法护佑。木雅王用天雷武艺之调演唱道：

唵嘛呢叭咪吽！

狂风暴雪来临的时候，

群山大地也无法阻挡；

洪水汹涌泛滥的时刻，

山丘黑土也无法阻挡；

赤色火焰蔓延的时候，

茂密树林也无法阻挡；

雷鸣冰雹欲将来临时，

谷粒饱满庄稼遭大灾；
饿狼穿行的草地山谷，
白财绵羊无法能生存。

在日月运行的天空中，
暴风旋刮中央宫殿内，
青龙傍身持铁水兵器，
风神火焰赞杰加持我。
神灵若有今日请显灵，
妖魔与鬼蜮和泰让神，
十三本命起供养的神，
阳神与身神和守舍神，
父母遗留子孙的业神，
向那众神做虔诚祈祷，
遇到王系命脉的大事。
外敌强兵如狂风骤起，
并非无门城堡能阻挡；
山崩巨石滚落到平地，
并非平坦大道成歪斜；
熊熊火势蔓延烧山头，
白色雪山融化成雪水；

盛夏大雨江河泛洪水，
山地丘陵将要被冲毁。
护法众神请护佑加持。

倘若不识这里啥地方，
是在木雅国王的宫殿，
太阳照耀时金碧辉煌，
刻满龙纹的入云城堡，
有着二十八位罗刹神，
灿烂阳光照射的时候，
犹如金山光灿显本色，
金光照满大地和天空，
金谷金山和金色城堡，
金光灿灿人神共愉悦，
日月对照的莲花城堡，
人称紫红吉祥天神堡。
城堡顶端的罗刹之父，
自在欢喜王在转法轮，
山顶风顶和大地顶端，
有天神欢喜王的城堡，
破晓黎明之日起桑烟。
富丽堂皇的城堡中端，

犹如月圆之时泛银光，
黑白红花四色的旗帜，
在向四方天神祈祷时，
桑烟诵经随着旗帜飘。
阳神与守舍神和战神，
地方神祇和众护法神，
栖居此地的所有神灵，
切勿忌讳产生分别心，
潜心供养自家的神明，
怎可出现不祥的征兆？
住在坚固不摧城堡中，
雷雹风火之灾从未有，
本是吉祥幸福的乐园。

我是何人你等自认得，
是达玛国王的大儿子，
汉地赤赞皇帝的孙子，
父系是西宁封疆大吏，
母系是木雅国玉嘎措，
我是善父慈母的后裔，
是印汉交界地的主人。
我等如日月般的君臣，

统辖部众如群星璀璨。
春夏秋冬岁月流逝中，
并非天体星辰起变化，
只因昼夜轮回交替中，
东西南北仿佛有错乱。
汉地父系威高又权重，
母系犹如虎狮相对峙，
原本江山稳固无人扰，
今日遭遇无奈是业缘。

前年汝等无耻的臣子，
贪婪财富屠杀岭商队，
狂妄无知挑衅刽子手，
如今讨债索命的岭人，
已来到我木雅家门口。
战争灾难已降临木雅，
讥笑咒骂我木雅国君，
痛苦压抑笼罩着城堡，
国王与妃子和大臣们，
未做商讨已人心散乱，
无人胸有机智能定夺，

不知何去何从魂似丢。
那十二位现行的军官，
不分黑夜白昼要打仗，
东南西北方向勿弄错，
敌友你我必定要分清。
还有大臣森格本杰你，
你是木雅国股肱之臣，
还有赤赞玛擦多布旦，
再加上贤拉沃嘎托图，
赞都南拉珠色共四人，
率领五百位精兵强将，
天亮时从玉则山出发，
昼夜疾行要马不停蹄，
投奔汉地诉木雅之灾，
如此可否四位大臣子？

倘若不妥可再做商议，
若听懂我意请到汉地。
木雅上、中、下三地，
父系本源来自于中原，
如今遭难只能回原地，

唯有投奔汉地可保命，

是否如此诸卿自思量。

木雅王唱完，大臣森格本杰心想：此刻的情形正所谓窘迫之人计穷，叩拜死尸无益，敛财不顾性命。一边是地府阎王，另一边是岭国格萨尔，无论是谁都无法抵挡。从上部佛国天竺，到下部汉地律法之国，中间泥婆罗、拉达克、藏地，无论何处何地，没有岭国未踏足之地。在上部他们占领了喀什米尔、突厥、蒙古，下部抢占了汉地的茶宗。这汉地和花岭部落，早在总管王戎擦查根时代，就建立了联姻关系，那时汉皇帝的女儿，嘉萨拉嘎卓玛远嫁岭国，两国之间建起了姻亲的金桥。从此岭国从天竺引进佛法，从汉地学习律法，与印汉三足鼎立，统治天下。岭国以因果严律治理国家，以智慧计谋掌握乾坤，如此之人就算是魔法师也只能折服。岭国与汉地通商，与天竺学法，占领藏域所有的财矿，岭国人有着经纶济世之才，有治理天下的良法，现如今无论是谁妄想改变这一局面，也只能是枉然。

大臣森格本杰接着想到：我木雅浑似黄鸭戏水，只有蛤蟆、蝌蚪和小鱼做口粮，还妄称自己是身披袈裟的喇嘛。孔雀开屏羽翎如彩虹，色彩绚丽夺人眼，不知鸟禽食毒已成性，欲待二月天雷鸣。如今这木雅小国，无奈性命遭遇危险，只能祈求妖魔鬼怪了，不如投降岭国，那嘉萨拉嘎卓玛是汉人，同样作为中原汉人的后裔，或许岭国会网开一面。拉嘎卓玛的儿子是嘉擦霞嘎，孙子是扎拉泽杰。扎拉泽杰又是格萨尔王的侄子，是汉藏间的架桥之人。汉地文殊佛法，在藏地有流传；藏地观音政教，汉人也信仰，这是无法改变的事实，与其拼个你死我活，还不如向他们投降。森格本杰又想：这也许是业缘所致，去年木雅人鬼使神差地抢劫岭国商队，死伤无数，如今复仇者兵临城下，也是自己造孽的报应。今日不论好坏都要同国王做一番商讨。于是他双手捧着一条红色绸缎走到国王御座前，恭维地进献给国王，用恰似江水漩涡之调演唱道：

唵嘛呢叭咪吽！
阿拉是歌曲演唱之调，
东部木雅是我的故乡，
食肉赞神和妖魔众神，
黑白花三色泰让神尊，
是我的乡神和守舍神，
请勿抛弃加持护佑我，
助我战胜强敌心事顺。

倘若不识这里啥地方，
天竺汉藏三地交界处，
岔路纵横如纺锤织缎，
是东木雅国王的宫殿，
君臣商讨国家之大事。
喜鹊羽毛看似孔雀翎，
无法插在宝瓶作装饰，
只因无法展翅翱翔天；
欢游海底金色的鱼儿，
看似潜海浮面浪里跳，
实为娇小无法翻海浪；
无父无母的可怜之人，

没有权重显贵可依靠，
也无父子兄弟做后盾，
更无叔父长辈来爱护，
缺乏智慧胸中无大志，
恶运相伴流浪至四处，
无法安身立命聚财富。

好比如今的木雅小国，
无智之人言行任放肆，
倘若不愿顽疾缠绕身，
需要依靠医生和喇嘛；
倘若不愿树敌惹是非，
就需要法王肃清国法；
倘若不愿战火乱天下，
需与四邻和睦结善缘。
身无抱恙无端踢肝脏，
心无忧虑债务心肌塞，
本无仇敌无端劫人财。
好比行走远途的客人，
观察途中驿站和地势，
凡事要周全计较后果，

路人好比星星不熟悉，
相遇皆缘切要当朋友。
倘若不然这木雅小国，
虽然君王占领着城堡，
部众百姓心中无谋略，
贪婪之欲劫掠不义财，
不思后果已酿成大祸，
江山社稷付诸于偷盗，
如今战乱百姓无安宁，
轮到木雅人偿还血债，
该如何是好木雅君臣？

我是何人你等自然知，
在东部木雅虎山谷中，
五个百户村寨的首领，
从二十五岁到五十五，
一直勤勉地治理部落，
未曾挑衅毗邻起争端，
百姓富足政教事业兴，
从未丧失君王的体面，
也未臭名昭著满天下，

踏足何处无人招烦恼。
尔等劫掠岭国商队时，
未曾收纳一针和一线，
未派一兵一卒去打仗，
懦弱男儿自保实悲哀。
今日愿赴汉地充使者，
先前木雅弥青拉本他，
有位儿唤作玉本达雅，
如今他的后裔有两支，
一支汉回回耶门杰日，
一支汉回回南赤托赞，
与木雅有国事之往来，
相互派遣使者献贡品。

如今木雅国濒临灭亡，
疆土失守百姓被俘虏，
无奈打探混杂的骨系，
投奔汉地苟且求生还。
可否与岭休战做和议？
以免生灵涂炭又遭殃，
此行虽不能稳固江山，

示君王爱戴百姓之心。
香獐从高山滚动礌石，
落到江河鱼儿流脑浆，
恶名诬陷狐狸和沙狐；
棕色鹿群吃尽满山草，
无奈富户牲畜死饥荒，
罪责落到山腰黄羊身；
北方无耻强盗劫财物，
谋害性命趁火又打劫，
最终恶名落到国王身。
对白岭部落的客商们，
抢取财物凌辱其身体，
木雅奸臣赞都拉美一，
心黑之人南多托隆二，
搅屎棍般的图度那布，
国王的内臣亲信三人，
招惹事端两国战火起，
恶贯满盈天人所不容，
如今恶果木雅百姓尝。
岭国大军威逼到家门，
无人回击地鼠钻洞般。

没有敌手的岭国英雄，
好比送亲送到家门口，
无人进献茶酒理睬他，
肆意讥笑亲家无礼数。
对来者不善的白岭人，
尔等有何言语要道出？
本无是非无故煮人肉。
黄珠黄帽的天神喇嘛，
不去降伏妖魔修定心，
顽疾缠身之时无加持，
不懂佛法骗子讲次第，
浑似鸱枭筑巢在洞穴。
身带三械猛虎般男儿，
未遇强敌谩骂其祖宗，
狭路相逢之时吓尿流；
恶母教养无知的女孩，
四处穿行自视为美貌，
人群鼎沸争美斗艳时，
灰头土脸衣饰不入眼；
平日长耳毛驴比骏马，
浪费饲料破坏牲畜棚，

行走之日四蹄无力量。

木雅小国恶毒臣子们，
无故阻道无端取人命，
分赃不义之财称英雄，
如今胆小如狐无反击，
好比吃饭之时掉下颚，
观赏之时双目满泪水，
打仗之时战甲拖拽地，
赛跑之时骏马小腿抖，
讲经之时喇嘛嗓子哑，
如此怪异之事从古无。
心勿散逸达官显贵们，
如今何去何从请指教，
保住王系命脉是大事。

倘若有错意请您谅解，
若觉得是空话我忏悔。

森格本杰唱完，国王频频点头，表示赞同。木雅王心想着森嘉说得对，原本木雅虽不是国强民富，也算一方霸主，内有贤臣，外有强兵，无人敢挑衅欺辱。可惜贪婪所致，木雅精兵强将和财富牲畜基本已被敌军抢去。此次战役木雅死伤无数，国土满目疮痍，已是自顾不暇。木雅王接着说："恩重如山的爱卿森格本杰啦，你是我志同道合的贤臣，你心有谋略，胸有大志。此番请你急速奔赴西宁，向西宁王倾诉我木雅遭遇。”

于是木雅王写下如此文书：“如父的君王，无奈向您求助。没有佛法伴随的魂灵，走到阴间地狱之日，才会想起天神与上师，生无供养，死后没回向礼，如今悔恨也无益；在气运亨通、诸事顺心时，毗邻周国从未入我眼，如今强敌威逼无处逃，无奈想起赤诚的姻亲。我木雅骨系源自汉地，是达赤国王的后裔，是您耶耶王的侄子，名叫木雅玉则王。倘若您此番不收留我们，那野蛮的岭国人已经走到家门口，我木雅百姓部众将会遭到无情屠杀，国王王妃将会遭遇凌辱，城堡将被摧毁，王系命脉将会被斩断，异常恐怖的屠杀将会笼罩木雅王国，我等惶恐无法多想。叩请至亲解救卑微窘迫之人，我等将服从您的调遣和命令。”写完后署名，并盖上玉玺，木雅王将文书交到森格本杰手中。

木雅王昭告全国，“木雅已到了山穷水尽之时，这木雅国，汉、藏、岭哪国想要便要赠与哪国。自古公事私欲兼容，沙子黄金兼存，宗教律法并存，这一现象不做改变。”

七

在二十九日当晚，森格本杰带着达丹顿旦、诺布桑培洛追金美、西饶多布旦三人率领一百名骑兵从木雅出发，骑行十二天后，终于到达西宁耶耶王所在首府。森格本杰一行向驻守宫殿的将领达泽诺布桑珠、贡嘎益西热布旦、米普曲吉丹增等人递交木雅国王的文书。未过片刻，他们被请到宫殿之内，由嘉萨贡西拉姆、益西诺布拉吉、增嘎白玛旺青三位公主向父王耶耶王禀报使臣的来意。

那耶耶王思索片刻后说道："看来此番不得不去。国与国之间需要使臣，结亲需要媒人。天地融合世界才和平，能让世界和平的佛法要义，须得众人一一遵守。这汉地、藏、岭、天竺，互相交流如水乳交融。汉地茶叶和其它货物运到藏地，藏地六种良药、鹿角、鹿血、兕心，西域喀什米尔的红花和天竺的药料香料等各种特产早已运至汉地。这汉藏之间的交流不仅古来有之，现在还需要继续下去。在先前的时候，岭总管王戎擦查根迎请西宁南赤国国王尼玛拉赞的公主美朵拉珍到岭国，汉地公主嫁给僧伦，数年后生了儿子嘉擦霞嘎。从此汉藏之间架起了互通的金桥。如今为了保住先祖建立的业绩，必须要保持汉藏通商的关系。倘若山外有山，不宜另处开辟道路；雪峰顶上再积雪，狮子常年可栖息；无边深蓝的大海，阳光无法照射至海底；汉藏间的关系，虽被战争断裂依旧可修复。这世界的男女老少，常说废话浪费生命；屁股、鞋底皮补丁和毛毡，被人拖着、拽着、踩着最终成破烂；国王、王妃和大臣，你问我答度时日；上师、学生和比丘，念经说法度生命。此番协助木雅是我的宿命。"

于是西宁耶耶王带着热巴让赛、恰青贡协、洛那罗追三位大臣，在木雅大臣森格本杰的引领下，昼夜兼程，走了十六天最终抵达木雅东部边界。那地方早已被岭国赛巴部落的军队所占领，他们直奔赛巴尼奔达雅、赛王子尼玛珠嘉、尼玛曲扎的军帐中。赛巴的军士看到那些从东山走来的人，不知是藏、汉、蒙何人，分不清是敌是友。正在这时，赛巴巴杰诺布顿珠迅速给灰白色的战马备上金色马鞍，自己穿戴金甲金盔，率领一百多名骑兵直面迎去，询问来者是何人，有何要事。

木雅大臣森格本杰骑在一匹黄色的骏马上，身穿华丽的绸缎衣裳，身上没有佩带任何兵器，被三个成年男子左右相拥着缓缓走来。走到赛王子尼玛曲扎跟前时，他们勒住马缰，在马背上侧着身子说道："骑着黄马、身穿黄甲的岭国王子，请勿急躁，我这里有话要说。倘若说好了，天神都能欢喜；说不好，也能做个彻底决断。对仇敌之间的和平契约，我有重要的话要说，你务必要听我说完。"于是森格本杰用江河缓流之调唱道：

唵嘛呢呗咪吽！
歌唱阳光照耀的温暖，
天地万物都需要太阳；
歌唱天降湿润的甘霖，
苍茫大地无处不需要；
歌唱姻亲相处的和睦，
骨肉兄弟得意心相惜。

在广袤无垠的天空中，
璀璨闪亮的日月星辰，

畏惧罗睺星曜来吞食，
黑暗四洲需光明抚育。
正值盛年鸿运当头时，
英豪身手矫健六艺精，
远征打仗统辖着三界，
看似震慑三界威武猛，
震动山河盔旗风中飘，
盖世英明留驻在人间。
富贵显荣三牲五鼎时，
众人和颜悦色无人讥，
岁月轮转体衰年老时，
少人体恤讥讽恶言告，
耳聋失明遭遇众人嫌，
无怨仇病打骂遭凌辱，
一切皆是世间的法则。
凡人供养祈祷着天神，
若无护佑天神是疯子，
倘若供养时数不满足，
护法天神便不再保佑。
与其希望寄托于恶人，
不如祈求供养护法神，

今日众地方神和乡神，
请为臣指明智慧之路，
助我心想事成诸事顺，
护佑木雅岭国战事息。

倘若不识这是啥地方，
是木雅国的东部边界，
金光灿烂花儿鲜艳开，
水草丰茂牲畜也肥美，
野兽猛禽出入生命繁，
是聚集福气的吉祥地。

倘若不识我是何许人，
在木雅国中部南琳地，
人称吉祥神猴山谷中，
有个入云野牛角城堡，
我是堡主叫森格本杰，
是五个百户的百户长，
木雅四十将领的军师。

明昭昏蒙剔透玲珑心，

从小谨遵父母的教诲，
长者智慧之言铭记心，
如今凡事思量细琢磨，
行事仁义品德也高尚，
摒弃偷盗抢劫和欺诈。
汉与藏与岭和天竺国，
邻国之间从未说恶言，
暗中未发过一支冷箭，
一针一线也未收囊中，
所言并非谎话是真言。
那么骑着灰马的男儿，
虽非眼见耳闻有传言，
岭国上中下三部落中，
最大最强属赛巴部落，
敢问男儿是赛巴首领，
若是请静心听我来说。
我木雅的一百位骑兵，
遇敌火拼取胜未曾想，
也不会三械出鞘离身，
今日前来为议和之事。
我远涉踏足南赤汉地，

向那西宁耶耶王禀告，
并非去求增援搬救兵。

古人有句谚语说得好：
生铁熔于熊熊烈焰中，
巧手铁匠欲铸造钳子；
部落村寨之间起争端，
善心之人欲想做调停；
山谷江河急流人无路，
欲建大桥造福于行人；
木雅岭国交战天下乱，
欲用高深计谋做调解；
相信木雅岭国可和解。
早先汉藏之间做协调，
货物商品可自由交易，
红茶运送至上部卫藏，
相信木雅岭国可和解。
乾坤自立彼此也融洽，
大地暖融雾气升到天，
蔚蓝天空气流成乌云，
天降甘霖润泽广袤地，

无垠大地处处是绿意。
天竺佛法流传至藏地，
藏域政教法度汉遵循，
汉地茶叶运送至藏域，
善业能使百姓得安乐，
祈求木雅岭国停战事。
主上国王下达的懿旨，
好比天空广阔又深远；
智者思绪比大海深邃，
骄阳耀眼照射在河面，
波光粼粼水纹随性动；
为了天下苍生的福祉，
不畏艰险远涉至西宁，
请来汉地西宁的君王，
为我木雅岭国做和解。
切勿愤怒黄衫的男儿。

森格本杰唱完，赛巴尼玛曲扎说：“这人说这么多话，像女人和无赖一般，故弄玄虚，虚张声势，无非是想让我们不知其意，心生惧怕而已。以我白岭的法度，天若空空荡，只有日月自由运行，打雷下雨是乌云之故。这世间土地，也是各为其主，狂言、欺辱、劫掠，对弱者是极其不合时宜的。犯下弥天大罪，待到对方开始丈量土地、瓜分天空、大事商定、腰束三械之时，对方岂会无端退兵？若要求展翅的大鹏缩回双翼，实乃不易实现的妄语；若要升空的太阳中途折回东山，亦是亘古未闻的奇迹。岭国英雄除非战死在沙场，不然即使遇到死神阎罗也不退避。下部汉地和上部岭国，原本互不相干；插在白色头盔上的盔旗，岭国原本无心夺取。骏马配金鞍，头盔插盔旗。英雄暴戾威猛，财阀霸道凶恶，高山饿狼穿行，江河源有雪山，汉地岭国有差异，不要自不量力费唇舌。汉地耶耶王的领地，我岭国从未有过觊觎之心，虽然汉岭有往来，但各地语言的差异，是生身父母族系所致；牲畜财物的贫富，是因前世福缘的薄厚所致；高山顶上是否有雪峰，是由地方海拔的高低所致；杜鹃栖息南部不鸣叫，是因野蛮之地未开化；水中鱼儿不曾环湖游，是因绕湖布满了鱼钩；高山秃顶植被稀，是因岩山石山无水分；蔚蓝天空不见太阳照，是因乌云翻腾笼罩天；木雅小国坚决不投降，是因背后靠山是汉地。你无需多言闭紧嘴。”于是赛巴尼玛曲扎用风雨云腾之调唱道：

唵嘛呢呗咪吽！
如母亲的上师仁波切，
三世佛祖的菩提之心，
愿悲心加持自然形成。

身心依托给佛教正法，
所愿以偿凡事皆顺意；
面朝东方的宅院大门，
无须担忧阳光的温度；
财富进献给天神之人，
来世定能超度之善道；

遵守权贵首领的法令，
定能扎根持家生活安；
跑到富户门前当长工，
实想得到施舍和恩赐；
高山顶上煨桑烟祭祀，
祈求鸿运亨通气数高；
富足愤怒的天神部落，
笃行释迦牟尼的教诲，
是为解救苦难的众生；
日月环绕着四洲运行，
是为驱除黑暗送光明。
江河奔流不息到大海，
大雕翱翔天空觅肉食，
英雄佩带军械为报仇。

你这败军之家的大臣，
切勿傲慢自恃为英雄，
勿要挑衅惹怒请自重，
倘若胡言乱语说错话，
且不论骨肉兄弟感情，
仇恨愤怒涌上心头时，

会相互厮杀惨绝人寰。
早在总管戎擦的时代，
白岭和汉地结下姻亲，
汉王公主远嫁白岭国，
岭汉联姻犹如天雷震，
又似闪电照亮天地间，
汉岭联姻已过四代人。
此番木雅国投靠汉地，
率领援军来挑衅滋事。
好比青龙潜居深海时，
南天黑色乌云来召唤，
无奈出海腾空飞起来；
神鸟大鹏盘踞高山顶，
深林巨蟒爬行来引诱，
无奈展翅飞翔去迎敌；
斑斓猛虎栖居森林中，
牡鹿展露犄角显威猛，
无奈猛虎出山去捕猎；
白岭天神部落在自家，
奸邪木雅国王来挑衅，
只能行军远涉到沙场。

那么男儿森格本杰啦，
大智慧隐藏在人心里，
无需多言众人能感知；
那些经验丰富的商人，
买卖亏损和盈利之事，
似看掌纹般明晰清楚；
孤独穿行群山的野兽，
常年游走荒山野岭间，
熟知路途险峻和平坦。
欲知山谷深浅看河流，
知晓冬夏且听雪鸡鸣，
是年丰收待看夏雨水。
原本汉藏之间无矛盾，
巧舌如簧之人传闲话，
小心得不偿失毁自己。
手艺高妙的画师作画，
险些神像画作妖魔样；
贪婪无耻之人的严词，
将要激怒弱小来造反。
不懂佛法的狡诈喇嘛，
一心只想着敛财暴富，

巧言令色讲法欺骗人，
学生无缘学得真佛法；
北方无赖善于耍把戏，
到处撒钱蒙蔽众人眼，
最终抢人钱财取人命；
无情女子守在岔路口，
善于打情骂俏唱情歌，
蛇蝎心肠只为得钱财。
是否如此西宁耶耶王？
调解人为何火上浇油？
汉地岭国之间本无仇，
木雅岭国之战做调停，
唯恐自身难保陷不义，
两国争战时大放厥词，
遭遇何人如今尚不知。

我们白岭天神的部落，
并非是欺软怕硬之徒，
倘若财富未盗人未杀，
无需远涉征战讨公道，
心怀仇恨屠杀木雅人。

切莫动怒西宁耶耶王，
古人谚语说得非常好：
倘若谷底未下过暴雨，
谷口的江河不会泛滥；
倘若死神未到家门口，
何以尸横遍野人哀嚎；
倘若岭国木雅无冤仇，
岭军无需布满木雅国，
切勿动怒庸人莫自扰。

若听懂歌是耳的供养，
若能克己便皆大欢喜。

赛巴王子唱完，心想：这凡事好坏应该和父亲做个商量，倘若自行决定可能不妥，也许木雅人说这番话可能有更大的阴谋。原本那木雅国王残暴善变，根本不可信任，好比水纹不能数，浑似石头不能点。若不小心，也许他们是用花言巧语来蒙骗我，就像无赖骗财之时说善言，女人骗人之时流眼泪，喇嘛蒙人之时讲佛法。如果我话语说重了可能会打起来，说轻了那是欺骗自己，那我就什么也不说了，静待一会儿。

于是赛巴王子带领军队回营。那耶耶王向他极力挥手，口中喊着："身穿黄甲骑黄马的男儿，请等等，我有话要说。"赛巴王子不知是何人，又勒马转身回看时，耶耶王骑在马背上非常平静地说："男人的心胸应该像天空一样广阔，日月星辰能自由运行，天地万物要温暖滋养；像甘霖降旱地，花草植被茁壮成长；如大海般深邃，海纳百川容纳万物，是否该如此，岭国王子？”耶耶王心想：不管我此番能否化解木雅与岭之间的仇恨，调停战争，我也要试着与这位男子交涉一番。于是耶耶王用汉曲戴胜鸟之调唱道：

唵嘛呢叭咪吽！
在中原沼泽潮湿之地，
祈祷峨眉山普贤菩萨，
祈祷五台山空行五母，
五山犹如五位空行母，
五山浑似英雄在招手，
文殊菩萨佛容显紫黄，
大悲智慧慈心深似海，
祈祷今日护佑加持我。

倘若不识这里啥地方，
汉地西宁南塘的东面，
青藏高原多康的西方，
位于中间的木雅小国，
先前只有耳闻未曾到。

倘若不识我是何许人，
汉地西宁富丽宫殿内，
人称汉地西宁耶耶王，
统领西宁十二个部落，

与汉地领事尼玛赤赞、
汉领事呼图地位相等。
此番到这的根本原因，
是为调解战争化仇恨。

盛夏天降甘霖润大地，
土地湿润雾气升空中，
漫山遍野鲜花植被密，
此乃天地乾坤之融合。
汉地天竺之间有联结，
释迦牟尼佛法的要义，
流传文殊加持的汉地，
汉地公主聚积光明女，
远嫁藏地联姻传佳话，
吐蕃赞普松赞干布他，
威名享誉世间如天雷，
此乃藏汉之间的联结。
此次木雅岭国做调解，
木雅大臣森格本杰他，
不辞艰险到汉地西宁，
向汉地耶耶王告详实，

诚心化解岭木之仇恨。
千言万语根本之要义，
为化解冤仇双方得利，
以免人仰马翻增冤魂，
财富食物无故尽散去，
造福两国利他众生之，
汉藏通道顺畅又太平。
从今往后未来的日子，
再无射箭纵马的行径，
亦无制伏强敌的争战。
中原汉地律法为其一，
雪域藏地佛法为其二，
天神花岭部落与木雅，
无论高贵贫贱的百姓，
为驻守故地安居乐业，
为藏汉两地行走方便，
为互通商贸交换货物，
即使调解未能得善果，
也绝不祸害一方百姓。
天下大乱生灵涂炭时，
议和使臣一则有军马，

二则富甲天下有后援，
我虽非富有也无军马，
但此次争端根源在汉。
倘若汉王早劝解休战，
杀人越货之事可避免。
汉地热闹的商贸集市，
处在两国交界的地段，
原本各扫自家门前雪，
倘若谁人无端来挑衅，
无论何人也大动干戈；
若非强盗主动来劫掠，
无须倒帐篷断人炊烟；
若非是男儿遭遇强敌，
不然何须与人结联盟。
汉地天下太平民生旺，
只因木雅小国遭劫难，
不辞艰险前来化冤仇，
只为解救天下的苍生。
不然汉地名声遭唾弃，
岭国慈悲政教成虚空，
木雅江山社稷化灰烬。

耶耶王唱完，赛巴尼奔达雅和赛巴王子尼玛珠嘉以及同在的其他大臣相互窃窃私语讨论片刻后说：“此番行军远征，敌人比铁铜更坚硬，唯有在炽热的烤炉中变软，方可打造成任何兵器；妖魔鬼怪游荡在无间道，今日可自由穿行于荒山野岭；公鹿在大山深处，神箭手定能射杀；积雪融化，草地路可行，出门返回之人皆方便。汉、藏、蒙三地交界处，这无法无天的木雅强盗，今年被岭国军队围困，便想着派人议和实在是可笑，岭国木雅之间的仇恨绝无可能化解。”

从清晨到太阳落山前，岭国无一人理会木雅使臣。无奈之下，耶耶王和木雅森格本杰只好率众先回森格本杰的城堡。他们在七天内每日写三份议和信件遣使送到岭军营中，但是岭国无任何回音。于是那西宁耶耶王变得束手无策，便想：这岭国态度强硬，倘若调解不成，莫说帮木雅解围，恐怕连我汉地西宁也要遭遇不测，与其自讨没趣，还不如早早回避这是非之地的好。

于是耶耶王准备返回汉地西宁。正在这时，木雅玉则国王下令让十五位大臣到宫殿之内商讨国事，为了寻得逃亡的密道，木雅王对大臣达热赤赞下达严令，用坐立不安之调演唱道：

唵嘛呢叭咪吽！
口语母语和故乡语言，
亘古不变故乡的话语。

向那天神泰让做祈祷，
请护佑加持我玉则王。

倘若不识这里啥地方，

是幸福吉祥的木雅国，
是我木雅玉则的故乡。
上有巍峨入云的雪山，
惟有绿鬃雄狮可穿行；
中有草地岩山混合地，
惟有神鸟大鹏展翅飞；
山下江河汹涌波浪猛，
惟有金色鱼儿可游玩。
故乡是欢乐吉祥之地，
岩石碉堡高耸与天齐，
固如金汤的铁山天堡，
堡顶大鹏神鸟的头顶，
长有世间绝无的神角，
妖魔神怪无人能逃脱。
城堡铁墙里外有三层，
国王与王妃和大臣们，
好比是内城三个顶端；
英雄与军士和商人们，
是中城城门的守护者；
男女奴仆和行走路人，
是外城城门的守护者。

城外之人无法闯进来，
城内众人无需走出去，
如此坚固地过了三年。
我们富足木雅黄金谷，
并非贪婪无耻夺人财，
但无人管束的野男儿，
硬给野马配上了金鞍，
非给强人头上戴帽子，
头盔插旗山顶插经幡，
无故扰乱路人劫财物，
不料今日因果轮回转，
残暴行径终须得恶报。

近日岭军布满木雅国，
天降抛石箭雨为其一，
杀父弑母之语为其二，
威逼凌辱恶言为其三，
射箭操刀练兵马蹄声，
频频吹响似震耳欲聋。
如今已无法坐以待毙，
那么心善贤良的大臣，

倘若国王的江山不稳，
山间的河流无法流淌；
倘若岩雕的巢穴不安，
夜行鸱枭的巢穴不保；
若雄狮无法栖息雪山，
青龙则无益腾空雷鸣。
木雅千百部落无安宁，
躺在岭人刀口血腥浓，
北方一百零八个部落，
已经被岭国军队占领。
四大臣和十五位首领，
不分昼夜恶战十多日，
如今敌军四方包围着，
不知逃亡之路在何处。
倘若白昼无法能逃脱，
誓死效法鸱枭走夜路，
一起逃亡中原汉人地，
投奔汉王尼玛赤赞处。
木雅举国与汉王联盟，
愿随我同行的大臣们，
回去做好逃亡的准备，

马匹骡子犏牛等役畜，

数百牲畜驮金银财宝，

率领三千位精锐骑兵，

明晚天黑之时要启程。

国王旨意不可有违抗，

滚山的礌石无法折回，

谁人胆敢要反抗违令，

重者斩杀取其人性命，

轻则割去耳鼻剜双目，

此事再无商量的余地。

听懂歌曲即刻去准备，

在座诸位请谨记心间。

国王唱完，凶残的大臣嘉热古米、赞都雅美、星都哲沃拉美、琼赤南拉嘎青、森赤白玛诺布、隆拉普耶果杰、图曲普耶托郭、美拉珠嘉等众人一致认为：此前国君恩重如山，对百户千户长赐予权利，发放俸禄，赐庄园城堡、领地和无数财宝。如今已到逃亡的时刻，我等就算舍不得荣华富贵也无法。于是森赤白玛诺布和琼赤南拉嘎青二人，就出逃的细则进行商议后，琼赤南拉嘎青从右席上位中起身，并对如何出逃及国王、王妃和众人的安全事宜做了缜密计划，用大雨江河缓流之调唱道：

唵嘛呢叭咪吽！

叫闹喧嚣之地唱首歌，

在天空华丽的宫殿内，
青龙腾跃雷声轰隆隆，
天降冰雹大雨的征兆，
无奈蛟龙伸展焰翅飞，
大种交融天地起乌云，
时遇盛夏暴雨侵大地，
飕飕烈风骤起天地暗，
万物冰冻江河也断流，
草木枯萎冬季无生机。

如今兵临城下无奈何，
祈求天神泰让来护佑，
保佑逃亡之路无灾难，
引领我等平安达汉地，
请驱逐艰难后断追兵，
助木雅君臣与汉联盟，
能够逃脱岭人的追捕。

琼赤南拉嘎青唱毕，在座诸位阴着脸，无人言语。但是国王逃亡心切，想着：想当年身强力壮时，男女仆人像儿女般拥挤到座前，向我跪拜叩头行礼，如今我这宫殿内连个鸟雀也不愿飞进来。紧要关头，无一人替我分担。如今的形势，无论如何再也不敢耽误时间，一切走为上策。他于是决定国王、老臣、王妃、公主、王子等人立即动身，一起逃往汉地。

九月二十九日晚，数百匹马、骡子上驮着金银财宝，在三千位精锐骑兵保护之下，一行人带着内侍从城堡出发，朝着东北方向仓皇而逃。这时正在入定的格萨尔王处于自明智慧中，见莲花生大师发束成顶髻状，冠冕九顶金刚饰物，发辫披散于后背，话语如胫骨号筒般清脆，右手持檀木皮鼓，左手持白银摇铃，胸前挂着明意镜，由千位空行母簇拥而来，对格萨尔王唱起这金刚道歌：

唵嘛呢叭咪吽！
歌唱空阔无边的天空，
若非要义之事不歌唱，
心空宛如空中的彩虹，
五彩耀眼也瞬间即逝，
空行之歌是性空之意，
词是净戒笃实的佛法。
通常佛法兴盛衰败时，
无明六道众生意错乱，
不识三十三重天神面，
不辨阴间十八地狱苦，
繁乱世间自寻烦恼者，
浑似油灯飘摇在风中，
居无定所不知去何处，
若辨明幸福自心是佛，
若懂处世血管有慈悲，
若能修定自身是佛像，

若会看六道慈悲世间，
时刻所行修定皆纯洁。
空性意愿教诲之歌曲，
幻化祥瑞集聚之歌曲，
为大事重事要事歌唱。
为母众生终得幸福地，
修定菩提道慈悲之地，
血肉之躯有佛性智慧，
归根结底与禅修相关。

倘若不识这里啥地方，
是木雅幸福吉祥之地，
慈悲菩提之心盛行地，
在白色空性的神帐内。

倘若不识我是何方神，
懂识别与你形影相随，
血肉幻化之躯可修行，
业缘黑白因果能区分。
我从身躯筋脉穿行来，
颈系颅骨佛珠邬金神，
是格萨尔王的护法神，

是六道轮回众生之亲，
是千万佛的心传弟子，
岭国圣者制敌宝大王，
消除无明业缘的灯塔，
是指点迷津的引路人。

黑暗妖魔危难满大地，
切勿长期修定要起身，
已到统领军马征战时，
那妖魔木雅玉则南杰，
正逃亡东部和尚之地，
那愚昧无佛法的土地，
就算投奔也不信佛法，
心无慈悲菩提无修定，
汉地幻化魔法的妖术，
倘若传遍无法能断除，
杀人劫财如囊中取物。
那些兵败的木雅君臣，
逃亡幻化妖术盛行地，
已过牛山到达莲花滩，
倘若岭军不抵达北方，

就无法消灭木雅妖魔。
若国王没有幻化法术，
军士就无法降妖伏魔，
切勿再耽搁速速追击，
率领几位勇猛的将领，
时机成熟就在近日内。
在东部花花岭部落中，
有勇猛智慧的三虎将，
今日尔等可大显身手。

若听懂大王谨记于心。

莲花生大师唱完便消失在空中。格萨尔大王明白那是莲花生大师的预言，于是用金刚杵在桌子上猛击三下，三位司膳前后跑到大王座前下跪叩头，等待大王下达懿旨。国王下令敲击军鼓，在天亮之时岭国所有叔父兄弟和勇士们到大营中集合，商讨讨伐木雅玉则之事。

司膳们依照国王旨意，敲击边鼓，挥舞军旗，天亮之际花岭国的所有英雄将领齐聚到大营之内，按席位就坐。这时位于中端赤色金座上的雄狮大王格萨尔说道："岭国的天兵神将们，且听我说。现如今我君臣已无法闲逸懒散，倘若头戴黑帽，那是污秽侵蚀躯体的征兆；善心之人遇困难，是利他众生之时。此番征战绝非为私欲，若不行利他众生之大事，佛法将离我们远去，今日之事皆为利众之事，即使身心俱疲也无法，速速准备动身。"于是格萨尔王将天神预言之事以及如何部署军队人马事宜，用神鼓流变之调演唱道：

唵嘛呢叭咪吽！
歌唱阿拉阿拉和阿拉，
众生之母天神莲花生，
奇幻无比恩重又如山，
衷心向他祈祷加持我。
法身与报身和化身三，
修行三身祈祷护佑我，
护法众神请充当后援，
自身佛性智慧的坛城，
祈祷本尊菩萨不离身。

倘若不识这里啥地方，
是木雅牛谷三岔路口，
修习空性定力神帐内，
我是雄狮大王格萨尔，
是花岭国军队的统帅。

修习空性大定授记明，
在今日黎明破晓之时，
三世佛祖莲花生大师，
环身赤黄光芒闪彩虹，

在众菩萨的簇拥之下，
向我觉如明示了授记，
那木雅国王玉则南杰，
撇下百姓部众和城堡，
携带财富吃食和仆人，
在十五位大臣陪护下，
率领三百七十位骑兵，
越过东部贡嘎山逃亡，
一路奔命于东部汉地。
预言者是天神莲花生，
聆听者是我神子觉如。
那么岭国天神部众们，
自从舍家远征之日起，
收到天神预言共五次，
每回旗开得胜打胜仗。
岭国神子勇武无胆怯，
天兵神将勇猛死伤少，
行走的道路驻扎营地，
东南西北方向无错乱。
来自上方天神的授记，
国王尽意悉数地告知。

古人谚语说得非常好：
天降冰雹雷鸣闪电时，
无数昆虫蚯蚓遭劫难；
陡峭山坡礌石滚落时，
数百野生动物难逃死；
手持军械与敌厮杀时，
两军败伤死亡无法减。

最终胜利归我岭所有，
木雅大军会名存实亡，
铜墙铁壁的木雅城堡，
天兵神将四面围绕着。
东北方位牛谷江河边，
阻拦前路也断其退路。
木雅国王王妃和大臣，
带着少量兵马已逃亡，
越过牛谷欲逃到汉地，
天神莲花生预示如此。
迅速组建精兵去追击，
明知前路险峻也无法，
两军交战烽火连天时，
刀光剑影死伤不计数；

印造与年岁相等擦擦，
定因顽疾缠身有劫难；
大军行营涉足远途时，
路有平坦大道和崎岖；
大军争战火光四起时，
定有军马死伤的溃败，
但最终胜利归我所有。
舍弃故乡妻儿和老小，
无奈身不由己走天涯，
九位保我江山的心腹，
待我赤诚相爱的伴侣，
血脉相连的骨肉兄弟，
无奈随身伴我走远途。

且听我岭国的英雄们，
赤色灿烂的黄金饰品，
时常虽见鲜艳又夺目，
人群集聚摩擦掉颜色；
平日骏马用饲料喂养，
膘肥体壮脚劲也有力，
赛马之时能翻越山岭。
白岭国的英雄男儿们，

时常英雄好胜争宠爱，
如今要追捕木雅逃兵。
赛巴部落的尼奔达雅，
赛巴王子柳吾达嘎二，
姜氏王子玉赤贡杰三；
噶德确将巴那又其一，
塔杰巴拉森达又其二，
擦香丹玛玉杰又三人，
三人一组左右辅助我。
其余精锐的英雄将领，
比如尼玛坚赞为其一，
嘎米玖索朗珠嘉其二，
珠米玖柳吾达嘎其三，
三位大将前来辅助我；
穆江扎巴坚参又其一，
塔杰尼玛多杰又其二，
贡嘎益西饶丹又其三，
也要随军辅助本王我。
你等壮年英雄好汉们，
是我岭国江山的依托，
尔等速去整顿做准备，

军马要配好马鞍缰绳，
军士要佩带刀枪弓箭。
在后天黎明破晓之时，
务必在北方牛谷路口，
斩断木雅逃兵的前路，
剿灭敌人军马无生还，
切勿身心懒散去讨伐。

倘若听懂歌曲是指令，
旨无错意英雄男儿们，
君无戏言叔父兄弟们，
铭刻于心岭国众神子。

国王下达严令后，那岭国英雄们一个个暗自窃喜，都想着如今可彻底铲除木雅强敌，能给岭国亡魂报仇雪恨。他们面无惧色，可齐步对阵，齐手相战，齐身赴死，齐心领命。他们随后回到各自帐中准备妥当，待命出战。

第三天黎明破晓之时，岭国军队从军营出发，绕过东边的湖泊，走到八方行人客商集聚的四岔路口时正值午时，岭军就地下马扎营，起灶熬茶。岭国三虎将派哨兵前去探路，以十人为一组，兵分几路，到山顶、河谷和雪山半腰勘察敌情。稍过片刻后，丹玛部落的探子发现杂玛隆垭口冒着青烟，似有敌情。又看到在杂玛隆谷口木雅国王率领王妃、大臣和三百多位骑兵，正在火速前进。岭军丹玛部落中丹玛王子玉卫奔美、珠王子南卡托杰、文氏王子白玛塔杰三人以迅雷不及掩耳之势纵马疾飞，相互紧随奔向木雅逃兵。

三位英雄在风中疾驰，盔旗在风中猎猎作响，马蹄仿佛踏空而行，刹那间疾飞到牦牛山山腰间。那情形仿佛羚羊奔舞、烈风飕飕、火焰熊熊，尤其那丹玛王子，看似如青龙，青龙腾跃云间；腰束三械，仿佛侧身长有翅焰；那青灰色的骏马，迅疾飞奔。人马耳边狂风猎猎地奔跑赶来时，那木雅君臣不知是谁，无奈驻足原地等候。这时木雅大臣西饶多布丹纵马挡在前面，他身穿金色铠甲，骑着一匹配有金鞍的黄骠马，他右手拔箭，左手取弓，搭上箭，拽满弓，觑着来者，用恐吓英武暴风夹雪之调唱道：

唵嘛呢叭咪吽！
在天空演唱木雅之歌，
烈风扬沙之日来演唱；
在广阔的原野上歌唱，
歌唱狂风吹走那茅草；
对着浓重的雨雾歌唱，
唱起那乌云降下大雨；
歌唱盛夏泛滥的江河，
河床宽敞波涛又汹涌。

向智慧无碍阳神祈祷，
向武艺霹雷战神祈祷，
请护佑英雄战胜强敌。

倘若不识这里啥地方，
是片岩牦牛山的垭口，

烈风飕飕吹响盔旗飘，
是我木雅国北方原野，
茅草随风唱起歌儿来，
黄沙随风扬起尘土来。

倘若不识我是何许人，
木雅虎山万户部落中，
天雷响彻大地般的人，
手握乾坤风雪随意降，
雷打植被草木的神人；
光照雪山谷底冰融化，
能将雪水引流到平地，
欲想冲毁大地成断崖；
赤色火苗蔓延森林时，
能使山头草木化为灰，
欲想所长植被皆烧毁；
在这偌大的木雅国中，
是辅佐国王的大重臣，
人称西饶多布丹扎巴，
身具六艺能够敌万人。

蓝面蓝马之人且听我，
饿狼穿行高山的时候，
绵羊生恐畏惧咩咩叫，
血染山谷尸体抛荒野；
秋初北地寒风未起时，
高耸碉堡顶端的旗帜，
急于飘动随风摇曳着；
江河奔流的险峻山谷，
渡江索道微颤人摇晃，
倘若洪水泛滥冲大地，
盛夏骤雨狂风也无益。
木雅原本安生又乐业，
岭国刁徒泼皮来寻衅，
无故包围四周无出口，
所言措辞充满着敌意。
倘若不誓死驱赶敌人，
望见珍稀宝物拼死抢。
闯入我木雅险峻国度，
尔等岭国的泼皮无赖，
有何新仇旧恨请讲明。
你这微颤的蓝面小人，

不识险恶将要丢小命，

岭国无赖贪婪又狂妄，

若想保命切勿拦路人。

劫匪父辈恶习传子孙，

瘦弱母牛难耐冬之寒，

好比岭国的无赖男儿。

土狗狂吠猛叫不停止，

倘若抛石猛击会何样？

欲驰急速狂奔的骏马，

倘若按辔徐行会如何？

口出狂妄言语的恶男，

若俩争锋相对又如何？

聒噪女人的无聊话语，

遇到旗鼓相当便停顿。

你这不知死活的岭人，

到底何故奔马来此地？

倘若听懂回我三句话。

西饶多布丹唱完，拽着弓，未射出，等待来者回音。丹玛王子玉卫奔美说道："你这好比花钱买灾殃，如若不然，你岂不待在自家，为何行走他乡？此前我花岭天神部落，若不是对方挑衅寻事，从不主动与人结怨。倘若不是有旧怨，今日又为何故前来剿匪报仇？你木雅所做的恶行，并非能用三言两语说清，但今日我有话要说，你竖起双耳听好了。”于是玉卫奔美手握刀柄，唱起这毒叶英雄之歌：

唵嘛呢叭咪吽！
唱起阿拉做歌的供养，
塔拉本是歌曲的唱调。

胜义解脱佛法之要义，
有着善恶黑白的区别，
对善业保卫佛法之人，
请赐予加持给予护佑。
居住在头顶的众天神，
在半空华丽的宫殿中，
有无数戴头盔的神子，
佩带三械军旗当空飘，
军马战士向战神祈祷，
保佑我摧毁黑暗妖魔。

倘若不识这里啥地方，
是汉藏两地的交界处，
是木雅牦牛山的西面。
太阳四洲运行光普照，
倘若不知四面八方位，

岂能光辉照耀暖大地?
恶狼穿行九岭山岳间,
倘若不知山高河流低,
如此艰辛游走有何用?
白岭部落三十位英雄,
倘若不识此地是何处,
又如何分辨敌友神魔?
河沿与地界和国界等,
恰似地位身份自明了。

古人谚语说得非常好:
双面男子仕途道路平,
两面女子嫁得如意郎,
山峦土丘野狼好行走,
无耻盗贼劫财无悔意。
汉藏两地交界原平安,
如今是劫匪强盗横行。

倘若不识我是何许人,
在玛域吉祥坛城之内,
人称岭见者皆喜之地,

是这南瞻部洲的中央，
有各种稀奇珍贵药材，
是南瞻部洲土地精华，
在丹玛曲拉神殿之中，
统辖丹玛部落的首领。
曾剿灭萨霍尔赤赞王，
岭国东征时的大将军，
人称丹氏阎罗王之子，
父亲是擦香丹玛香查，
我的名字叫玉卫奔美，
是统领万军的万户长。

划破长空飞越天际时，
月光与炽热太阳相伴；
赤色火焰烧满山头时，
飕飕烈风相助火势猛；
青龙腾跃当空飞跃时，
犹如火镰的天雷相伴；
神鸟大鹏展翅飞翔时，
清澈无瑕的宝物相伴；
洁白光辉的耀眼雪山，

唯绿鬃雄狮相得益彰；
长满檀香神木的山林，
唯斑斓猛虎出入自由；
蔚蓝深邃的无边海洋，
只有巨鲨鳄鱼能翻浪；
白岭军队的绝顶英雄，
有我丹王子玉卫奔美。

你这无耻的面黑粗人，
切莫口出狂言打妄语，
黑面犹如醉酒的乞丐，
无食充饥俨然装英雄，
心无慈悲的骗子盗匪，
偷窃财物又搅乱村寨，
倘若揭穿还拔刀威胁，
尔等木雅君臣便如此。
就在前年年初的时候，
我白岭部落的商队中，
有着富甲一方的商人，
也有名震天下的英雄，
有一百名年轻的伙计，

岭人宠爱的十位商人，
慈母从未恶言谩骂过，
严父从未棍棒责打过，
叔父兄弟从未埋怨过，
从未身穿粗布和麻衣，
四处经商的富家子弟，
是汉藏间通商的桥梁。
木雅军队野蛮又残暴，
杀我客商劫掠我财物，
白岭每位英雄有城堡，
好比毁我城堡断我后。
倘若今日未能报此仇，
号称岭国英雄实可笑，
若未取你性命饮你血，
我如狐狸非英雄好汉。
看你是权贵显赫之人，
绝不留下活口放生路，
若英勇尽管纵马过来。
倘若身后无追兵袭击，
又何必急于寻找逃路；
高山顶上飘动的经幡，

烈风未起又何必作响；

森林边缘的星星火苗，

无风又何必急于蔓延；

草原深处安逸的绵羊，

豺狼未到又何必逃散。

今日狂躁愤怒也无益，

试看我会否放你生路，

且要听好似猴的妖魔。

玉卫奔美唱完，立即拔刀出鞘，向对方头颅砍去，刀恰好落在木雅西饶多布丹的头盔中央，顿时把用四块生铁铸造的头盔劈成两半，那刀用力过猛，直至落到下身，将人劈成了两半，西饶多布丹脑血四溅，身分两半落在马匹左右。丹玛王子继续纵马前进时，那木雅国王玉则南杰上脸如猴子爬树，下巴像蟒蛇被铁链锁住一般，活像一条扔在沙漠中央的鱼，骑着赤风飞马向丹玛王子奔来。丹玛王子面带笑容，向他看了一眼，左手叉腰，右手抓着刀柄在马鬃上来回摩擦，等着木雅国王前来。木雅玉则南杰则怒气冲冠地说："你这狗崽子，为何要挡我道，杀我的人？到底何故，速速讲来。"说完，木雅王将英雄短歌用天雷冰雹之调唱道：

唵嘛呢叭咪吽！

你且听于我有话要说。

无勇愚笨男儿说狂言，

实质胆小宛如野狐狸；

脚速缓慢马儿易惊奔，

实际并非善走的乘骑；
严酷官吏会欺凌部众，
恶毒妇人对丈夫不善；
恶人充饥饱腹之时日，
歌唱恶行来挑衅他人，
想起饥饿寒冷和艰辛，
咬牙切齿瞪眼吐口水。

天啊岭国无耻男儿们，
事不关己强军来威逼，
我这小小的木雅部落，
从古至今不属谁管辖，
无需遵循汉地的律法，
藏地法令也无关木雅。
与谁无仇也绝无怨恨，
经过三代木雅人努力，
百姓丰衣足食生活好，
无需宗教法律来管束。
你这岭国盗匪的大军，
何故来我木雅土地上？
你这看似威猛的小贼，

倘若放你向前走三步，
我玉则南杰誓不为人。
利刃长矛弓箭齐相聚，
倘若今日此路无法过，
只好刀兵相见拼死活。
在辩论真假的法庭上，
只能谎言欺瞒打诳语；
白财羊群被野狼驱散，
只好拿起沃尔多自卫；
盗贼窃取富户的财物，
只好豢养家犬来防范；
木雅小国布满了军队，
无奈远走他乡讨活路。
并非喜于舍家到他处，
逼迫无奈只能出下策，
何故逃路都不属于我？
今日非血染草山不可，
倘若你想来个真较量，
那么不分昼夜可打斗，
我绝不退缩狂妄男儿。

玉则南杰唱完，将长枪从头顶绕过一圈向丹玛王子刺去，这时那丹玛香擦心想：虽然我儿勇猛，但不知轻重。岭国丹玛人的虎雕战法乍看花样多，但实际本质是空的。儿子有勇却无谋，与木雅国君相战，定会惨败。于是丹玛急速策马跑到王子之前。他额头布满皱纹，银丝缠头，顶戴头盔，腰束三械，非常凶猛威武地挡在玉则南杰的马前，长枪刺在地上，对玉则南杰说：“你这如豺狼般凶恶的国王，速速给我拿命来。”丹玛并用塔拉六声曲唱起：

喻嘛呢叭咪吽！

阿拉是所有歌曲之母，

塔拉是大乐世界之歌，

祈求六道众生得解救。

三次歌唱塔拉的人儿，

在富足的花岭部落中，

上、中、下岭国三部，

演唱六变之调有六人。

嘉擦演唱净美六声曲，

珠姆演唱九狮六声曲，

梅萨演唱水晶六声曲，

尼琼演唱云雀六声曲，

米琼演唱戏谑六声曲，

丹玛演唱塔拉六声曲。

其中丹玛塔拉六声曲，

是引渡众生解脱之歌。

向上师与本尊和三宝，
虔心祈祷请加持于我。

倘若不识这里啥地方，
是木雅牦牛山的谷口，
人们称牦牛玉龙山谷，
是汉藏间的重要通道。
这木雅并非地势险峻，
只因兵士强横人邪恶，
不思前因后果无大脑，
没有子承父业的传统，
君臣异心相互又猜忌，
强盗劫匪可自由出行，
无高尚道德善良品性，
下流无耻行径无异议，
不分真假黑白无天理。
暂且听我歌唱吧魔王，
你等舍弃家园行他乡，
欲占别国乃实属骄傲；
翻山越岭强渡大江河，
是否妄想展翅飞天空？

与那日月星辰同运行，
是否幻想化虹在天际？
且还听我唱完这首歌。

倘若不识我是何许人，
上岭部落有赛巴八部，
下岭部落有穆江四部，
中岭部落有文布六部，
玛域草原共有十八部，
丹玛有南北两个部落，
外加卡热曲热和萨热。
在曲热神殿城堡之中，
有我城堡主丹玛玉杰，
是丹玛十氏族的首领，
是岭雄狮大王的大臣，
是此次战争的大统帅。

东部白岭部落的军士，
绝非不恋故乡要远行，
实乃木雅强兵太欺人，
为了报仇雪恨到木雅。

圣洁心灵思绪为其一，
黑头藏人祈愿为其二，
男儿利他事业为其三，
故而立誓远行报雪恨。
你这木雅玉则南杰王，
在去年年初开年之际，
做过何等丧尽天良事，
对我白岭部落的客商，
为何行如此残酷之事？
鸟雀未飞却斩断翅膀，
冬季未到大山被雪封，
寒冰未结鱼儿已断翅。
你自恃英雄无人能敌，
今日岭国大军到木雅，
就为报仇雪恨斩杀你。
我军宛如大鹏居山顶，
原本无心展翅翱翔天，
只怨深林巨蟒喷毒液；
白唇野驴行走荒漠中，
只因寒雪封山无处走。
原本我花岭安居乐业，

不愿背井离乡去打仗，
无奈木雅行径太残暴，
自招敌军兵士到家门。
既然木雅好客请宾客，
何故不摆宴迎接招待？
而如此狼狈仓皇逃窜。
切勿逃窜原地待命吧，
向岭国格萨尔王投降，
让妇幼老少幸免死亡。

古人谚语说得非常好：
香獐从山顶推滚礌石，
落到水中殃及了池鱼，
可怜骂名落到狐狸身；
茂盛草木皆被公鹿吃，
无奈骂名落到香獐身；
木雅男儿杀人又劫财，
仇家刀剑落在女人身；
木雅大臣行偷盗之事，
追兵讨伐木雅国之君，
殃及妇孺老残和宅邸，

孰轻孰重请仔细思量，
丹玛好心相劝莫逃亡。
富足的白岭天神部落，
对凶手仇敌绝不手软，
但不欺压妇孺和老人。
自从天地形成之日起，
面对强敌岭人不退缩，
遇到降者从未斩杀过，
若请灌顶定会有加持，
若献贡品会赏赐财物，
岭国遵循真理律法严，
黑白善恶赏罚均分明，
此乃白岭部落的规矩。
那么木雅玉则南杰啦，
莫搅乱村落浪费钱财，
莫要无故杀人害生命。
你等权势贵重的君臣，
前半辈子惯养的恶习，
遇到岭军恐怕遭麻烦，
与其担惊受怕一路逃，
不如下马叩拜投奔岭，

可免你等君臣的死罪。
如果你和我旗鼓相当，
胜负难分成败也难定，
就让大将英雄来裁定。
高山顶端常年积着雪，
滋润天地冬夏无区分；
江河泛滥时而有洪水，
涛涛河流之声满山谷。

是否如此请仔细思量，
若听懂玉则南杰铭记，
是岭丹玛的赤心忠告，
懂得领会是善业之本。

丹玛唱完，玉则南杰心头扎刺一般痛恨，脸色通红，嘴里喘着粗气、咬牙切齿地左右看了看。他心知丹玛刀枪不入，便未动兵器，他勒住马匹的缰绳，转身回到正在牦牛山山腰间缓步行走的王子和大臣等人群中。这时，丹玛父子、噶德巴拉、格萨尔王等大队人马也纵马奔驰到北路，越过斧头山垭口，走到两个山谷谷口交汇处，阻断来者的去路。

这时，格萨尔王宛如从天而降，又似地里长出，他骑着一匹赤色马，身穿金色铠甲，头戴金色头盔，右手持着金箭，左侧佩着金弓，后背披着金色斗篷，胸前挂着金黄色铜镜，似神非人，仿佛天神念青格尔祖前来打仗。身材魁梧、健硕、俊美、高大的雄狮大王格萨尔王，他浑似大鹏神鸟展翅般从牦牛山飞奔而来。那木雅国王发现自己已被四面包围，不知逃往何处，一时间杵在原地一动不动。

这时，岭将军噶德曲江巴那梳着发髻，身穿黑色披风，袖管卷起到肩膀上，黑面毒发之人嘴里仿佛喷着深黑色的毒气，他凶神恶煞地来到木雅王前。那木雅王心想：不知这人是谁，看他没带什么兵器，难道不用兵器就能打败敌人吗？于是玉则南杰在马背上立身，把询问对方的话用呼啸天雷之调演唱道：

北方荒原茅草不歌唱，
半空寒风凛冽旋刮时，
无奈茅草随风在歌唱；
青龙呼啸并非在歌唱，
盛夏多雨倾盆落地时，
乌云团中青龙在歌唱；
山间奔腾江河不歌唱，
天降暴雨洪水泛滥时，
涛涛河水歌唱奔入海。

向黑白花色泰让祈祷，
时常膜拜供养的天神，
今日遇难请前来护佑。

倘若不识这里啥地方，
是汉地和木雅交汇处，

山岭与江河隔着地界，
人称牦牛山与长江水。

倘若不识我是何许人，
是木雅国王玉则南杰。
黑面人竖起耳朵听我，
身披黑色披风扬尘土，
脚劲轻盈黑马欲疾驰，
手无寸铁赤膊来挑衅，
有何战功斩杀过何人？
貌丑土狗无需带兵器，
三十狗牙锋利比武器，
能咬断英雄的小腿肉；
妙龄少女无需带兵器，
嚎啕大哭吼声满山谷，
成年男子心肺皆挖空。
倘若毫无妆饰的寡妇，
不耐寂寞哭闹则丢人；
脚劲无力的白唇野驴，
自不量力行走就麻烦；
身无盔甲兵器的男儿，

命赴沙场争战实可笑。
赤手空拳打败过何人？
今日因何业缘到此地？
敢问男子姓啥名又甚？
觉如麾下做何等职位？
在君王面前卷起袖管，
看似炫耀体力和武艺。

你如那雪山主人雄狮，
倘若不知冬季的行路，
小心绿鬃陷入沼泽中；
长着火焰翅膀的青龙，
倘若不懂黄沙中行走，
小心火焰翅膀落石滩；
身有火纹的斑斓猛虎，
呼啸南部茂密森林中，
倘若深林四周起烈火，
小心美丽火纹剩焦味；
背有水纹的金色鱼儿，
倘若不知四季海水温，
小心哪日鱼翅被勾去；

还有你这岭国的老儿，
不带兵器前来挑战我，
非为和解实则来威逼。
见到财宝好比那饿狼，
你等白岭国的乞丐们，
见死尸戴法帽的喇嘛，
兴奋念咒假装做超度，
看见财富如泼皮无赖，
随即利刃出鞘嗜人血，
如此之事惟有岭人做。
上部羌塘的鲁赞国王，
霍尔白帐王天神之子，
姜国萨丹王大地之王，
南部门巴的辛赤国王，
毫无罪孽的四方国君，
被惨无人道的岭所灭，
其百姓部众土地财富，
皆强行占领到岭麾下。
你等屠杀无辜的人众，
肆意射猎无主的动物，
暴力强取弱者的财富，

丧尽天良恶事已做尽。

我木雅国王玉则南杰，

自食其力安分又守己，

何故招惹岭军到门口？

何因攻打无罪的善人？

你这黑面若自不量力，

小心我取走你的小命。

倘若听懂是耳的供养，

未听懂不再重复演唱。

木雅王唱完，把那火焰般的长枪从头顶饶了一圈，仿佛要驱散空中乌云，枪柄触地，大地也在震动，那长枪所挥之处，好像山岳河流都在颤动。玉则南杰举枪向噶德曲江巴那刺去，他连续猛刺九次，都好像刺乌云一般，毫无痕迹。其实那是噶德曲江巴那的化身。无奈的玉则南杰像一头凶猛的野牛般，口鼻中喘着粗气，将长枪刺入地中，立在马背上，他面色诧异地望着对方。

这时，噶德曲江巴那说："你这暴君，如果口食毒物，腹中便会疼痛。今日你我相遇是前世的业缘，无需佩带军械，无需身着铠甲，你我可赤手空拳做个较量。我不费吹灰之力可将你扔向云霄，与日月同在；也可用石击你，使你脑血四溅。我抓你如饿狼捕羊、老鹰抓雀般，如若不然，我誓不为男子。"说完，他将袖管卷起，双手相搓，嘴中嘶吼着唱了这首威武恐惧之歌：

唵嘛呢呗咪吽！

鲁阿拉阿妈喇嘛明示，

请红黑护法神来保佑，
阳神与战神和业神等，
祝我鸿运高照事业顺。
在极乐世界的神殿内，
住着白梵天王等众神，
战神威玛和众护法神，
请如闪电一般来护佑。
如火焰般熊熊燃烧吧，
烧毁那些恶魔成灰烬；
如雷电般猛烈击电吧，
让这些妖魔成为死尸。

倘若不识这里啥地方，
是木雅汉地的分水岭，
人称富足的牦牛山谷。

倘若不识我是何许人，
此前有嘎氏珠氏赛氏，
在嘎氏和珠氏两族间，
嘎珠两族如火焰燃烧，
即使魔军也能化灰烬；

嘎珠两族如江河奔腾，
路遇沙丘也冲到谷口。
珠热嘎顿巴的上部落，
统辖上下嘎氏珠氏族，
六部首领有六个男孩，
其中珠热嘎顿巴之子，
膝下一子是曲江巴那。
自噶德曲江巴那诞生，
东南西北方位可移位，
那东边的玛杰奔热山，
位于西边时又挪至东；
西边的神山格祖日玛，
位于东边时又挪至西；
北方的念青唐拉雪山，
位于南边时挪到东边；
南方的戎拉坚赞神山，
在北方时又挪至南部。
并非无故移山挪地方，
倘若东西南北不移位，
雪峰神山高低不均衡，
挡住日月照耀的光辉，

阴阳明暗地界分不清，
何处谷口沟底弄不明。
身怀抱起大山的绝技，
人称珠噶德曲江巴那，
无需兵器赤手将人杀。

当年霍岭大战的时候，
霍尔大力士南卡巴增，
空手将他从马背拽下，
举到半空又猛摔在地，
此人血肉横飞脑壳碎。
又曾在姜岭大战之时，
姜国大力士嘉多雅美，
拳打胸腔如军士击鼓，
最后满身肿胀青紫色，
五脏六腑彻底被打散，
人未死去心肺口中出。
又在门岭大战的时候，
在猛虎出入的森林中，
说话如鹦鹉般的男子，
手持铁链凶猛又残暴，

犹如出山的八角公鹿，
貌似猿猴的古拉大臣，
群臣之内唯我视英雄，
斩我岭国皎月般男儿，
于是噶德赴门报雪恨。
在那猛象虎山的脚下，
树木盘根错节檀香多，
植被皆是参天的大树，
大臣古拉似乎比树高，
我无铠甲头盔和兵器，
赤手从蛟龙马上拽下，
捆绑其身无法能逃脱，
绳头系在马鞍随地拖，
像野狗般拴在岭帐前，
最终埋下九层坑洞中。
制敌英雄事迹讲不完。
今日遇到木雅国王你，
倘若带着锋利的兵器，
如何挥剑射击请自便，
我噶德无需使用兵器。
切勿再慢可放马过来，

懦弱胆怯之人爱缓慢，
我心却被怒火焚烧着，
怒冠冲天四肢不受控，
怒吼天雷当空阵阵响，
手下绝不留情请自重。

你这狐狸头颅看门狗，
倘若听懂请谨记心间，
听不懂就不再做解释。

噶德曲江巴那唱完，便冲向玉则南杰。这时木雅王心想：这人手无寸铁，倘若我使用军械与他相争，必会遭到世人耻笑，那么我也赤手相搏吧。木雅王将兵器放在一侧，袖管卷到肩膀上，唤对方过来。噶德曲江巴那迅速用右手抓起他的头盔，右手抓着他的胸膛，猛力举起，又翻身摔在地上，并来回举摔三下后，扔向一石山处。

玉则南杰的心口恰好击撞到一处岩石角，他顿时差点断气，经脉收缩，全身无法动弹。这时木雅王妃、王子、公主、群臣看到此景，众人无法忍受，便嚎啕大哭起来。尤其是王妃美朵玉珍和公主拉吉宗典、大臣达郭顿珠、巴郭玉嘉等人痛苦难耐，泪如雨下，他们便下跪向噶德祈求饶命。噶德曲江巴那想着将玉则南杰捆绑后带到岭国军帐前，但是突然间那护法神噶饶旺秋从乌云缭绕的天空中降下一架梯子，玉则南杰立即扶在梯子上，像大鹏腾飞一般慢慢飞向天空，大致飞到三由旬之地，其变得伶俐敏捷，仿佛身无重伤。

木雅王逐渐消失在天空中时，格萨尔大王骑着赤兔马，如太阳照耀般散发光辉，盔甲的金光好像普照于三界，金色铠甲看似赤日光照，五彩盔旗宛如飘在空中。在空行母和众护法的簇拥下，格萨尔王人马踏着幻化的彩虹之路追赶到玉则南杰前。玉则南杰心想：你我同样是国王，神通幻术相等，勇气和武艺相同，无死空性皆相等。于是玉则南杰骄傲地怒吼着说：“今日我非亲手斩杀了这贱母所生的贱种觉如不可，事实证明我是护法噶饶旺秋的幻化之子，倘若放走贱种，那该如何了得？那莲花不仅鲜艳迷人，也不会像彩虹般随机谢败。哪有比我更幸福、更强悍、更霸道的人呢？”其顿时心生傲慢，人马一齐腾跃到彩虹上，准备与雄狮大王决战。

格萨尔大王人马立即腾空而来，说道：“你这胆小的狐狸，切莫要逃跑。这天是空性，你这长着狐狸头颅的国王，就算逃跑也无法寻得出路。狐狸逃到洞内，若洞穴内蔓烟，就无法逃脱；胆怯男儿逃回家中，若家被追兵包围，则无路可逃。休要认为你我是一样，就算略同也无法相比。同母所生的兄弟，福泽薄厚各不同；同门所出的学生，神通悟性各相异；同为国君的你我，在飞腾到天空的这时刻，何必急着要逃走？倘若你我是相同的国王，那么请你站在我面前，与我进行正面较量。”于是格萨尔王唱起这神鼓六声曲：

唵嘛呢呗咪吽！
阿拉演唱于自性空中，
唱有加持深奥佛法歌，
塔拉演唱在极乐世界，
未尽轮回众生的苦难，
祈求成为无垢的佛法。

在天空彩虹的宫殿内，
居住着伟大战神威玛，

祈求如暴雨般倾盆吧!
如骏马般疾驰奔来吧!
三十三重天神宫殿中,
有着身穿白甲骑白马,
右手持着水晶的宝刀,
刹那击毁三千位妖魔,
率领着十万天兵天将,
犹如狂风般急速行走,
请夺取那妖魔的性命。
在那大地旋风幕室中,
地方神祇和护法众神,
祈求今日前来护佑我。

倘若不识这里啥地方,
在八辐轮的天空中央,
云雾缭绕似幻化宫殿,
十万威玛左右相拥着,
口诵空行天母的咒语,
斩杀黑暗妖魔时机熟。

倘若不识我是何许人,

是莲花生大师的使者，
空性智慧已自我解脱，
是拯救轮回众生之人，
捍卫佛教正法的勇士，
人称南瞻部洲雄狮王。
上半辈子在玛域草原，
捕捉地鼠来填腹充饥。
成年后成为降魔将军，
降伏四方妖魔平天下，
感化魔国百姓皈佛法，
拯救众生扶助弱小者，
慈爱悲悯之心普天际，
神通幻化天下无人敌。

你这可笑的妖魔玉则，
在汉藏两地的交界处，
傲慢自大随意杀路人，
如恶魔般的佛法之敌，
虚度半生祸殃木雅国，
此前木雅依仗着汉地，
却说不统属藏汉两地，

治国不依佛教亦无法。
口诵六字真言脑壳疼，
手转经轮心力变交瘁，
上行汉地茶商被你劫，
下行藏地客商被你杀，
宣召天下木雅是强盗，
百姓富足群臣又悍勇。
实际天下各国有律法，
风俗各异语言不相同，
但是遵守国法和宗教，
天下相通本该无异议。
唯独木雅王玉则南杰，
国法和宗教皆要摒弃，
百姓狂言强势能压敌，
将领悍勇无需守天理。
可笑国君犹如大鹏鸟，
展翅腾飞自寻逃生路。
在万里空阔的天中央，
肉胎凡体无法能逃脱，
切莫挣扎速速来就擒。
牡鹿被猎狗追击之时，

除了山岭小径无路逃，
不知鲜血即将要流尽；
林中振翅飞行的鸟雀，
鹞鹰捕食羽毛被风吹；
浪里腾跃的金色鱼儿，
环湖布满鱼钩的时候，
可怜不知将成盘中餐。
你我所行各异志不同，
虽然飞跃天空看似像，
踏足空性虹桥的今日，
待看谁的法力更强大。
就算同母所生的子女，
福泽和权势皆不相同；
一匹母马产下的幼崽，
奔跑速度和脚劲不同；
即使同朝为臣的幕僚，
智慧谋略深远有差异；
今生你我同样是国君，
神通幻化有天壤之别。

觉如随即追赶到此地，

倘若让你挪动三步伐，

誓不为人魔王听清楚。

格萨尔王唱完，在日月双星下，他那套住三千世界的无数套锁，像白色巨蟒从深林中缓慢挪动般，从四面八方缓缓向玉则南杰绕圈而来，四处闪烁着光圈。玉则南杰心想：今日天神噶饶旺秋之子遇到了党如这难缠的敌人了。于是玉则南杰用天雷吼声之调演唱道：

唵嘛呢呗咪吽！

向天神噶饶旺秋祈祷，

在这蔚蓝天空的南边，

面容赤色紫红的天神，

双马头青蛙身的护法，

火水风元素自行相随，

今日前来护佑我制敌。

倘若不识这里啥地方，

无垠天空中央的宫殿，

风火燃烧的幻化帷幕。

倘若不识我是何许人，

是木雅王阿丹的王子。

在木雅富饶的土地上，

富丽堂皇的石砌碉堡，

内有金银财物的宝库，
外有玛瑙珍珠的镶嵌，
堡顶如大鹏展翅欲飞，
有金制日月同辉相映，
人称为木雅丽尺帝国。
青龙身长焰翅人皆知，
此乃天雷冰雹的预兆；
神鸟大鹏额顶有宝物，
翱翔苍穹俯瞰天地间；
雄狮绿鬃茂密走雪山，
称霸冰雪山岳成兽王。
木雅君王玉则南杰我，
是天神噶饶旺秋之子，
今日腾空飞跃的时机，
怎可败阵丢失那家园？
吃食鼠肉的贱种觉如，
坏事做尽恶贯已满盈，
切莫飞在天空就骄傲。
四蹄畜生所下的崽子，
身上绝无可能长翅膀，
恶业相随的贱种觉如，

你一生树敌恶行相伴。
从不遵守佛教和律法，
犹如癫狂之人无廉耻，
不顾他人喜乐和苦难，
对父母和兄弟无亲情，
故乡他乡之别从未有。
今日木雅王玉则南杰，
故乡村落家园和财富，
尽数留在木雅地面上，
还有巍峨富裕的城堡，
城中无数个金银财宝，
城外牛羊马匹等牲畜，
还有部众百姓和仆役，
远近亲属兄弟和姐妹，
皆被留下赤身到此处，
倘若需要可尽数赠送。
如果无法满足贪婪心，
在飘摇天空的云国中，
得名英雄的玉则南杰，
今日斩杀觉如的头颅，
英明佳话留于后世人，

汉地藏域东南西北间，
英雄事迹百世传不息。
贱母所生的贱种觉如，
今日叫你要拭目以待，
人死尸骨埋入阴暗地，
制胜妖魔佳话留阳间。
腰身佩带三件兵器中，
试问选择哪件请随喜，
宝刀利箭长枪和套锁，
无论哪件都能制伏你。
以神起誓不放你生路，
倘若听懂觉如铭记心。

在我往生极乐的途中，
觉如无端前来挡去路。
人间土地城堡和财物，
所欲财富尽数留给你，
倘若不满继续要贪婪，
休怪利箭穿心索你命。
急于霹雳的锋利神箭，
箭头如白色泰让神尊，

箭羽如花色泰让神尊，
箭筈如黑色泰让神尊，
我如护法神噶饶旺秋，
身带索命饮血的三械，
犹如妖魔鬼怪的仆从。
若众神显灵今日护佑，
无则从此不再做供养，
让烈火凶猛燃烧三界，
雷声当空阵阵作响吧，
乾坤颠倒日月星辰暗，
斩断岭国觉如的魂魄。
倘若听懂请谨记心间，
临死如有遗愿讲出来。

在这空阔无垠的天空，
好比老鹰叼着野兔般；
犹如罗睺吞噬日月般，
无处可逃天空无边际；
宛如狂风吹散了云朵，
最终飘逝到北方天际；
强敌伤生害命轮到你，

天落赤色天雷火焰着。

祈祷妖魔之神得胜利。

玉则南杰唱完，将利箭射出，一道火光夹着火焰划破长空，天空撩起红炎的云朵，仿佛十八条青龙天同时呼啸，天神噶饶旺秋的三百六十位神仆夹着云雾，喷洒着毒液，用黑暗笼罩天空，黑雾弥漫大地，火焰四起，天降雷电。正在这时，雄狮大王也被白梵天王的三百六十位神仆，还有年神念青格尔祖的三百六十位年仆、下方龙界的顶宝龙王水族的十万将领等簇拥着，同时四面八方的护法、阳神、地方神、战神等各路神灵踏着彩虹前来助阵，他们从中收取魔箭的力量，所以雄狮大王虽被箭射中，但毫发无损。于是雄狮大王说："妖魔勿盛气凌人，且听我言。"格萨尔王遂将呼唤众神的歌用天神六变之调演唱道：

唵嘛呢呗咪吽！

歌唱阿拉阿拉和阿拉，

在佛法天空之中歌唱，

请赐予我佛法的加持。

在极乐世界歌唱塔拉，

祈求六道众生得解救，

迅速得极乐世界之道，

向上方的众天神祈祷。

倘若不识这里啥地方，

虚空幻化的天神宫殿，

使人遐想浪漫十八种，

可仰视天界俯瞰人间。
天空云雾缭绕降甘霖，
四季轮转日月运行路。
鸟禽飞翔天空翼力猛，
掌握乾坤的达官显贵，
身心俱疲无奈前世业。

倘若不识我是何许人，
位于芒康的白岭部落，
有着十八个血亲氏族，
我乃十八氏族的首领。
倘若所遇之人不为敌，
利他众生之事无法行，
并非嗜杀成性本无情，
杀生恶业才能保江山。
早起晚睡方知昼夜差，
行走人间分晓神和魔。
前世居住神界的时候，
我乃白梵天王的爱子，
莲花生大师降临天界，
下令给父王白梵天王，

命我投生凡间做人类。

神幻法力无边的缘故，

当时神殿暗黑无光明，

父王无奈允诺了大师。

古人谚语说得非常好：

射出利箭无法收回来，

口出话语不能再否认，

人死再无复活的可能。

日落西山之时为其一，

比丘破戒之事为其二，

人老体衰之法为其三，

此三无法逃脱是法则。

那无垢天神之子通嘎，

无奈进献给了莲花生，

神子不愿下凡四处避，

犹如八辐轮轴的天空，

浑似八瓣莲花的大地，

日月星辰运行的空路，

躲避三界无容身之地。

东方不动佛妙喜世界，

南方乾达婆王的刹土，
西方大日如来佛刹土，
北方不空成就如来佛，
四方佛刹我已都逃过。
最后躲到骑羊护法处，
藏在护法手持铁杵下，
无奈最终还是没能躲。
虱虮并非是血亲母子，
业缘所致虱卵成虮子，
倘若相互斯杀有罪孽。
好比是鼓和鼓槌一般，
出处岩山森林各不同；
又如水火和日月光芒，
冬季的雪和夏季的雨，
本质各异相互又依托；
善恶与黑白和神魔等，
凡事皆有相对的一面。
于是投生人间到玛域，
渴望能够立足过生活。
鼠肉和人参果是口粮，
无衣挡寒靠修猛厉火，

孤苦伶仃无依又无靠，
喜怒苦乐业缘无处诉。
虽说母亲陪伴也无用，
没有兄弟朋友来帮助，
唯有孤魂野鬼来相伴，
没有街坊邻居来热闹，
唯有野兽和香獐作伴。
荒凉玛域变成水草地，
大地看似八瓣莲花垂，
部落村寨富足牲畜多，
统一南北十八个部落。
自从岭部统一之日起，
开始岭国戎马的岁月，
北方魔王鲁赞是首敌，
射箭使其魂飞又魄散。
第二个天敌是霍尔国，
一生积聚财富和城堡，
叔父兄弟和终生伴侣，
仿佛三更之梦随之消，
如此欺辱怎能不回应？
单枪匹马骑行到霍尔，

白帐王颈脖上架马鞍，
杀得霍尔人所剩无几。
接下来是南方的姜国，
三番四次挑衅岭边界，
无奈出兵到姜国剿灭，
斩杀萨丹姜国归白岭。
今日你木雅玉则南杰，
骄傲自大蛮横又无礼，
并非强大如齿间蛀虫，
你是黑暗妖魔的后裔，
制你易如反掌不费力。
我手中所持这把神箭，
今日要射穿玉则南杰。
此前享受富贵荣华时，
管理天地日月四元素，
权柄在手不知何为人。
人身难得贵贱和黑白，
通常智障世人难分辨；
人身犹如黄金宝物库，
世间无价无奈人不知。
毫无轮回因果之观念，

亵渎佛法不识来世路，
不会诵经祈福念咒语，
怎得天神救助人无恙？
倘若行善积德结善缘，
布施众生财富滚滚来。
今日魔王玉则南杰你，
逃窜至此又盘旋半空，
实质是用身体当靶子，
如今无路可逃你可知？
自身难保妄想度他人。
倘若自不量力太骄横，
大火之后北风吹尽灰，
洪水之后河床成石滩，
是否如此请仔细思量。
我手中所持这把神箭，
有着引渡三界的神力，
上可至三十三重天界，
神界之物无一不攀摘。
倘若此箭射向天空中，
噶饶旺秋神殿也颤动，
射断那微细天梯之绳，

若不然天神噶饶旺秋，
思绪惑乱以为有路逃。
邪恶的噶饶旺秋之子，
觉如神箭之力无估量，
那洁白如海螺的宫殿，
击毁成黑暗无明世界。

请天神助我拽满神弓，
天与年和鲁三界之神，
白梵天王和威玛战神，
龙族水神空行众护法，
藏地永宁地母十二尊，
引领雄狮大王的神箭。
助我天降火雷震三界，
阵阵天雷熊熊火焰起，
射断噶饶旺秋的天梯，
玉则南杰迅速回故地，
再次统领木雅各部众，
如此不取性命留活口。
待看魔子是否起善心，
即日丢弃嗔心修善根，

为母众生不可随意杀，

倘若魔王听懂请自便。

格萨尔王唱完，“嗖”一声将利箭射出。那箭伴着烈风，擦着火花，箭响声满天地间。刹那之间噶饶旺秋神的天梯断裂，上半部天梯顿时缩回噶饶神界，下半部天梯和玉则南杰一起从天上掉落，掉到木雅城堡的宝座上。如此一来木雅国王玉则南杰又回到原地，未能逃窜到汉地。这时他的女儿阿吉、诺吉秋姆等人回到城堡中，看到父亲安然无恙，他们就抱成一团哭丧起来，公主问道：“父王您是从天界降临的吗？是否有天神为您接驾？倘若没有天神保护，该如何是好？”王妃、公主、大臣和众仆人等伤心苦恼着，只好暂居城堡之中。

此刻雄狮大王格萨尔人马从半空虹桥俨然降临人间，这时木雅国十八个谷口均被岭军占领，格萨尔王看到此状，面露满意的笑容，他走到大帐之内，下令让军士彻底阻断木雅人逃亡汉地的道路。就这样，国王玉则南杰只好待在城堡之中。他因没能飞入天界，心神恍惚，好像得了疾病一样。这时王妃带着酿造时间长短不一的各种美酒前来，恭敬地献酒给国王，面带笑容地说：“真的很奇妙，国王飞入云端，去了天国，如今又回到城堡之中。请国王给我讲讲那天国到底是怎样一种景象。”于是王妃将询问之话语用忠言甘霖之调唱道：

唵嘛呢叭咪吽！

向乡神祈祷加持于我。

在铜镜般明亮金堡中，

有着金光灿烂大力士，

三百凶煞仆众相拥着，

食肉饮血煞气冲天地，

屠杀生命粗气吁吁喘，
向火神赞都罗杰祈祷，
请火速前来搭救生命。
在中部深山密林丛中，
形似九头猛虎的神山，
寄魂猛虎嗜血吃人肉，
虎纹斑斓耀眼如火焰，
纵身跳跃炫耀着斑纹，
利爪擒兽呼啸震山林，
向力大无穷战神祈祷，
信女愿得天神的庇护。

倘若不识这里啥地方，
是木雅国国君的城堡，
城堡坚硬如铜墙铁壁，
天神年神鲁神皆居此。
黑白花三色泰让神尊，
好比同母所生之兄弟，
木雅举国得庇护加持。
幸福家园的温暖阳光，
如今遭遇罗睺的追击，

欲想黑暗笼罩这大地。
郁闷心情好比是如此：
中旬十五皎洁的圆月，
险遇罗睺星曜来吞噬，
众星颤抖天空红黄色，
群星暗淡看似降血雨。

如今木雅国王和王妃，
虽然丰衣足食心不欢，
岭国乌合之众的军队，
昼夜不分围绕着城堡，
前途末路生死也不明，
倘若无路可逃怎么办？
此番天神恩德来解救，
阳神噶饶旺秋显灵故，
天空架起虹桥降天梯，
天神前来迎接木雅王。
虽未彻底得救心不满，
但在生死离别的时候，
此乃惊喜要感恩天神。
众仆群臣准备着供品，

要虔诚祈祷祭祀战神。
那么国王和众大臣们，
请你们耐心听我歌唱，
如今战胜岭国无可能，
敌军强悍我等无去路，
如此又何必愁眉不展？
天界地势结构是如何？
虽知天界广袤又无边，
听闻阿修罗日夜征战，
战争之苦一生受不尽，
此话是真是假请告之。
天神亦有无死之苦难，
天王神将长寿恋疾苦，
天神之战冰火两重天，
寒冷饥饿之苦等三难，
天界无幸厄难灾苦多。
天神之子木雅国君王，
财富权势妻儿老小等，
群臣仆人守卫将士们，
能否一齐到上部天界？
天界生命哀乐是如何？

房屋宅院条件又如何?

那岭国无耻的男儿们,
勇猛强悍如烈火炽热,
旋刮暴风火势四处满,
山峦刹那烧尽只剩灰。
谷底雪山被太阳融化,
天降暴雨水势又猛涨,
江河流到谷口的时候,
恐怕冲毁大桥断去路。
鲜花盛开的夏季牧场,
牛羊成群牧人百事兴,
六月天降寒霜鲜花败,
草木衰竭牲畜遭饥荒,
无奈广袤草原如荒漠。
木雅君臣从此无太平,
万马铁蹄肆意地践踏
山岗洼险之地成锯齿。
欢乐生活犹如羚羊角,
猎户日夜追赶取羚角,
冷暖宛如春季的天气,

饥饱浑似野牛的呼吸。
逃亡疑似最佳的计策，
国王与妃子和大臣们，
一路奔跑越过那山梁，
坐以待毙等死在城堡，
七天好像漫长的七年。
城外铁蹄之声频频起，
马嘶人吼刀剑擦火花，
仿佛敌军人马在沸腾，
我木雅军队寡不敌众，
数万之众刹那会歼灭。
该如何是好国王思量，
胸怀大智慧的大臣们，
后天众人聚集城堡中，
商讨生死存亡的大事。

女流之辈想法是如此，
倘若听懂请国王转念，
倘若有错意请您谅解，
若觉得是空话我忏悔。

王妃唱完，国王未作答，只是抠着指甲缝里的脏东西，又揉一揉眼睛，搓一搓双手和膝盖，咽了咽口水，无奈地望了望四周，叹着长气默默地待着。这时国王的大女儿抓着他的手哭了起来，于是他说道：“不要哭了，现如今哭也没用。就算痛哭流涕，眼泪最终只能落在自己的脸颊上。木雅上下已不能自保了，百姓男女老少已无路可逃。看来真的是造孽的恶果熟透了。之前打家劫舍行恶业，还有很多收获，现如今除了死路无任何去处，而且死亡越来越临近了。”国王唱道：

唵嘛呢叭咪吽！
叹气嚎啕大哭是痛苦，
无奈郁闷之时的歌曲，
虽搅乱心神不得不唱。

恶业集聚的苦难生命，
已到轮回投生的时候，
谁也无处可逃无路走。
有几句肺腑之言要讲，
国王与王妃和公主们，
躯体之内皆藏有心脏，
城堡内外满地是财宝，
绫罗绸缎貂皮数不尽，
金银珠宝财物满宝库，
七辈人储备无数财富，

如今看来也无益帮助。
这座岩石垒砌的城堡，
父辈七代流传的宫殿，
木雅王统已到了末代。
赤金马鞍备在驴背上，
马厩将被蠢驴所占领；
宝贵赤色黄金的宝座，
将被无赖觉如所占有；
这座富丽堂皇的城堡，
也是乞丐觉如的宝库；
堡内厨房巨大的灶头，
白岭部队将用其熬茶；
宫殿外围城墙的拐角，
是白岭战马的拴马柱；
储备七代的财富食物，
白岭军队将无度挥霍；
犹如洪水冲毁大地般，
宫殿成为山腰的洞穴。

预想君臣心力已憔悴，
那么且仔细聆听于我，

东部黄金谷和牦牛谷，
本王与王妃和公主们，
仆人扎西饶丹为其一，
马役次仁平措为其二，
保姆索朗塔杰为其三，
将士阿扎周赛等众人，
遇到岭国军队的时候，
赤手博弈不幸脑浆流。
神箭手险遇丹玛父子，
联手相攻交战三回合，
实际并非是我的对手。
大臣达赛顿珠为其一，
其美南杰旺丹为其二，
扎巴森格本图这三人，
无奈刹那被利箭射死。
未过片刻黑面梳发髻，
身无战甲军械的男子，
披风袖管卷到肩膀上，
双臂犹如大山在颤动，
可用手指在云上画画，
发髻顶端可触摸天空，

身材魁梧力大如虎山，
人称岭国的噶德巴那。
我用长矛刺身十五下，
莫说流血皮毛未损伤，
接着赤手空拳相博弈，
力气武艺均在我之上。
危难之时天神怜悯我，
天降神梯招我回天界，
百位天神童子接引我，
飞到天界与日月同辉。
不料那食鼠肉的觉如，
紧随其后来到天空中，
赤兔神马如踏着火轮，
随意踏步行走如平地，
疾行飞速能赶上大鹏。
觉如射出雷电般神箭，
天神童子消散于空中，
天梯顿时断裂成三段，
本王不由自主回堡中。

倘若没有天神的救赎，

性命难保已在阎罗殿。
岭国觉如不是好对手，
岭国军队我等无法敌。
倘若前年未下那命令，
违背天理杀人又害命，
今日灾祸原本可以免。
古人谚语说得非常好：
破戒恶僧会殃及师傅，
邪恶大臣会摧毁江山，
恶毒妇人会谋害亲夫。
因为奸臣怂恿夺人财，
如今江山已被岭夺走。
莫说居住在上部天界，
双眼扫视都已是奢侈，
刹那掉地打回到原形。
这座坚硬的岩石城堡，
以觉如为首的岭国人，
在此吃喝玩乐又争战，
最终毁坏成山间洞穴。
倘若国王王妃和大臣，
沦落奴仆洒扫人栖居，

牧马喂猪喂狗干脏活，
算得保住性命可苟活。
倘若再有悲惨的命运，
也许死亡是最佳选择。
城外世界与地狱无异，
鬼哭狼嚎马蹄声四起，
刀光剑影犹如无间道。
各位抛下财富和城堡，
男女老少齐聚共抗敌，
我与觉如要决一死战，
无论生死犹豫不再有，
是否该如此我的王妃？

国王唱了这首无奈之歌，决定与岭国决一死战。但是王妃、公主和仆人们叩头请求国王不可与觉如决战，国王却说岭觉如是毫无慈悲之人，倘若被他俘虏，将被欺凌侮辱。国王根本听不进众人的劝解，准备起身出城，与觉如决一死战。但是被众人左右相夹，国王无法脱身，不知如何是好。这时老臣洛追西饶认为：如今这样相互争执也无益，无论性命财富都难保，还不如向那岭觉如投降来得实在。国王命人走到宫顶敲响大鼓，挥旗呐喊，命令木雅所有臣民迅速赶到王宫之内商讨国家大事。

八

同时岭国大营中雄狮大王格萨尔也召集岭国将领，严令围堵木雅国王的城堡，不得让任何一人逃窜出城。大会上位于右席虎皮毡上的擦香丹玛将军起身向大王进献了一条哈达后，安排部署作战事宜，唱起这首指挥调度口令之歌：

喻嘛呢叭咪吽！
阿拉乃是歌曲的供养，
塔拉是所生事业的果，
白岭部落所唱之歌曲，
若有因果要义可歌唱，
不然空唱塔拉无意义。
今日之塔拉六变曲调，
是要排兵布阵做调遣。
向岭国护法众神祈祷，
今日引领我丹玛唱歌。

倘若不识这里啥地方，
是木雅牦牛山的谷口，
白岭大军驻扎的营地，

草地肥美清水自流淌，
上走下行道路也平坦，
汇聚吉祥平安的福地，
驻扎着白岭天神大军。
在此之前七个日夜内，
那木雅国王玉则南杰，
乘着天梯飞入云端中，
说要去拜见天神之父。
神灵噶饶旺秋的刹土，
派遣一百三十多神子，
前来接应那玉则南杰。
好在大王人马随即赶，
在空旷天界的虹桥上，
护法和空行母来助阵，
战神威玛亲临助我王，
天神与年神和鲁神等，
三界神灵布满天空中，
雄狮大王射出的神箭，
射断噶饶旺秋的天梯，
玉则南杰掉落到人间。
大王慈悲未取其性命，

如今赖在城堡不出门，
无奈我军主动要出击。
上天无路地狱不敢闯，
剿灭兵马血染那城堡。
富可敌国的玉则南杰，
逼迫无奈躲在城堡里，
岭国英雄岂能再容忍？

古人谚语说得非常好：
与其希望托付给恶人，
不如向天神护法供养；
与其奉特布让为天神，
不如期待午夜梦中神；
与其悍勇强兵为帮手，
不如向三宝祈祷求救；
与其对那弱者逞豪强，
不如口诵六字真言好。
富足的岭国天神部落，
不得不派遣木雅四周。
达戎军队到东山垭口，
玛尼嘎热和诺布拉泽，

封为达戎军队的主帅，
阿库超同和威玛达杰，
万户诺布热桑这三人，
封为达戎部队的参谋。
赛巴军队到南山垭口，
柳吾达泽桑布为其一，
尼奔玛吉杰布为其二，
赛王子南拉嘎琼三人，
封为赛巴军队的统帅；
同时赛擦雅美达杰一，
万户南杰多吉又其二，
千户珠拉泽杰这三人，
带领三千名骑兵协助，
务必守住南山的垭口。
穆江军队到西山垭口，
穆氏王子南卡扎巴和，
拉杰东赤和南杰旺扎，
封为穆江军队的统帅；
木巴赞杰多杰为其一，
贡巴普叶南杰为其二，
白热阿丹扎巴这三人，

率领三千勇士去协助，
那西山的红岩城堡内，
有着三位悍勇的强人，
定要斩杀不得放生路。
北方七个游牧部落中，
挑选三千勇猛的将士，
赤热班登南杰来率领，
同时文布军队来协助。
玉赤贡杰带领姜三子，
驻守原地保卫岭军营。
王储扎拉泽杰为其一，
塔杰巴拉森达为其二，
噶德觉吉迪弥为其三，
加我丹玛四人为一组，
侍奉大王左右听差遣，
随从二十五人当侍卫。

木雅国王的寄魂山上，
有三头巨蟒两只鸱枭，
三只凶猛的棕色小鹿。
在寄魂山的森林深处，

有着老虎棕熊和马熊，
猎豹野驴众多寄魂物。
倘若不斩杀这些野兽，
木雅国王灵魂无法灭。
位于北方的莲花天池，
长有三头的金色鱼儿，
长着双角的白色海象，
长着四角的白色海羊，
长角海母牛等寄魂物，
倘若不抓获水中生灵，
木雅国王寿命不减短。
我等十人去到寄魂地，
首先摧毁国王寄魂物，
其次才能占领木雅国。
能听懂是丹玛的智慧，
不敢认同可再做商议，
倘若无异议就此定下。

后天十五吉祥的日子，
首先动身去北方草原，
斩杀魔君七只寄魂物，

再到南部茂密丛林中，

捕杀五只凶猛的野兽。

我等君臣将领十个人，

再加上二十五位仆人，

切勿懈怠速速做准备。

倘若有错意请您谅解，

若觉得是空话我忏悔。

丹玛唱完，诸君臣一致认为丹玛所言有理，每个军士立誓斩获位于东南西北各处的敌军。木雅国君的寄魂物有猛禽、野兽、水族生灵，倘若不铲除此等妖魔，难以毁灭木雅国王的灵魂。擦香丹玛是岭格萨尔大王的心腹大臣，也是岭国三十位英雄的首领，又是岭国江山的基石，所有将领军士无一人反对丹玛的作战安排和智慧之言。大伙商议从后日起逐一降伏木雅国的寄魂妖魔，在此之前四方军士要坚守东南西北的去路，不让木雅国君臣逃走。

格萨尔大王和丹玛等老英雄们带着随从朝西方走去，浑如妖魔直立的西山上有三个头颅的巨蟒、三个头颅的猛虎、三个头颅的猎豹和三个头颅的棕熊等野兽栖息。雄狮大王格萨尔等人从莲花神山启程，一路上边环顾四周边向前进，走到西山时，众人看到森林深处有巨蟒喷着毒液，它双目直视，头颅直冲云霄，腰身超过山峰，尾巴长似江河，它的身躯已压过所有参天树木。它嘶吼着用黑色蟒蛇毒歌对格萨尔王演唱道：

唵嘛呢叭咪吽！

黑色地魔是泰让神尊，

黑色龙妖是蟒蛇之神，
请勿懈怠今日护佑我。

此地是巨蟒缠绕之地，
树木均有毒叶和毒刺，
花草皆是黑色的毒草，
河水全是青色的毒水，
是黑色草乌的盛产地。

古人谚语说得非常好：
顽疾缠身病已入膏肓，
就算神医降临也无益；
在死神和阎罗王面前，
无敌英雄男儿无处逃；
高空烈风旋刮的中央，
鸟禽翼力强劲无法飞；
崎岖狭路崇山峻岭中，
即使神行急速不抵达；
奔腾激流大河的中央，
大桥被毁孤舟翻水中。

在这毒液激流山谷中，
花草树木河水和山石，
万物皆被毒液浸染着，
英雄以为脚下有路走，
巨蟒无心放你条生路。
你这身穿盔甲的巨人，
胯下骑着骏马带兵器，
看似傲慢无礼又骄横，
你可直冲着巨蟒而来。
倘若利箭不能射穿我，
伸出毒舌取你的性命；
倘若长枪不能刺穿我，
你将感染麻风遍周身；
倘若宝刀未能砍断我，
将中毒蔓延全身而亡，
无法逃脱疾病的折磨。
自不量力与龙族较量，
是感染麻风病的征兆；
血肉之躯与岩山相撞，
心脏血液四溅的征兆；
与位高权重之人较量，

是要招惹官司的征兆。
这是木雅王的寄魂山，
我是巨蟒毒蛇黑草乌，
实为毒蛇虚幻是龙妖，
并非尔等所能够制伏。
倘若你再敢上前三步，
巨蟒头颅扔到你额顶，
捆绑周身犹如线团球。

倘若听懂请铭记于心，
未听懂歌曲不再重复。

毒蛇唱完，在树木中间左右穿行，准备纵身跳向岭军。这时白岭大将赛巴尼奔达雅拿起箭，放入弓弦内，拽满弓对着毒蛇说：“你这傲慢的三头毒蛇，实在不自量力。你这种蝎子甲虫有何可怕？我立足这天地之间，蓝天如衣服，日月是衣领，大地如踩在脚底的毡。你这可怜的怪物又算得了什么？且听于我有话要说。这虚幻不实的神怪妖魔，倘若不降伏，他日必定祸害众生。今日我要除掉你这怪物。”尼奔说完，用武艺降天雷之调唱道：

唵嘛呢叭咪吽！
唱阿拉是歌曲的供养，
在头顶日月的坛城上，
住着护法天神和本尊，
今日前来护佑加持我。

业神守舍神和地方神，
请赐予我力量和胆识。

倘若不识这里啥地方，
巨毒之山深山满毒草，
花草树木皆被毒液浸，
是黑色毒蛇巨蟒之地，
是猛禽走兽的聚居地。

倘若不识我是何许人，
在东方花岭天神部落，
忏经喇嘛热嘎阿确他，
膝下有赛普拉亚达嘎，
娶了赛氏文氏和姜氏，
赛氏之子生了我尼奔，
是赛氏八部落的首领，
是白岭国重要的将领，
是打压敌军头颅重锤。

那么黑色毒蛇且听我，
岭国英雄国王和将领，

并非是喜爱抛弃故乡，
行走到野蛮恶魔之地，
是为那利益众生之事。
这恐怖阴森恶魔之谷，
希望能成为极乐世界。
疼痛灼热难耐嘶吼声，
衣不遮体食又不果腹，
毫无喜乐的人间炼狱，
将要改造成极乐世界。
贫困饥饿悲哀等苦难，
将会远离恶魔的土地，
祈求众生有衣食财富，
懂得分晓善恶和黑白。
利益众生之事行圆满，
犹如环行四洲的日月，
温暖光明普照大地间；
盛夏从天而降的甘霖，
希望滋润大地庄稼壮；
秋季五谷丰登的收成，
百姓安居乐业的基础；
上师学僧和比丘三人，

弘扬佛教正法的根本；
父亲母亲和儿子三人，
维系家庭亲情的根源；
国王君臣和百姓三位，
江山社稷稳固的基础。
那么你这贪婪的毒蛇，
今早头颅伸到云端中，
丑陋残体遮住了大山，
恶心尾巴伸到江河中，
看似炫耀邪恶的本领。
黑色妖魔力量的本质，
是残害众生犹如屠夫，
所到之处是瘟疫灾难。
土地鲁神年神等神祇，
凶猛残暴无慈悲之心，
村落不安百姓不团结；
盗贼劫匪和贪婪之人，
践踏官员制定的法律；
无耻女人引诱百位男，
搅乱家庭兄弟结恩怨，
最终械斗哭声满山谷。

赤色火焰和黑色妖魔，
同时点燃愤起的时候，
巍峨山峦燃烧成煤炭；
雨水雪水汇合的时候，
平坦大地冲毁成断崖。
是否如此丑陋的毒蛇？
有胆量你可蹿跳过来，
若不能把你砍成九段，
我尼奔达雅非为神子，
岭国男儿非皆是英雄。
斩杀妖魔时机未成熟，
天神毫无加持和法力，
若妖魔之力统治人间，
世间的生命再无安乐，
倘若依托行善的天神，
众生气运亨通福泽深。
我手中所持这把利箭，
从得道仙人的修行洞，
掘藏而出的天仙神箭，
犹如滚烫沸腾的熔铁，
极速堪比天雷和闪电，
能射下天空日月星辰。

今日天神前来保佑我，

射杀你这丑恶的毒蛇，

蛇身上下分段山谷静。

尼奔达雅唱完，他射箭如雨下，那三头毒蛇黑色草乌身重数箭，片刻烧成火焰，嘶喊声和火烧声响彻山谷，仿佛高山坍塌，崎岖狭路中涌出河水，与血水汇合而流，山谷间是血水掺半的红黑色的水。这时那黑色巨蟒身体断裂成两段，山谷中刹那响起惨烈的吼叫声，仿佛坠入阴间地狱般。大地颤动，树木摇晃，各种惨烈的声音一时间充斥着天地间。那巨蟒的三个头颅变成了三座大山，蛇身变成了一棵大树、蛇尾变成了一条林中河流。就这样尼奔达雅制伏了这条黑色巨蟒。

这时，山间的妖魔野兽们没来得及变化神通，仿佛羊群被野狼驱赶一般四处逃窜着。擦香丹玛走到众猛兽前，看到一头身大如山、咧嘴嘶吼、伸出双爪、双目喷着凶残的火花、尾巴不断地敲打着的斑斓猛虎。猛虎对着他呼啸三声准备纵身跳跃过来时，丹玛说："这并非虚幻是真实。看这野兽如此凶猛，黑暗妖魔之地怎么可能有佛教正法？汉、藏、蒙交汇处怎可能有安全通道？倘若汉地客商不到藏地，藏地货物又如何能运到汉地？这根本的原因在于木雅国王的这些妖魔寄魂物，没想到还有这么多妖魔鬼怪，真可谓是魔鬼的阳神。倘若今日不能彻底铲除这些妖魔寄魂物，南瞻部洲佛法难以兴盛，汉藏蒙之间难以恢复通商。"眼看着那老虎越变越大，越来越凶残，正当老虎准备扑向丹玛时，他拉起弓箭用塔拉声名法语之调唱道：

唵嘛呢叭咪吽！

鲁阿拉是歌曲的供养，

鲁塔拉是事情的因果。

众生皈依佛法僧三宝，
尤其殊胜观世音菩萨，
未净众生漂泊在轮回，
指引无垢生命皈依佛。
盘旋头顶日月坛城中，
法身与报身和虹化身，
祈求三身今日保佑我。
在心中佛法的宫殿内，
上师邬金莲花生大师，
坏灭四魔释迦牟尼佛，
祈祷与我形影相随之。
阳神战神和地方神祇，
所需之时助我斩妖魔。

倘若不识这里啥地方，
远古时期的深山丛林，
岩山石峰高耸又入云，
各类鸟禽筑巢在云端，
山腰森林茂密植被繁，
野兽猛禽栖息于林中。
但那飞禽走兽无安宁，

弱肉强食死伤不减断，
野兽厮杀血肉纵横流，
飞禽斗艳羽毛满天飞。
这片邪恶的妖魔之地，
倘若不能被彻底摧毁，
后世众生无法继续活，
佛教正法无法传木雅，
汉藏蒙古之间不通商，
天地乾坤血流又成河，
人畜众生唯恐又死伤。

倘若不识我是何许人，
前世是在天竺灵鹫山，
八十位证果者的首座，
其名称唤作萨热哈巴。
千佛使者佛法守护人，
遵循业缘黑白和善恶，
严守戒律从来不杀生，
傲慢愤怒凶残皆抛弃。
佛祖释迦牟尼的预言，
必须投生人间走一次，

在那多康四水六岗间，
制伏黑暗妖魔的缘故。
于是此生来到这人间，
生在白岭丹玛部落中，
成为萨霍尔国的王子，
取名为擦香丹玛香查，
是那雄狮大王的法臣。
仇视强敌犹如天雷劈，
面对亲人好比慈母般，
天神上师座前如佛像，
步入地狱之日思佛祖。

那么你这凶残的老虎，
乍看斑斓耀眼很威猛，
妖魔老虎实质本无异，
均为吃人肉食饮人血。
今日誓死要铲除妖孽，
手中利箭要射向岩山，
倘若不能击碎那石山，
说明丹玛技法不如人。
英雄丹玛前行的路上，

就算是死神也会怯步。
今日丹玛要连射三箭，
射断妖魔的三个头颅，
你这化虎的邪恶妖魔，
从今不能再食肉饮血。

倘若听懂是耳的供养，
听不懂则不再做重复。

丹玛唱完后连发三箭，将猛虎的三个头颅一一击落，一个头颅滚落到东边，化成了木雅花虎山；另一个头颅滚落到南边，化成虎啸宝山；第三个头颅滚落到西边，化做西山的猛虎悠谷。斩杀了寄魂猛虎后，众英雄将其余野兽逐一射杀，一头不剩。

经过五个昼夜的激战后，当岭国英雄从一座云雾缭绕的岩山山腰缓慢走来时，一头野牦牛仿佛从天而降，阻挡岭军去路。看那野牦牛，双角大致有十八丈之长，牛身已盛满整个山谷，尾巴上翘直入云霄，吼叫之声响彻山谷，四蹄抖动；角尖燃着大火，冒着青烟，火星四处跳蹿；牛毛根根竖立，仿佛像刀剑般锋利。那牛想要跳到雄狮大王身上。这时雄狮王人马踏着虹桥飞到云彩之上，俯瞰下方。那野牦牛凶残的毒液沸腾着，角尖喷着火焰，鼻孔喘着粗气，用嘶吼魔曲食肉索命之调唱道：

唵嘛呢呗咪吽！
在乌云缭绕的天空中，
长着火焰翅膀的青龙，
腾空翻越雷声阵阵鸣，

天不下雨雷鸣有何用？
倾盆暴雨从天落地时，
大地若未冲毁成断崖，
滂沱雨声再大也无益。
黑色暴风旋刮天地间，
倘若未能扬尘暗天空，
狂风再猛也是无意义。
今日唱暴戾的野牛歌，
我的左角有着赤精子，
凶猛赤精子火焰熊熊；
我的右角有着罗刹女，
罗刹食肉饮血吱吱响；
后颈之上有天神泰让，
幻化神通之轮在旋转；
每根竖起牛毛是罗刹，
与赞、魔、妖等同步，
吃尽天下所有的生命。
上至高耸入云的岩山，
下至平坦的青草地间，
大小无异所有的活口，
水中鱼儿青蛙和蝌蚪，
轮回之中有情的生命，

皆为野牛口中的美食。
你这非人非魔的怪物，
似驴非马的乞丐觉如，
不信你有胆识和神通。
今日不幸走到死神门，
气数殆尽生命走尽头；
猛虎出山公鹿奔原野，
恰巧相遇定会丢性命；
飞鸟腾空抛石扔向天，
不料空中相遇鸟禽死。
喜乐知否丑陋的觉如？
为非作歹坏事已做尽，
此前在北方上部魔国，
凶残杀害叔父鲁赞王；
接着到那阿庆霍尔国，
暗箭射杀霍尔白帐王；
还有南部姜国萨丹王，
岭国未费一兵和一卒，
投机取巧钻入肚子中，
斩断心脉挖五脏六腑。

木雅国王玉则南杰他，

今年不巧气运在衰竭，
但未气数殆尽命堪忧，
正值盛年身体又强壮，
武艺高超神通法力高，
心胸宽阔犹如无边天，
身重力大好比无垠地，
长短高大恰似江河水，
即使挑战无异送性命。
你这奇丑无比的觉如，
狂躁骄傲之心比天高。
四蹄马驹穿林遇强敌，
金色鱼儿沙漠待死亡，
斑斓猛虎荒漠难穿行。
吃食鼠肉的乞丐之子，
横行劫杀他国的行为，
在木雅国难以得实现。
野牛钢铁般的角尖上，
烈焰熊熊燃烧冒青烟，
今日取你性命断你魂，
是否听懂贪婪的觉如？

我是人间无敌的英雄，
双角穿破蔚蓝的天空，
四蹄踩踏岭国的觉如，
倘若听懂请谨记于心。

野牦牛唱完，将左角伸到空中，与太阳并齐，角尖燃烧着烈火。这时雄狮大王格萨尔说：“你这黑野牛，倘若今日不能射杀你，我觉如并非英雄。你和我无需狂言，到底谁是真英雄，只要较量一番便能知分晓。”就在这时，四母超同王心想：这样的猛兽，必须要用咒语降伏，不然是枉费力气。就算没有他格萨尔，我这年老的叔父也能降伏这妖魔。于是，超同驾着骏马，闪电般跑到野牛前，用马头明王忿怒之曲唱道：

唵嘛呢叭咪吽！
歌唱阿拉阿拉和阿拉，
塔拉是歌曲的演唱法。

吼吼的马匹嘶叫之声，
是马头明王亲自驾临，
向忿怒本尊祈祷明察。
在天空交际风云中央，
空性的彩虹帷幕之中，
住着雄狮大王格萨尔；
在北山天神龙穴之中，
住着忿怒的马头明王；

在西南方雪山城堡中，
住着红阎罗文殊菩萨；
在大地和奔流江河中，
有土地神和龙族水神；
坚固恒常洁净天空中，
有着光明达拉美巴神；
红黑色的三角宫殿中，
忿怒马头明王请明察，
今日众神前来保佑我。

那么你这愚钝的畜生，
入云角尖搅散了云朵，
粗壮四蹄犹如擎天柱，
尾巴甩动空中云雾散，
牛舌伸向天空如火焰，
如罗睺星曜遮日月光。
这头凶猛畜生的力量，
岭叔父兄弟无需畏惧。
贤侄有天神护法保佑，
若无赤兔坐骑是瘸子，
没有天神姑母是哑巴，

若没有总管王是傻瓜，

小心灾难降临到你身。

何故人马飞到半空中？

制伏这头愚笨的牲口，

好比剃头顺带刮胡须，

河水流淌随之沙丘冲，

火焰燃烧之时野草尽，

消灭虱子无须举斧头，

踩死虫子无须用榔头，

斩杀妇女何必用利剑？

这并非所谓英雄男儿。

倘若用斧头打哈巴狗，

有何颜面入打虎行列？

倘若骏马与蠢驴赛跑，

又如何再回良驹群中？

请勿再做丢颜面的事。

且看叔父如何制畜生，

我用四肢紧抓牦牛角，

斩断四蹄好比房屋塌，

取内脏祭祀战神威玛，

带刺牛毛献给众英雄，

流芳九代岭人的佳话，
今日我要留这人世间，
岭国众军且看好戏吧。

叔王超同唱完，入定空性修马头明王，双脚踏住牦牛的双角顶尖，双手持斧头对这野牛的鼻孔连砍三斧，但牦牛皮毛未损。叔父超同恼羞成怒，嫉妒的怒火冲昏头脑，他轻视格萨尔王，于是他嘴里喊着：“叔父超同法力无边，无人能敌。”但是那野牦牛腾跃时双角和四蹄能与日月同齐，角尖的火焰猛烈地燃烧着。牛的四蹄敲地时，连大地都在震动，四周山峦坍塌，树木倒地，顿时间谷地和高山彻底塌陷。这时叔父超同王已被吓破胆，双唇微颤，双腿抖擞，身子如树枝被风吹动般颤抖不止。他上不能飞天，下不能入地，双手紧紧地抓着野牛的双角，他上下左右环顾之时，仿佛天地刹那变得空洞，超同心里虽惦着岭国英雄们，但双眼好像什么也看不到，他嘴里喊着侄儿觉如、丹玛、巴拉、噶德、尼奔等众英雄的名字，用狐狸颤音之调唱了这首求救的歌：

唵嘛呢叭咪吽！
阿拉是求救托庇之歌，
怙主上师本尊和三宝，
无奈之时不得不祈祷。

雍仲苯教的护法神灵，
火焰神达拉美巴明察，
雍仲苯教的次旺仁增，
苯教佛祖辛饶弥沃齐，

危难之日苯教众神灵，
抛弃我如彩虹般消失。
难道今日众神已弃我？
红黑色的三角神殿中，
怒神马头明王请保佑，
响誉天空马匹嘶吼声，
周身三百六十位神仆，
倘若有则此刻请显灵，
无奈之时求救苯教神，
今日超同需要您护佑。

今早岭国英雄男儿们，
各个好汉出言又不逊，
此刻犹如缩头的乌龟。
岭国丹玛射杀聚魂蛇，
斑斓猛虎也被岭消灭，
尼奔、巴拉和噶德等，
每人斩杀妖魔立战功，
此刻野牛轮超同制伏。
头长铁角的妖魔野牛，
双角能够使天空旋转，

角尖燃烧火焰冒毒气。
比起这凶残的野牦牛，
觉如坐骑赤兔如残疾，
危难时刻飞天先自救。
胆小无谋凡事抢一步，
抢先立誓斩杀野牦牛，
如今自不量力吃苦头。
贪嘴难敌吃食的诱惑，
欲速途中风暴如火焰，
言多唇舌如经幡飘荡。
今日野牦牛和超同我，
生死存活好比那褡裢，
不知能否活着回岭国，
此等恶业不幸被遇到。
在岭国部落的兄弟中，
英雄丹玛乃是神箭手，
倘若今日不射野牦牛，
天下无敌技法也无用。
擦香丹玛和叔父超同，
出生同根部落的兄弟，
善良父母所生的子嗣，
兄弟危难之际伸援手；

相伴一生相爱的夫妻，
彼此扶持相互诉衷肠；
即使是贪婪的修行者，
理应慈心向众生布施。
倘若叔父死在这角尖，
你等如何向丹萨交代？
是否该留下临死遗言？
今日之战我必死无疑，
无缘再与亲人相会面。
白岭天神部落兄弟们，
是否听见又能否看见？
除非兄弟速速来救我，
不然此生不必称弟兄。
拿起刀剑枪矛来杀敌，
斩杀岭国公敌时机熟，
关键叔父我危在旦夕。
还有岭国英雄男儿们，
若有力量请拴住野牛，
若有胆识请拳打野牛，
倘若看重叔父超同我，
英雄莫跑死命缠住它，

犹如蚂蚁众人敌强魔。

倘若听懂请铭记于心，
歌曲未听懂不再重唱。

叔父超同唱着，并用手召唤求救，不幸双手松开牛角，人从牛背上摔落下来，当场昏迷不醒。这时雄狮大王格萨尔人马飞速从天而降，大王用利剑砍向野牛角尖，顿时牛角断裂，鲜血喷涌，犹如天降血雨，牛身慢慢缩小，最终瘫在地上。格萨尔王在野牛的两部肩胛骨中盘着莲花坐，将妖魔亡灵引渡到极乐天界，用次第乘之调演唱道：

唵嘛呢叭咪吽！
歌唱阿拉佛法的要义，
塔拉是极乐世界之歌。

头顶日月轮转坛城上，
阳神、战神和守舍神，
业神等众神护佑加持；
在心中佛法的宫殿内，
恩重如山的根本上师，
佛祖释迦牟尼保佑我。

倘若不识这里啥地方，
是木雅国的大岩山谷。

巍峨岩山高耸又入云，
大雕秃鹫不能够飞越；
山腰皆是坚硬的岩石，
兽无法行走不宜群踞；
山下四周绿水环绕着，
猛禽走兽依然难栖息。
食肉黑暗妖魔的谷地，
花草树木皆被毒液浸，
奔流江河四季结着冰，
除了牲口无人能生存。

倘若不识我是何许人，
三十三重天神宫殿中，
白梵天王钟爱的神子。
上师邬金莲花生大师，
为了利他众生之大业，
不辞艰辛来上部天界，
下达法旨给白梵天王，
必须派小儿投生人间。
倘若讲明来历是如此，
投生人间别离天界时，

邬金大师灌长寿仪轨，
取名叫神子智美通嘎。
因为念经受戒的功德，
倘若中阴途中未得救，
说明天神上师无法力；
世间律法所持的因果，
倘若正邪黑白未区分，
说明官员善恶不分辨；
慈心怜爱育儿的父母，
年老体衰力不从心时，
倘若子女不孝未赡养，
说明毫无悲悯善良心。
紧要之时天神和护法，
速速赶来解救我叔侄。
没有父亲教导的叔父，
祸事缠身的逆子觉如，
惟有向天地呐喊求救，
只有云朵协助我叔侄。

在这巍峨深山峻岭中，
向那赤角妖魔野牦牛，

夸口炫耀英雄了不得，
如今妖魔难敌命难保。
英雄男儿要收敛知耻，
空腹乞丐要懂得节食，
妖艳少女用泪遮虚假。
今日丢脸之事无法遮，
觉如和四母超同大王，
如臀部脚跟鞋底补丁，
相互纠缠埋怨度一生。
同根父系亲属兄弟间，
何来虚伪欺诈和隐瞒？
好比同木所制的佛珠，
色泽质地相同均不变。
同一骨系的叔父兄弟，
何来高低贵贱之区分？
同一马驹所产的崽子，
毛色身高虽然各不同，
远途行走脚劲却一样。
黑暗妖魔化身的野牛，
倘若觉如容你走三步，
说明我对叔父无感情。

格萨尔王唱罢，将野牛和猛虎的魂魄寄在一头名叫嘎达琼夏的畜生身上，使他们从此再也无法作恶。雄狮大王跑去搀扶叔父超同，心里想着：我这叔父尽干一些自不量力的事情，倘若我挖苦责备他，定会破坏我叔侄的情感。格萨尔王便笑了笑，将超同驮在赤兔马上，来到牦牛山脚下的三岔路口。这时噶德、巴拉、丹玛、尼奔、王储扎拉泽杰、木王子南卡坚赞、赛王子尼玛塔杰、戎王子拉达本美等众人齐聚，正在熬茶休息。

叔父超同被灌下九碗滚烫的茶水后，便慢慢苏醒，但是全身还在微微颤抖着。稍过片刻后，超同脸上泛起红润，双目逐渐明亮有神。众英雄看着超同的脸，无一人发话，恼羞成怒的超同说："这白岭国真是无耻，没有一点规矩，不懂长幼之分，毫无礼义廉耻，不分善恶黑白，只知道挖苦讽刺，实在太可怕了。"超同一直恶话连篇、语无伦次地骂着众人，但众人只顾让他痛骂，有些忙着烧茶，有些忙着煮肉，尽量遵照他的吩咐行事，众人并好言好语、好茶好肉地伺候着他。

过了片刻，叔父超同渐渐面露喜色，又说："众英雄，我们已降伏了好几个妖魔寄魂物，现在还剩多少？"格萨尔王说："还有两只长着铁嘴和铁翅的鸱枭鸟以及一头公鹿，不知哪位英雄能够制伏？"这时头发花白、口无齿粒的老者尼奔笑着说："这些寄魂物哪个更重要，都由我们老年人来制伏吧。"

珠氏王子南卡托杰自告奋勇地用雷电风行之调唱道：

唵嘛呢叭咪吽！
歌唱阿拉塔拉和阿拉。

慈母上师和佛祖保佑，
向本尊护法祈祷加持，

在三根本法界宫殿中，
喜怒本尊众神护佑我。

倘若不识这里啥地方，
条条大路通四面八方，
山峦谷口相互连接着，
傲慢自大无耻之徒多，
自恃英雄男儿不识天，
胆怯懦弱无奈只叹气。

我是何人尔等自认识，
珠氏族热嘎顿巴之子，
人称珠王子南卡托杰，
我与噶德甥舅情谊厚。
我痛恨仇敌怜爱亲友，
礼敬神佛又制伏妖魔，
疾恶如仇爱憎很分明。

请听于我神子格萨尔，
今年降伏那木雅国王，
是有情众生利他之事，

也是少年王子的宿命。
白岭部落的英雄兄弟，
倘若不能相互间扶持，
号称骨肉兄弟也枉然，
尊老爱幼辈分人伦重。
今日遇到妖魔寄魂物，
看似非人幻化显神通，
制伏虚幻牲畜野牦牛，
超同格萨尔叔侄俩人，
足足用了一整天时间，
差点未能制止那畜生。
这些妖魔的众寄魂物，
力大无穷神幻又残暴。
饿狼穿行荒漠越九岭，
明知辛苦无奈是命运。
英雄男儿有泪不轻弹，
杜鹃鸟饥渴不饮渠水，
饥饿野鹿不吃暗沟草，
岭国英雄临死不求饶。
我欲单枪匹马闯魔穴，
试问大王有几只大鹏？

有何本领神通和法力？

请雄狮王明示于在下。

倘若有错意请您谅解，

若觉得是空话我忏悔。

请雄狮大王如此铭记。

珠氏王子南卡托杰唱完，这时，雄狮大王格萨尔双目凝视天空，口诵咒语，片刻后说道："那么，珠氏王子南卡托杰，今日出征降伏寄魂妖魔，最险会被大鹏叼走，途中要照顾老者，保护好少年。从这望过去能看到的前方那两座高耸入云的雪山和岩山中间，有着如黑云落入大地般的寄魂鸟大鹏；然后再看西方落日之山，那山林丛中有一座焦黑如炭的岩山，那山上有两只花色翅膀的鸱枭。这些寄魂鸟禽今日轮到赛王子尼玛达杰和珠王子南卡托杰来制伏。"

两位王子各自徒步前往西、南方向，爬到能听到彼此喊叫之声的山顶时，看到那大鹏鸟在太阳初升的东方。大鹏鸟在片状石山和雪山中间，伸展着翅膀，一丈长的铁啄伸向天空，双爪分别抓着石山和雪山，双翅覆盖着两座山峰，头颅伸向天空，阻挡着日月的运行。那鸟禽看到珠王子，猛烈挥动着翅膀，脖颈伸向更远的前方，呼啸着用妖魔之声唱道：

唵嘛呢叭咪吽！

向邪恶妖魔之神祈祷，

向护法噶饶旺秋祈祷，

祈求在空中俯视于我。

如今的木雅大地之上，
遍地都是黑头的臭虫，
白岭部落无耻男儿们，
布满山顶半腰和谷底，
犹如蚂蚁满地随处跑，
恰似草木长满山谷间，
堪比闪电冰雹天地暗。

倘若不识这里啥地方，
血色雪山和石山顶峰，
两座山峰像火焰翅膀，
峰顶入云惟有鸟禽飞，
洁白巍峨雪山的山腰，
傲立噶饶妖神的雏狮，
是木雅国王的寄魂物。

倘若不识我是何许神，
鸟禽之王人称赤色肺，
同为木雅国君寄魂物，
魂、寿、命三样集聚。
那么你这黑头的人类，
前往何处又寻觅何物？

崇山峻岭并非人行路，
何故走到这险峻之地?
太阳光照罗睺运行路，
羊群走在饿狼洞穴口，
鸟雀飞在岩雕巢穴口，
野鹿走在猎人的枪下，
短命男子走到大鹏前。
铁啄铁爪能颠倒天地，
你这小命的十八关节，
今日大鹏神鸟要粉碎。
倘若你不知神鸟来历，
高昂头颅伸向那天堂，
天神噶饶旺秋护佑我；
展翅翱翔盘旋于苍穹，
黑域妖魔生灵皆知我；
巨长禽尾伸往北方山，
阻挡过往来去的强敌；
我的四大种居于雪山，
南瞻部洲法界埋体下；
在伸出双足铁爪之时，
下界人间将会转血轮。
岭国臭虫黑头孤儿们，

矮小短挫看似无腿脚，

又如无神护佑的仙人，

好比无主游走的禽兽，

能否感知喜怒岭乞丐？

我用双爪抓你的双手，

用铁嘴啄食你的身躯，

分成六段绝不留活口。

颂扬祈祷天神和护法，

用热心脏和鲜血供养，

向天神噶饶旺秋祈祷，

敬请享用鲜红的心脏；

向赞神和特布让祈祷，

四肢胸腔的肥美血肉，

满足众神所欲请享用。

大鹏鸟唱完，挥动着巨大的翅膀，伸着利爪，巨长的铁啄从日月中间伸向大地，顿时黑暗笼罩天地。那珠王子南卡托杰从左身豹皮袋中拿起弓，从右身虎皮箭壶中抓起利箭，架起箭，拽满弓，双目注视着天空，将迎请白岭的阳神、战神、地方神和各路神祇、护法众神之歌，用征服妖魔之调唱道：

唵嘛呢叭咪吽！

歌唱阿拉塔拉和阿拉，

在三根本法界中歌唱，

演唱欢乐欣喜的歌儿。

有着佛法加持的上师，
有着胜妙功德的比丘，
身具六艺法力的战神，
通慧预言未来的空行，
威势神力无边的咒师，
驱赶强敌的阴间命主，
今日众神前来护佑我。
在额定日月的坛城上，
住着天神主白梵天王，
三百六十位天兵护驾，
犹如甘霖降临至大地，
助我珠王子心事顺意。
在中部深山峻岭当中，
居住着战神年达玛布，
野兽呼啸之声满山谷，
猛禽展翅翱翔于天空，
今日前来护佑珠王子。
善业护法和本尊之神，
切莫散逸行利众之事，
勿掉举护佑佛教正法，
彻底击碎残暴的妖魔。

倘若不识这里啥地方，
雪山岩山片状乱石山，
三峰入云的妖魔之地。
妖魔、赞神和特布让，
贪婪索取他人之性命，
外形虽然是大鹏神鸟，
内却是妖魔的寄魂物，
是邪恶黑品昌盛之地。

倘若不识我是何许人，
在芒康白岭部落之中，
上有琼布黑白花三部，
南边有芒康扎雅贡觉，
德格噶巴仁青六部落，
珠氏有二十五个部落，
丹玛、达戎、巴、理，
达等众多部落的统帅，
白梵天神之子格萨尔，
麾下有八十英雄将领，
抑强扶弱替天在行道。
且听我黑色大鹏妖魔，
倘若残害生命杀无辜，

威势神力无边的上师，

有着佛法加持的活佛，

有着殊胜功德的咒师，

试看今日能否放过你。

倘若妖魔继续再作孽，

珠氏王子南卡托杰我，

射出这雷电般的神箭，

无垠天空云雾缭绕间，

犹如青龙腾空的王子，

射出赤色闪电般的箭，

滚烫熔水沸腾四洲内，

东南西北鸟毛落满地，

射杀妖禽取大鹏之魂。

珠氏王子唱完，将利箭射出，那箭射在大鹏的脖颈上，顿时那巨大的鸟断裂成三段，心肝肺等内脏飞出胸腔。那神箭从鸟禽身后自然飞出，在天空盘旋一周后又落到箭壶中。于是，珠氏王子带着大鹏鸟的心、肝、肺、爪子、铁喙等启程返回，天黑之时回到军帐之内。

另一支降魔部队在赛巴王子尼玛塔杰的带领下走到西山柏树丛中时，被鸱枭鸟看见，黑鸱枭用凶恶吼声江水缓流之曲唱道：

唵嘛呢呗咪吽！

倘若不识这里啥地方，

巨毒山谷赤红岩石峰，

峰顶高耸直入云霄中，

红云彩霞犹如系腰带，
阻挡日月星宿的运行。
岩下石林隘口狭路间，
客商骡马驼队难行走，
狭隘山路犹如人咽喉，
住着黑白花泰让神尊。
白色泰让凶狠又残暴，
好比青龙当空雷声响，
天降冰雹花草树木折。
此地是泰让神的居所，
黑色魔赤色赞也同在。

倘若不识我是何许人，
是花翅膀的黑色鸱枭，
白昼栖息巢中夜间飞，
所遇猛禽野兽无大小，
均被食肉饮血无生还。
你这世间的黑头藏人，
欲与大鹏决斗实可笑，
腰束三械贪婪又无耻，
何故来到神鸟的禁地？
此前人类盗匪未来过，

今日你这断命可怜鬼，
无人呼唤走到阎罗殿，
到底有何贵干细说来。
倘若你敢往前走三步，
巨型翅膀将遮住躯体，
铁嘴啄食周身的血肉。
试看鸱枭大鸟的铁嘴，
身带军械何种最锋利。

倘若听懂请谨记于心，
歌曲未听懂不再重复。

鸱枭唱完展翅飞到黑崖上，挥动着那对犹如锋利的兵器一般的翅膀，仿佛乌云遮着太阳，直袭赛王子而来。赛王子心想：如今这是业缘，在白岭众英雄中央，今早珠氏王子南卡托杰和我，身上佩带着兵器，当着众人立下军令状，倘若不能制伏这妖魔，岂不是如女子一般无所作为？他心急如焚，从左边兽壶中拿箭，从右边的皮袋中掏弓，搭上箭，拽满弓，用射雕羽飞之曲唱道：

唵嘛呢呗咪吽！
歌唱阿拉阿拉和阿拉，
上师、本尊、佛和法，
祈祷供养赐予我加持，
向佛法僧三宝做供奉，
切勿丢弃时刻护佑我。

畏惧时祈求上师三宝，
苦难时呼喊上师三宝，
上师、三宝、本尊神，
并非平日未辅佐保佑，
只愿形影相随终相伴。

倘若不识这里啥地方，
地势险峻风化石河谷，
巨毒山谷赤红岩石峰。

倘若不识我是何许人，
赛隆悠长吉祥山谷中，
上岭部落远古的先祖，
老祖母玉罗热嘎阿措，
膝下一子称拉央达嘎，
拉央达嘎之子称阿杰，
阿杰之子有尼奔达雅，
和赛巴扎西尼玛俩人，
扎西尼玛之子是赛色，
人称赛王子尼玛达杰，
又称赛王子尼玛坚参。

巍峨庙宇神殿的顶部，
插着宝幢宝伞和飞幡，
实为美观点缀和壮观，
天神护法不请也自来。
难得人身高贵人世间，
名唤坚参之人无数个，
若得宝幢威势震四方，
听闻坚参之名泣鬼神。
岭国男儿尼玛坚参我，
并非浪得英雄的虚名。
天明之际旭日升东方，
寒霜冰雪融化润大地。
位高权重的官员首领，
不论贫富贵贱皆泽及，
锄强扶弱绝恶反之善。
世间生命各异绝不同，
但凡男儿并非皆英雄。
上品英雄好汉的德行，
胸怀大志谋略为其一，
知晓言语分寸为其二，
聪明智慧敏捷为其三。

犹如神像金银的本尊，
人似稀世珍宝为其一，
才学渊博沉稳为其二，
胸怀众生福泽为其三，
此乃上品男子的德行；
中品男子自顾也不暇，
与人攀比好斗如莽夫，
胸无智谋遇事难定夺，
不知深浅众人前炫耀，
自夸自誉言辞不吝啬；
下品男子的行事品德，
惟有撒谎狡诈和贪婪，
不睦耳语相传为其一，
家中私密外泄为其二，
敌友不分愚钝为其三，
好大喜功越级做蠢事，
不顾善恶所行谋私利，
害人利己又中饱私囊，
此乃下品男子的德行。
你这黑色的鸱枭老鸟，
品行恶劣犹如下品男。

古人谚语说得非常好：
山冈洼地浑似锯齿般，
花花绿绿如鸱枭羽毛，
参差不齐如高山植被，
此种优劣好坏请分辨。
鸟禽白昼飞行觅食物，
惟有瞎鸟鸱枭夜间行，
孤独凄凉无鸟伴飞行，
是喜是悲无需我明说。
高耸入天的岩石山峰，
遮挡太阳照耀山谷间，
阻碍花草树木的生长，
岩石山谷满地是石头，
脆弱植被无处能发芽，
江水河流源头非此处。
妖魔鸱枭和所居山峰，
世间无双对人无益处。
我赛氏王子尼玛达杰，
每日祭祀龙香和柴烟，
头顶供养祭祀着天神，
夜间口诵经文做祈祷，

念及无常死亡来世路，
时刻秉持正理和天道，
赢得人心万民视楷模，
此乃是善是恶请分辨。
今日恶鸟鸱枭与赛巴，
到底谁是好汉真英雄，
你是幻化妖魔寄魂物，
我乃白岭天神的英雄，
试看谁能流芳百世间；
斑斓猛虎与胆小狐狸，
试看谁之毫毛能闪光；
傲立雄狮与流浪野狗，
试看谁的鬃毛能翠绿。

在这吉祥天神之日里，
利箭射向高耸的山峰，
击碎鸱枭的心脏血肉，
英武佳话留高原雪域，
邪恶黑鸟谨记于心间。

赛王子唱完射出箭，恰好击中大鸟脖颈，鸱枭鸟顿时尸首异处。赛王子顺手带起鸟身和翅膀，天色暗下前赶到了岭国大帐。

九

次日清晨，太阳初升，岭国雄狮大王格萨尔率众回到岭国军营中，并派信使通知驻防四周的军士将领即刻聚集军营大帐议事。各路军士齐聚大帐之内，格萨尔王部署木雅战事，用威光征服大众之曲唱道：

唵嘛呢叭咪吽！
颂扬祈祷至高的天神，
在上部天神的宫殿中，
居住着大神白梵天王，
中间须弥山顶宫殿内，
灰鹞展翅盘旋于上空，
浅红似虎猎狗绕右跑，
赤红如豹猎狗绕左行，
数万野兽猛禽在围绕，
九十九万名伟大战神，
今日助大王一臂之力。
怀有神性的众生万物，
逐一前来帮助我制敌，
请赐予我勇气和力量，
赐予建立功勋的加持。

天地形成时世间九尊，
藏域永宁地母十二尊，
居士善金刚等众护法，
即日前来护佑大王我。

倘若不识这里啥地方，
此地是木雅的黄金谷，
金色入天城堡的下方，
八瓣莲花盛开的大地。
容纳乾坤的大帐之内，
在莲花绸缎的宝座上，
是我雄狮大王格萨尔，
行军南瞻部洲的英雄。
无际天空日月和星辰，
昼夜不分运行在空中，
春夏秋冬四季的交替，
转换天气寒冷与酷热。
世间天神法师和学徒，
三足鼎立维护着佛法，
无常世间众生的琐事，
倘若无此等无法运转。

佛门上师学僧和比丘，
三者齐聚成僧众座次，
诵经祈祷和发愿回向，
身语意三密所行之处，
定会得到加持和护佑。
君王大臣和所属部众，
万众齐心来治理部落，
善恶好坏诸事皆顺遂。
将军英雄和智慧老者，
智谋齐用行事能一致，
部众百姓衣食也无忧，
六道众生事业也无碍。
这白岭国君臣和兄弟，
行军打仗远赴走天涯，
并非耀武扬威显军威，
为行利他众生之事业，
为藏域春秋兴盛大业，
为佛法大业死而无憾。

去年年初立春的时候，
偌大的白岭天神部落，

浩浩荡荡赶赴木雅国，
一百八十个游牧部落，
兵不血刃归顺白岭国，
除此木雅上下各部落，
皆遭遇此番战乱之祸，
一则此乃国君的旨意，
二则是诸大臣的功勋。
倘若鼓槌未敲击大鼓，
则无巨大的回响之声；
倘若男儿不保护自己，
则会被强人随意迫害。
木雅王和恶毒臣子们，
因四处挑衅树敌颇多，
无法躲藏也不能调解，
今年又挑战白岭部落。
白岭天神部落的军队，
觊觎木雅屯兵欲占领。
那木雅国王玉则南杰，
是天神噶饶旺秋之子，
只有消灭所有寄魂物，
才能诛杀这妖魔之子，

方能彻底毁灭木雅国。
在座岭国诸位勇士们，
扎拉泽杰和穆江四部，
围攻木雅国王的城堡，
探看敌军君臣的去向；
达戎军队到东部雪山，
东部的木雅雍仲拉赞，
有着预知未来的神通，
达戎部落的首领超同，
请用恶咒法术降伏他；
巴拉军队到南部密林，
南方丛林中斑斓猛虎，
惟有巴拉军队能消灭；
嘎、珠、赛巴三部落，
在噶德群将的率领下，
三千士兵勇赴西部山，
栖居西山的马眼妖魔，
惟有噶德才能够制伏；
北方岩山草地混在处，
自有北方牧人来守卫，
唯独统帅千户的将领，

由擦香丹玛玉杰担任；

黑白阿拉的两千士兵，

守卫军营四周来放哨；

本王的四位首辅大臣，

赛巴和尼奔部落军士，

王子达玛玉杰的军士，

幼系扎拉泽杰的军士，

三军齐攻木雅的王宫，

定能攻破城堡杀国王。

听懂歌曲是耳的供养，

即使未听也本无错意，

岭国众卿家如此谨记。

格萨尔王唱完，岭国众英雄各自领命，准备行军打仗。这时达戎部落的军士们齐军前往位于南部的狮子绿鬃堡，行军统领达戎超同王骑马走到军前，看到四方城门口点火如繁星璀璨，守卫东门的木雅将军雍仲拉赞、达玛奔图、赞杰雅美三位英雄身穿盔甲，佩带兵器庄严地立在城墙上注视着岭军。那雍仲拉赞将箭搭在弓上，拽满后用沸水之潮曲调歌唱道：

唵嘛呢叭咪吽！

烈风呼呼野草飕飕响，

如火焰沸水的武艺歌，

火苗四溅浓烟又滚滚，

巨石滚落大山般的歌，
是勇猛无比的英雄歌。

向本家护法祈祷明鉴，
天神魔神和龙神三神，
黑白花三色特布让神，
黑暗地祇和雷电天神，
岩神火烧沸水等众神，
倘若今日护佑则显灵，
神若弃我不顾也无法。

倘若不识这里啥地方，
人称木雅东部黄金谷，
此乃宫殿狮子绿鬃堡，
宫顶如雄狮傲立雪山，
宫腰如黑色钢铁丛林，
恰似野人对视着猩猩，
如男儿牵着猛虎出山，
宫下英雄托拉本守卫，
好比死神天下无人敌，
是我东部军士的统帅。

斑斓猛虎是野兽之最，
绿鬃雄狮是雪山之光，
在千军万马的军队中，
先锋英雄有着九个人。
且听我说浅红色的人，
赤红紫脸如猢狲猩猩，
黑色马匹如山岭野牛，
赤露臂膀欲显英雄胆，
马不停蹄欲速达敌营，
欲使刀枪弓箭杀敌人，
按耐不住无谋的莽夫。
东部岭国一群乞丐儿，
人称胆小如狐的懦夫，
青天白日朗朗乾坤下，
格杀勿论绝不留活口。
山羊和绵羊遇到豺狼，
岂有生还逃跑的机会？
岭国的懦弱胆小男儿，
自不量力挑衅木雅国，
盔甲看似母亲的袍子，
无法辨别男儿是英雄。

这城堡名叫猛虎出山。

倘若不识我是何许人，
是天下无敌雍仲拉赞，
是勇气和力量的主人，
天下生灵无人能够敌。
在雷鸣电闪的天空下，
岩山峻岭也在微微颤；
在寒风凛冽的高山上，
经幡随风狂飘停不住；
盛夏涨潮洪水泛滥时，
大桥无法承载要跨堤；
英雄男儿较量生死时，
懦弱胆小之人身颤抖。
赤红紫脸如猢狲之人，
今日你的死期已到来，
东部岭国的乌合之众，
能否活着走回问此箭。

雍仲拉赞唱完将利箭射向超同，那箭如雷电从天而降，一声嗖响险些射在超同的耳朵上。但是因其有护法战神威玛的护佑，格萨尔大王的袈裟、成就女王的圣水、千佛发丝等神力挡住了箭，因此超同王只是在马背上向右倾斜了一点，其他并无大碍。这时雍仲拉赞又射了一箭，击中超同身侧的达戎嘎玛，令其顿时落马断气；再发一箭，将达戎拉赞扎巴射成两半，致其当场死亡。这时超同王终于鼓足勇气心想：今日若不能血债血偿，我达戎部落的将领就白白断送了性命。于是他双手紧握枪柄，一副真英雄好男儿的模样，恰如白唇野驴，即使饥饿也不食阴沟之草；如杜鹃鸟，即使饥渴也不饮渠沟之水。今日倘若吾能将此枪插入敌人的心脏，即使死亡将近，灵魂坠入地狱也无憾。超同王于是手松马匹缰绳，纵马前方，用青龙呼啸之声唱道：

唵嘛呢叭咪吽！
阿拉乃是岭国的母语，
三唱塔拉之调颂英雄。

怙主尊神和地方神祇，
阳神战神乡神等神尊，
今日前来保佑我超同。
今日不说太多的话语，
上界天神的呼唤招引，
随即失于脉络自解脱。

倘若不识这里啥地方，
是木雅国的玉龙山谷，
是金色城堡的东城门，
这城堡如待宰的羔羊。

在野狼穿行的路途中，
倘若未能驱赶捕杀它，
凶猛饿狼如抛尸野外；
秃鹫大雕飞翔的空中，
麻雀小鸟成群在飞行，
迎着疾风展翅天空中，
倘若鸟雀羽毛未落地，
表明秃鹫鹰雕飞速慢；
连绵群山的丛林之中，
食草动物随意穿行着，
六种良药植物草木食，
奔袭鹿角空中画图案，
出入丛林山岭的猛虎，
若不能捕得八角雄鹿，
即使斑纹异样也无益；
在木雅幽暗的山谷中，
胆小懦弱无勇的男儿，
承先启后结伴而前来，
一马当先者红马赤脸，
人称拉赞英雄名号大，
其次骑着青蓝色的马，

奔图英雄实则担虚名，
第三位黄脸骑着黄马，
本人猜想是巴沃赞嘉。

倘若不识我是何许人，
在芒康花岭部落之中，
豪气冲天的三十英雄，
有七大勇将和三虎将，
各个英雄好汉武艺高，
有勇猛的五十位外臣，
来自十个不同的国家。
僧赤阿奴和阿达拉姆，
来自北方的鲁赞魔国，
如今归顺岭国做大将，
是格萨尔大王的法臣；
辛巴米如孜是为其一，
唐玉玉叶珠嘉为其二，
塔巴唐那泽嘉为其三，
年帕阿郭姜木这四人，
来自白帐王的霍尔国，
今是格萨尔王的辅弼；

玉拉托杰和玉赤贡杰，
酷秋明扎和嘎玛赤列，
四人来自南部的姜国，
是属地姜国的统领人，
同为格萨尔王的大臣；
达拉赤嘎和达瓦超赞，
雍仲巴杰和达沃赤赞，
四位来自格尼门隅地，
今是格萨尔王的法臣；
霍尔魔国姜国和门隅，
白岭毗邻的四方妖魔，
魔君麾下的各路英雄，
如今全是岭国的大将。
还有我达戎王的臣下，
有着黑白黄三色琼布，
噶德、琼日和扎那等，
军士能布满六个山头，
均是大鹏神鸟的后裔，
是那神鸟变成了人类，
因此后人称他为琼布。

你这如两面鼓的野狗，
胆怯之人往往出手快，
最终英雄击碎其盔甲，
众人接二连三发暗箭，
好比牧人连发沃尔多。
善于激战英雄的习惯，
首先对话其次挥兵器，
首先歌唱接着射利箭，
此乃英雄豪杰的行为，
你等胆小狐狸的行径，
虽出手快速但过急躁。
我身显威武手持真枪，
造于铁匠幻化熔炉中，
是天生铁地铁和水铁，
三种生铁精华所铸造。
这油润暗黑的天生铁，
白色泰让神的寄魂铁；
深蓝色的地铁和毒铁，
花色泰让神的寄魂铁；
赤红蓝花的三色白铁，
是黑暗龙妖的寄魂铁，

取自汪洋大海的深处。
三件奇珍矿物和盔甲，
短刀长枪和腰束三械，
皆取自黑崖城堡之中。
格萨尔是天生的矿主，
并非世人皆能做挑衅。

古人谚语说得非常好：
蛟龙腾跃空中的日子，
巨蟒盘踞竹林的深处，
乍看蟒龙身躯有相似，
实为蟒蛇爬行龙则飞；
大鹏神鸟展翅飞翔时，
黑黢乌鸦枝头奋力叫，
乍看鸟禽外形无差异，
翱翔天空翼力无法比；
凶猛虎狮傲立在雪山，
黑色土狗狂吠闹市口，
犬齿和獠牙看似相同，
绿鬃傲视之态不一般。
白岭天神部落的男儿，

八十英雄是天神之子，
犹如生铁铸造无死亡。
岩石布满大地的时候，
道路崎岖不平难行走；
炽热火势蔓延的时候，
南部峻岭丛林烧成灰；
上部雪山融化的日子，
河流冲毁大地成断崖。
岭国驻兵木雅已三年，
围绕城堡已水泄不通，
可笑木雅军士显威武，
犹如家禽觅食捉虫般，
恰如茶水流出茶桶口，
又如火势蔓延草山般，
犹如那野草被风吹起，
太阳之光融化雪山般，
如雷电击碎岩山一般，
若未以如此之势杀敌，
岭国男儿并非真英雄。
真枪之下阎罗无存活，
空口白话的拉赞男儿，

以及立其身后的两位，

若识时务就立即投降，

不然莫怨手下不留情。

超同王唱完，手持枪柄用力刺去，恰好刺在拉赞胸前的铜镜上，一声“嗓”响后，铜镜破成三块，那枪穿过铠甲刺向拉赞的心脏，超同又猛烈地拔回枪，拉赞胸口喷涌鲜血，他顿时从马背落地，当场死亡。接着，站在超同身后的达戎之子多杰扎赞、阿嘎沃鲁两人立即举刀前去砍断拉赞的双臂。这时敌军中两位英雄又前后赶来，达戎拉郭举枪刺向奔图心脏，仓巴沃鲁举刀砍杀了达杰，斩断其手臂，剥去其铠甲头盔。

最后两军混战，木雅军队活像被野狼追捕的羊群到处乱窜，分不得东西南北，最终无法抵过岭国的追杀而卸甲投降。嚎哭声震动山岳，血流成河，尸横遍野，那东部城堡已被岭达戎军队彻底占领。这时那巨型黑色妖鸟冲破黑崖，展翅飞跃天空，顿时空中弥漫巨毒之气。黑色巨蟒喷着毒液，手持三角钺刀，缓缓走向达戎超同方向。黑色妖鸟如乌云般用双翅遮挡日月光芒，用黑马大鹏腾跃之调唱道：

唵嘛呢叭咪吽！

用誓歌唱巫师空性歌。

在罗刹女居住的黑崖，

有着食肉嚼骨的妖魔；

鸱枭鸟矗立的红崖上，

居住着赤面赞神雅夏；

毒液沸腾的黑水之中，

盘踞着单首黑色龙妖。

那么各路赞龙妖魔神，
今日前来护佑我杀敌。
食肉火焰命主是妖神，
向您祭祀一千只牛羊。

倘若不识这里啥地方，
是东部的白海螺城堡，
在洁白无瑕的城堡前，
骑着白马的白面男儿，
犹如白鸟展翅难收敛，
鹞鹰飞行途中被叼去；
羔羊独自行走高山巅，
野狼捕杀血肉满山顶；
金色鱼儿徜徉于大海，
渔夫布网四海无处逃。
你等舍弃故乡到他处，
贪婪无耻霸占他人财，
不惜妻儿到处留情债，
翻越九岭走到木雅国，
如今何处故乡已忘记。
乌云密布天空降暴雨，

黑色蛟龙伸展着炎翅，

黑雷击中黑崖断石飞，

黑龙呼啸满天黑水泛，

深谷洪水汹涌冲大地。

妖神赞神和泰让神尊，

三神护佑百箭无虚发，

天雷铮铮闪电亮夜空，

摧毁敌军能魂飞魄散。

黑色妖鸟唱完，挥舞黑旗，将妖魔、天神、赞神、泰让神、曜魔、妖龙、妖赞等各路邪神以生座次第修习。突然天空中蛟龙呼啸三次，顿时大地震动，火光满天，向地面连续降雷十八次，击碎山峦、火烧森林、河水冲堤。岭国叔王超同完全被那阵势吓破胆，昏厥过去，毫无知觉。

这时塔玛泽杰王子和嘎迪托巴、洛杰美巴、维瑟达拉四人从四周骑着马匹向超同围来，因有战神威玛的法力助佑，达戎超同便慢慢苏醒过来，并逐渐气血平运。超同王于是将降伏妖鸟之歌、超同英武之歌、制伏妖魔之歌用誓声演唱道：

唵嘛呢呗咪吽！

念起咒语连呼三次誓，

这是三宝的真理之言，

佛法正理之根是咒语。

佛祖教法的训诲教言，

如父母对孩子的嘱托；

力大英雄射出的利箭，

百发皆中无人能逃脱；
急速奔跑的壮年公鹿，
围绕山梁疾驰也无碍。
白梵天王和帝释天神，
以及十万天兵天将们，
今日前来保佑叔父我。

赤色岩石沙漠山谷中，
犹如长枪的城堡顶端，
住着火焰神达拉美巴，
口诵咒语熔水沸腾着，
火焰雷电烧毁了山梁，
你这外道妖鸟的翅膀，
定会烧成黑色如焦炭。
一是为保护佛法正教，
二是为利益众生之事，
三是为岭国江山社稷，
倘若这三事不能完成，
表明三宝谛语无真话。
六三黑白华丽宫殿中，
忿怒赤面马头明王神，

双目俯瞰广阔的天空；

赤红色身的神鸟禽王，

请勿散乱放逸杀妖魔。

还有住在天界的神女，

犹如乌云般翻滚而来；

悬挂半空的耀眼红日，

恰如青龙般腾空震响；

大地之上的祭龙咒语，

犹如冰雹般席卷而来。

好比然巴草被冰雹打，

如梁柱雕花被火烧毁，

犹如片石山被洪水冲，

倘若未做到如此之势，

说明天神护法无法力。

上界天神和中间赞神，

下界的龙族请保佑我，

三界之神是岭的业神，

还有藏域的十三古神，

世间九尊和十二丹玛，

东部的玛杰奔热山神，

巨大的岩山扎杰平措，

木雅地区八峰玉日山，
所有藏域山峰的山神，
护佑制伏妖魔除障碍。
我手中所持的金刚杵，
戳向青天乌云翻卷来，
黑龙腾空呼啸震山岳；
纵向击碎坚固的岩石，
砸山碎石火花四处溅；
戳下深至土地的根部，
喷泉涌水河流满大地，
制伏敌军摧毁众妖魔。

超同唱完，用金刚杵指向黑色妖鸟。前山燃火，后山闪电，中间天空下着冰雹，山谷间洪水泛滥。这时那妖鸟突然变成一条黑色巨蟒，闪动着舌头，准备喷洒毒液。马头明王从天空降雷，顿时将巨蟒劈成两半。突然大地变装，除了上部的白色城堡和塔以外，其余众人、岩山以及所有生命皆为幻化，刹那间消失。他们在如海螺般的白色城堡顶上插了白色旗帜，岭国军队驻扎在城堡之内。

这时位于西部的孔雀傲立城堡，或称为罗刹女幻化城堡，再或者被称为大鹏腾空之城的那座有着三种称号的坚固城堡，犹如大鹏神鸟盘踞高山之巅。前去占领此城的英雄达姆珠嘉认为：我是百位英雄的对手，即使遇到妖魔和阎王，也绝不退缩；我手中的兵刃能划破长空，我能峙高空中悬挂的红日，即使遇到罗睺也丝毫不畏惧；我能冲破大海中汹涌波涛，即使遇到鳄鱼鲨鱼也无所畏惧。天下英豪，如我达姆珠嘉般再无二人。我的搭档琼拉南杰赞布，面黑如乌云，魁梧如高山，胯下赤红色的坐骑，背着金色马鞍、金套索、金后鞧，全身金光灿烂，仿佛阳光照射在草地上。另有一位看似像阎王罗刹，披发到肩，黑披风如空中乌云飘荡，云影照在岩山一般，骑在马背上时，三械缠腰，枪柄触地时，大地也在颤动，手臂粗过松柏，弓箭套绳等所有兵器随身佩带着，旁人无法辨认此人到底是幻化之人还是真人。

这时琼拉南杰赞布说："如梦虎般的男儿珠嘉，看那对方将领的气势，你我又怎能坐以待毙呢？"说完他立即骑上骏马如风良驹，庄严威猛地走出城门，直奔噶德而来，在一箭步之地勒马驻足唱道：

唵嘛呢叭咪吽！
歌唱啊呀玛木雅方言，
如江河奔流般的歌曲，
水面波纹前后接踵来；
如疾风呼啸般的歌曲，
飕飕吹响四季不间断；
如蛟龙腾跃般的歌曲，
青龙腾飞风雨随之来。

向天神噶饶旺秋祈祷，
向玉日南卡泽杰祈祷，
向天神特步让神祈祷。
在入云山峰的岩洞中，
花色羽毛的鸱枭神鸟，

佩带索命摄魂的兵器，
三谷汇合黑水奔流处，
人身蛇首的九头青蛙，
凶残威猛地神特布让，
请让大地颤动河水沸。

倘若不识这里啥地方，
是西部的大鹏腾空城。
我乃是城主英雄琼拉，
犹如腾空的神鸟大鹏，
浑似凶猛的斑斓猛虎；
英雄玉郭木如南拉他，
又如青龙腾跃在半空，
雷电冰雹随时从天降；
木雅国王玉则南杰他，
由四十位英雄围绕着。
早前大臣鲁莽害国王，
好比愚昧门徒害师父。
吃食过量撑胃病灾多，
忧思过多反而心悸乱，
言语过多无法作比喻，

疑虑多则疾病易缠身。
岭国商人赞拉珠嘉一，
森格奔图扎巴为其二，
阿瑟达玛拉赞为其三，
鲁杰扎西班巴等众人，
货物被木雅所抢之事，
只有耳闻我等未参与，
他人之财分毫不曾拿，
彼此从无仇恨欠血债，
岭国大臣请思量自重。

古人谚语说得非常好：
香獐从山顶滚落礌石，
掉落江中砸死鱼和虾，
骂名落于狐狸沙狐身；
雪山融化小狮陷沼泽，
非炎日之故狮子迷途；
家贼引匪入村烧杀劫，
最后栽赃诬陷给君臣。
倘若不能做公正裁决，
也不能让无辜者顶罪。

骑着黑马的黑面之人，

体魄魁梧如肩扛大山。

漫山遍野树林的叶子，

若不知发芽落叶之季，

就有大火烧尽的危险；

谷底高耸巍峨的雪山，

寒极三冬大山被雪封，

初秋暖阳照耀大地时，

雪山融化河流冲草地；

口出狂言的妙龄少女，

遇到危险若不懂自救，

倘若无赖盗匪来骚扰，

小心满身皆是尿骚味；

脚力强劲的骏马良驹，

不勒住缰绳控制速度，

喜爱骏马的无耻马贼，

分文不出强取又豪夺；

佛寺庙宇之中的小僧，

不在静寺修行穿市井，

不懂尘世凡俗的邪恶，

稍有不慎卷入红尘内；

行走岩山石林的公鹿，
盛夏水草肥美的季节，
穿行途中不环顾四周，
小心被猎人射穿身体。
你这黑面长发的男儿，
来自何方到此为何事？
到底是敌是友说清楚。
对于世代交往的故友，
有些人懂得前思后顾，
善良父母对儿女慈祥，
和睦邻里使村落安宁，
喜食鼠肉觉如的奴才，
谁是好汉无赖难分辨，
不知骨头软硬请指教。

琼拉南杰赞布唱完，这时噶德曲江威那面不改色、行步稳健，看其脸，面带微微笑容，从容不迫，嘴唇略开，牙齿洁白如玉，双目炯炯有神；他的身体坚固得如须弥山，丝毫不动；心如天空一般无边无际；智慧如大海一样深邃，深不可测。

此刻噶德缓步走向前，轻声慢语地说道：“这位男儿请你听我说，你说的话就像风一样，捉摸不定，无法参透。在此之前我还从未听说过，岭国和木雅开战两年之久，还有人不知为何要打仗。年轻的琼拉南杰，我岭军和你之间还未正面交过手。格萨尔王慈悲，有些战役可以不战而胜。我未见你也有些时日了，今日有缘得见，我也有些话要说给你听。”于是噶德将讽刺和耻笑对方的歌曲用大河缓流之调唱道：

唵嘛呢叭咪吽！
歌唱三次阿拉无回音，
表明是哑巴或者傻瓜。
倘若不能唱三次塔拉，
那么轮回解脱为其一，
坠入无间地狱为其二，
心中解疑生智为其三，
此三无存表明是傻瓜。
白岭部落的阿拉塔拉，
在商议大事之日演唱。

好比头盔和盔旗一般，
若无身神将何处安身？
又如身披盔甲和军械，
不然看似无天神保佑。
行远途胯下需要骏马，
成年男儿需心系少女，
飞行雀儿需鸟雀栖息，
百姓需首领主持公正，
主持寺庙需喇嘛上师，

天神上师需慈悲善心，
男儿远行需女人守家。
没有女人的孤野男人，
犹如饿狼和流浪野狗，
饥不择食又寒不择衣，
无家可归小心成无赖。
没有亲属兄弟和姐妹，
亦无心愿欲望和财富，
度日如年日子难熬过，
恰如此因歌曲做供养。
用额顶膜拜的众天神，
英雄的护法战神威玛，
向百位静猛净妙祈祷，
向地祇龙族年神祈祷，
向佛祖和菩萨做祈祷，
此乃白岭部落的传统。

倘若不识这里啥地方，
如你所言是木雅国土，
泼皮无赖打诳语之地，
没有长辈首领的法令，
暴戾男儿可为非作歹，

毫无因果和轮回之念。
这赤色如岩山的城堡，
取雅号叫做孔雀傲立，
又称为城堡大鹏腾飞，
实为胆小狐狸的居所，
不值得大肆吹捧称赞。
若想知道原因且听我，
部众百姓需首领管理，
不然就如一把虮虱子；
子女需要父母来抚养，
不然就如河边的浮木；
超度魂灵需喇嘛上师，
不然就如那魑魅复生；
持家过日子需要父宅，
不然就如强盗和小偷。

倘若不识我是何许人，
在东部花岭部落之中，
嘎珠两大氏族如太阳，
其中珠热嘎顿巴之子，
人称噶德曲江威尔那。

木雅国王玉则南杰他，
上不敬天神和护法神，
下不施舍饿道和乞丐，
没有佛教正法行善业，
野蛮人横行的黑暗地，
最好不要与之作比较。
但是在南瞻部洲之地，
瘸腿瞎眼哑巴耳聋人，
痴呆傻瓜疯子皆有之，
好比马驹脚力不相同，
犹如学僧悟性有差异，
又如部众贫富不均衡，
大臣智慧心胸各相异，
同胞兄弟福泽均不同。
栖息高山的羚羊野驴，
长膘肥瘦各自不相同；
江河深处的水獭鱼儿，
游刃灵动各自不相同；
男儿智勇同样有差别，
是否如此木雅众君臣？
倘若自不量力逞英雄，

只会搬起石头砸双脚，
祸从口出险要丢性命，
若认同此理速速投降。
古人谚语说得非常好：
女子若要享福嫁老人，
吃食丰盛荤素要搭配，
英雄投靠明主方成事，
学僧皈依良师则顿悟。
天下凡事之理皆如此，
倘若懂得投降我岭国，
若不投降定会丢性命。

听得懂歌曲是耳供养，
未能听懂不再做解释。

噶德歌毕，但琼拉南杰赞布顽固不化，根本听不进其任何一句唱词。琼拉是黑暗妖魔的后裔，皮肉骨血都是黑色的，心智魂灵也黑暗，行为举止皆显露魔性，不懂藏地习俗，嗜杀成性。听到对方要求投降之言，他顿时怒火冲天，从马背立身，双手各拿一块羊肚大小的石块，前后向噶德猛烈地扔去。

噶德随手将两块石头抓住，并说道："呀！你这傲慢无礼的小子，我实在多说无益。俗话说得好：只要勇猛，兵械随地可以缴获；贪婪男儿早晚会把自己弄得浑身血迹；花痴的女人会变得满身尿骚；无道首领早晚会失去民心。就如同没有吃食的乞丐喜欢喝酒一般，依你之言，仿佛你的力量和武艺天下无人能敌。这空口白话如水泡，是否真的如此，待我抛石之时方能知晓。”噶德说完，嘴里喊着琼拉南杰赞布的名字，将藏在腋下的石头抛向对方，那石头如天雷，直击琼拉头顶。

琼拉的头盔和脑袋一起被压成扁平状，落马而亡。接着珠王子南卡托杰、鲁沃普耶达孜、珠米嘎柳吾桑珠三人拾起他的马匹、马鞍、盔甲以及首级。这时其他两位英雄紧随而来，那当先者被珠米嘎柳吾桑珠一刀砍杀，紧随其后者被珠王子南卡托杰用长枪刺死，其余守卫城堡的众将士，除了投降者，余众皆被屠杀。岭军冲到堡顶取下木雅的黑色旗帜，插上岭国五彩军旗，并在城堡四周吹响号角，向其他军队喻示岭军已攻下西面的城堡。

此刻，位于南面的猛虎傲视城堡的四周，已布满了身穿白色盔甲、骑着白马的岭国军队，他们如长颈鹤一般，骑在如雪山般的白马上，身躯如雄狮傲立于雪山，白色旗帜随风飘扬，犹如太阳照射在雪山之巅，这一白色部队是岭国巴拉军队。这时木雅将领达郭多丹雅美、顿那托嘎那鲁、萨郭南卡多丹三人纵马列队走到城门前。那达郭多丹雅美用黑色粗犷蛮横之调唱道：

唵嘛呢叭咪吽！
用蛮横妖魔之调歌唱，
唱词是木雅国的母语。

向食血肉的赞神祈祷，
向索命罗刹神女祈祷，
向黑白花泰让神祈祷，
向木雅玉则阳神祈祷，
今日保佑我铲除强敌。

无耻男儿在今日之前，
偷吃他人之食嗓门噎，
流浪他乡故土已忘记，
情妇成灾发妻恩情断，
自家财富食物和城堡，
犹如梦幻朦胧不清晰。
边境四周的十八小国，
尤其其中是十二小国，
狂傲岭人扬言要吞并。
违背天竺佛法的慈悲，
即使学习咒语和法力，
最终为使得满足私欲；
未秉持汉地严密律法，
纵使拥兵千军和万马，
只用欺压百姓害良善；
卑鄙下流满口的谎言，
心胸狭隘邪念如乌云。
无论百姓部众战利品，
岭国国王大臣和将领，
无论谁只会占为己有。
位于高山之巅的经幡，
随着寒风东西两头飘，

岭国男儿恰如那经幡，
对某些用慈心爱护着，
口蜜腹剑谎言来欺骗，
有些用强横刀剑制伏，
弄得胆小之人心颤抖，
口头求饶方可能活命。
哪有善恶因果的观念？
即使念经也无法得道。

你这苍白可恶的岭人，
仿佛清晨空降于此地，
又如从地下钻出而来，
带领浩浩荡荡的军队，
突然到猛虎傲视城前，
彼此绝无赌债和命债，
何故带领军队来挑衅？
那位吃食鼠肉的觉如，
相传英雄了得又慷慨，
名震南瞻部洲和三界。
旗下三十位英雄男儿，
各个豪气冲天有正义，
友爱众生英明传四方。

实为无赖在欺世盗名，
施舍财物仿佛很慷慨，
此事是否真实请思量。
好似少女欺骗男儿时，
施展软硬哭笑等伎俩，
终须一生付诸于激斗，
如此一般岭人的阴谋，
无法蒙骗木雅的将士。
木雅土地肥沃宝藏多，
丛林茂密盛产野草药，
岭人觊觎木雅的财富，
则带领军队无端挑衅。
岭国木雅交战有两年，
无辜百姓死于战乱中，
尸横遍野狼烟四处起，
大好山河已满目疮痍，
血流成河腥味满山谷，
此乃岭国无赖的行径。
倘若尔等不懂得收敛，
休怪男儿刀剑不留情。
寒风凛冽的高山垭口，

除了土丘万物不存留；

河水泛滥奔流不息时，

沙丘巨石不能当堤坝；

赤色火苗蔓延丛林中，

不论干湿树木皆成灰；

六月骄阳比火更炽热，

无论寒冰地势皆融化。

我这强悍的木雅军队，

倘若未能战胜岭国人，

即使战死沙场也无憾。

木雅岭国从前无宿仇，

但是今日岭军临城下，

誓用手中长枪量身躯，

如马尾般脆弱的灵魂，

今日决心游荡于无间。

倘若听懂做耳的供养，

未听懂歌曲也不重复。

达郭多丹雅美唱完，双手紧握长枪，欲想纵马奔袭而去时，岭军巴拉部队将领巴拉达杰森达阿顿说道：“倘若你果真如此英雄了得，就与我来一次真刀实枪的较量。”于是他用英雄狮吼之调唱道：

唵嘛呢呗咪吽！
歌唱阿拉塔拉和阿拉。

向皈依根本三宝祈祷，
敬请引领我皈依正法。
在头顶日月的坛城中，
有着法身报身和化身，
修定三身虔心做祈祷；
在心膛佛法宫殿之中，
向大战神威玛做祈祷，
今日前来护佑我制敌。

倘若不识这里啥地方，
森林环绕的木雅城堡，
是消灭教敌和渝盟者，
毁灭魔军的怨鬼之地。

倘若不识我是何许人，
岭国东南西北四方中，
东部芒康扎雅和贡觉，
南北丹玛十三个部落，

岭国又分上中下三部，
部落多如天上的繁星。
我来自贡觉黑白阿拉，
人称英雄巴拉达杰者，
是千户部落的千户长，
也是岭国众英雄之首。
胯下这匹棕色的骏马，
是汉地西宁南赤马种，
是用无数金银和珍珠，
从汉地强盗手中所买，
此驹称作雄鹰飞岳马，
疾驰之时能与鹰媲美。
我手中所持的这大刀，
是那砍杀敌人的利器，
刀背光亮如黎明朝霞，
刀口锋利如黑暗笼罩，
刀面宽如朝天的大道，
刀锋如上师灌顶密咒，
刀柄如猛虎傲视众兽，
今日用来砍杀木雅人。
你手中所持的那长枪，

倘若未能刺穿我血肉，
那么你就是长发妇女。

请天神助我举刀杀敌，
上界天神加持我刀锋，
中界年神请加持刀齿，
下界龙神请加持刀柄，
摄取敌人性命挖其心。
木雅岭国交战有两年，
倘若你等还未予回击，
今可报仇雪恨洗耻辱。
请前来迎战猛虎之子，
我想用虎皮制作炕毡。

邪恶的妖魔且听清楚，
未听懂歌曲不再重复。

巴拉唱完，便策马而奔，这时那达郭多丹雅美举起长枪，如雷电般疾驰而来，将长枪刺向巴拉，巴拉举刀砍敌人。霎时双方长枪大刀当空对峙，巴拉用力挥刀，砍到枪柄，达郭的枪头落地。但是达郭气力非凡，用剩余枪柄向巴拉再三刺去，巴拉疼痛难忍，嘴里痛喊起来。恼怒的巴拉挥舞着大刀，再次向达郭砍去，恰遇对方勒马转身，那刀落到达郭头上，将他劈成两半，落到马的两侧。那匹马也癫狂飞奔到一箭步之遥，驻足回望着。

将领被杀，木雅军队群龙无首，顿时陷入混乱无序之状，四处逃散。但木雅将领拉赞雅美珠嘉却毫不胆怯退缩，他挡住贡觉达赛顿珠的去路，二人交战两个回合，雅美珠嘉便斩断了贡觉达赛的头颅。拉赞雅美有魔神护体保佑，胆识非凡，他接着举刀向巴拉奔去，待到巴拉跟前，稍有迟疑便勒马转回。此时贡觉阿嘎通那策马奔来，与拉赞交战，拉赞挥刀便砍断阿嘎左臂。

这时贡觉另一位英雄玉杰珠泽的傲慢如毒水般沸腾着，他挡住拉赞去路说道："英雄不讲明出处而先动手，乃弱者的行为。你这条灰色野狗且听于我，今日我有话要说。"他将火焰毒剑磨着马鬃唱道：

唵嘛呢呗咪吽！
歌唱阿拉塔拉和阿拉。

犹如白玉的雪山之巅，
有着雪白无瑕的雄狮；
坚不可摧红岩城堡中，
形似黑熊的威猛战神，
向赞神黑色雏狮祈祷；
潺潺溪水流淌的谷口，
有着鲁赞罗刹女之子，
披甲之时向阳神祈祷；
二十一位大居士保佑，
今日护佑英雄除妖魔。

倘若不识这里啥地方，
是木雅南部茂密丛林，
南山密林猛虎出山地，
坚硬牢固城堡的东门。

倘若不识我是何许人，
贡觉阿拉黑白部落中，
人称白阿拉玉杰珠泽。
犹如阴曹地府的阎王，
专门摄取强敌的魂魄，
是那袭击羊群的饿狼，
是从雪山融化的洪水，
是那抓捕野兔的雄鹰，
是那射杀公鹿的猎人。

阿拉部落的强劲对手，
木雅将领赞拉雅美他，
斩杀了阿拉达赛顿珠，
斩断阿嘎通那的左臂，
如今日未能报得此仇，
三械军械佩带也无益。

向白阿拉部落的战神，

各路护法和神祇起誓，

誓死要你等血债血偿。

你我谁能活命方可知，

试看谁的骏马脚力好，

再比谁的刀剑更锋利，

还看谁人英雄有胆识。

临死之时方能知英雄，

制伏鬼蜮之时知道行，

弱民喊冤之时知善恶，

奔驰急速之时知马力。

若听懂请谨记于心间，

未听懂也不放你生路。

玉杰珠泽唱完，便挡住赞拉雅美珠嘉的去路。赞拉雅美说道：“你这灰头土脸的男子，且勿口出狂言。我们尚未交战，你就以天神起誓，实在是狂傲可笑。”赞拉雅美将剑在马鬃上来回磨了几下唱了这首英豪短歌：

唵嘛呢呗咪吽！

歌唱空旷无边的天空，

白云腾跃翻滚遍蓝天。

天空高远无边为其一，

心无思虑空洞为其二，

毫无实践经验为其三，
此三种如你情绪心态，
向众神祇祈祷烦恼多，
向赞神罗刹龙妖祈祷。

倘若不识这里啥地方，
是木雅的毒林山谷口，
这座是猛虎傲视城堡，
这里是城堡东大门口。
大门是用檀香木所造，
上面有金银斜棂花格，
有石雕的雄狮和猛虎，
是拉赞父系所传城堡。

倘若不知我是何许人，
父为赞神母系是人类，
常年供养地母神之故，
未婚受孕怀赞神之子，
足月产下赞神的儿子，
英勇无比又力大无穷，
木雅玉则国王的重臣，

是守南部边界的将领，
身手矫健如电闪雷鸣。
在木雅众军士大将中，
常受国王的褒奖恩赐，
也受同仁的敬佩夸赞。

英雄无威便如同死尸，
富人布施未誓愿皈依，
犹如无赖顺手抢财物。
清晨披甲持刀来杀人，
若有胆量尽管放马来，
犹如斩断通那左臂般，
如果是英雄拼命死战，
如果胆小就转身回营，
若能保命算是造化深。
无需立誓承诺吓自己，
午时未过你魂魄会散，
三械盔甲和马匹归我，
接着是挥刀屠杀军队，
必定做到无一人生还。

倘若听懂谨记灰脸人，

若未听懂不再做解释。

赞拉唱完，举刀纵马飞奔而来，贡觉英雄阿嘎玉杰珠泽也拔剑冲锋，二人在马上打了几个回合也不见分晓，二人刀剑挥舞之时顺带砍杀对方士兵，他们再次回马交战，三个回合后，阿嘎玉杰珠泽向对方的脖颈猛烈地砍去，赞拉的头颅和头盔顿时落地，但是赞拉还未绝命，无首的身躯从马背跳下来，举刀向阿嘎跑来。此刻与阿嘎一同的玉赞奔图向赞拉扔去套索，困住其身子拖在马后，那无首的身躯才彻底变成尸体。于是众士兵取下赞拉的马匹、兵器和盔甲。

胜利的呼喊之声响彻天地间。贡觉军士士气大增，英勇无畏地冲向敌军，奋力拼杀。太阳落山之时，森达阿顿夺得猛虎傲视城堡，士兵将堡顶的黑旗换成岭国五色军旗，城堡四方各插着一面白旗，预示木雅南城已归降；八方各插黄色旗帜，表明木雅归宗正教。那晚安排好守城的将领和军士后，贡觉军队煨桑祭祀，桑烟笼罩天空，预示岭军大获全胜。

这时北方的木雅军队遍布吉祥山谷和山峦间，达拉珠嘉、琼那赞布热扎、多布丹雅美赤图、星杰沃玛鲁都四位将领，守着城堡四方的大门。此刻岭国丹玛部落和赛巴部落的军队从四面围困了城堡，丹玛王子玉卫奔美骑着一匹青龙般的骏马，朝着城门策马奔去。木雅军中星杰沃玛鲁都和琼那赞布热扎两人并肩走出城门。琼那赞布热扎从两侧取出弓箭，搭箭拽弓，对着丹玛王子唱起了邪恶之歌：

唵嘛呢呗咪吽！

云雾缭绕的天空之中，

长着火焰翅膀的青龙，

当空呼啸雷鸣下冰雹，

劈开坚硬红岩显威猛；
黑云翻滚密布的丛中，
罗睺星曜追逐着日月，
吞噬光明黑暗罩大地；
赤色火焰随风燃烧着，
满山树林若未烧成炭，
风火交加天地成灰暗。
我的歌声如天雷震空，
呼啸之声充满天地间，
若未听到说明是聋子；
手中所持的大片宝刀，
能够斩断罗刹和阎王，
倘若未见说明是瞎子。

向天神噶饶旺秋祈祷，
今日保佑我制伏敌人；
向龙妖三头青蛙祈祷，
向土地鲁年妖神祈祷。

倘若不识这里啥地方，
人称入云的木雅金堡，

赤色金谷随地是宝物，
居住十八个木雅部落。
满仓宝物的金色城堡，
堡顶住着战神和阳神，
城堡中有众英雄男儿，
受地祇泰让神尊庇护，
城下住着海底的龙族，
拥有无尽的金银财宝。
环城有十堵坚固围墙，
犹如铜墙铁壁不可破，
守城卫士各个是好汉。
骑着青马的苍白男儿，
切勿走神散逸听我唱。

倘若不识我是何许人，
好比黑头藏人的后裔，
诞下赞特布让和罗刹，
上界天神之子的后裔，
长者为玉则南杰国王，
幼者正是那琼泽热扎，
还有那英雄赞都米玛，

星都古额托那等三人，
除此人间再无其化身。
我是其中的琼泽热扎，
倘若要讲明幻化神通，
犹如白色狮子的后裔，
必定要行走雪山之巅；
雄鹰大雕之类的鸟禽，
必须要展翅翱翔天空；
金色鱼儿等水中生灵，
必须游行腾跃在大海；
身为木雅国君的侄儿，
必须冲锋陷阵杀强敌。
这座金色城堡的主人，
麾下有八位股肱之臣。
今日岭国大军来木雅，
欺辱百姓屠杀无辜人，
木雅从未受如此耻辱，
无论是天竺还是汉地，
与我和平相处无瓜葛。
咒师法师和修行者三，
东部木雅地区不需要；

上师比丘和转世活佛，
听闻其名恶心又厌烦。
木雅地势险峻无法攻，
猛禽野兽在自由出行，
并非是常人能够制伏。
不料今日听到些奇闻，
在陡峭山壁上插经幡，
经幡随风空中飘荡着，
岭国乌合之众的首领，
吃食鼠肉的丑恶觉如，
亲自率领着千军万马，
出兵北方的突厥部落。
听闻突厥盛行着火枪，
不知岭国是否有火枪？
木雅无需毁灭性武器。
不可听信所有的话语，
尤其无赖男儿的诳语，
险要阻断父亲的财路；
女人不可唱所有歌曲，
行走集市之日无人娶；
所有绫罗官员不可穿，

得看各自官位的高低；
但凡美食男儿不能吃，
小心为此而付出生命。
如此岭国无赖的军队，
切勿对我们传授佛法，
木雅不信天竺的佛教。
无论汉地严厉的律法，
还是藏域慈悲的佛法，
都与木雅国毫无关系。
今日岭军来到家门口，
琼那未曾预料过此事，
木雅国小却独立自强，
觉如军队何故来挑衅？
倘若懂得自控请退兵，
不然活剥人皮为其一，
灌进含毒食物为其二，
明亮双目刺瞎为其三，
此等残暴之事落你身，
能否承受岭人请思量，
临死前最好立下遗嘱。

倘若听懂请谨记心间，

未听懂就请安心随意。

琼那赞布热扎唱完，搭起弓箭准备射出时，丹玛王子玉卫奔美说：“赞拉男儿，切勿急躁。急躁之人无法成大事，好比春季漫长的白昼，打发日子总是很困难；犹如漫长无聊的人生，吃喝拉撒之间虚度生命；恰似子女与父母长住，漫长岁月仿佛亲多余；浑似至宝上师的加持，多则烦恼信仰会退失。”于是他用塔拉狮吼之调演唱道：

唵嘛呢叭咪吽！

歌唱阿拉塔拉和阿拉，

塔拉是歌曲演唱之调。

头顶太阳照耀的天空，

施予厚恩的战神阳神，

向戴头盔的战神祈祷；

威猛的战神洁白雄狮，

挥舞着绿鬃护佑我们；

在心中央佛法宫殿内，

有着恩重如山的上师，

保佑消除恶业的根源。

倘若不识这里啥地方，

荒无人烟的边缘之地，

是汉地和藏区交界处，
服饰衣帽语言皆不同。
这是西宁和木雅地界，
金色山谷中满是金山，
银色山谷中满是银山，
金山银山不属于藏汉，
是木雅国父辈的宝库。

古人谚语说得非常好：
群山峦叠高低各不一，
草木茂盛植被种类多，
能否吃食就要看自己；
海纳百川水质均相异，
可否饮用待看其源头；
草原深处部落如繁星，
衣帽服饰语言均不同，
此乃风俗是无可厚非。
汉人来藏地是运货物，
藏人来到汉地做买卖，
交换商品互惠又互利，
谁都无法说出不可行。

那么男儿琼那热扎你，
不要贪婪无道说诳语，
你等木雅国无耻大臣，
切勿急躁凡事细思量，
岭木旧怨并非是戏说，
血海深仇记忆依清晰，
不然何故又交战数年？
当年白岭十多名商人，
五十多名商队的伙计，
途经木雅之时遭屠杀，
尔等是否依然能记得？
木雅盗贼杀害无辜人，
金银茶叶丝绸等货物，
劫杀抢掠五十匹驮畜，
此仇木雅是否已忘记？
岭国男儿却不敢忘记。
倘若忘记今日提醒你，
罪魁祸首是你木雅人。
虽然琼那是英雄好汉，
但我岭国有无数部落，
倘若你不悉岭之军情，

且听我悉数与你道来。
岭有噶部落和珠部落，
有贡觉黑白阿拉部落，
有丹玛南北两个部落，
你是否听过这些名称？
其中丹玛部落的首领，
擦香丹玛是我的父亲，
我的名字叫玉卫奔美，
是格萨尔大王的法臣，
统领三千骑兵的将军，
是一万牧户的万户长。
你等口出狂言叫嚣着，
是因之前无人来制止，
胆大妄为阻拦着商道，
汉藏茶商脚下无道路，
无端生事两国起战火，
你等所犯罪孽数不尽，
此番斩尽杀绝不留后，
今日你我相逢于狭路，
长枪短剑弯弓和利箭，
手持任意兵器可作战。

倘若听懂请谨记心间，

未听懂不再重复演唱。

丹玛王子唱完，则举刀策马奔去，但是对方急速放箭，那箭眨眼之间射中了丹玛王子胸前铜镜，好在丹玛王子铠甲内穿着格萨尔王钦赐的佛衣，身带千佛发丝，并有战神威玛的庇护，所以那一箭未伤其性命。于是丹玛王子举刀奔去，向对方头颅猛烈砍去，却只将头盔劈成两半，而未能伤其性命。

于是二人勒马转身互相对视片刻，丹玛王子心想：此人刀枪不入，看来只好赤手相搏。于是他将大刀插入鞘中，卷起袖管跳向琼那。此刻琼那也发现丹玛王子刀枪不入，就收起兵器，用右手从马鞍后方的口袋中拿起一块羊肚子大小的石头，向丹玛王子扔去。丹玛王子右斜身子，遂未能打中。未料那石头击中丹玛王子身后的柳吾和索南珠嘉，二人当场丧命。

于是丹玛王子怒火难忍，伸手抓起琼那的肩膀，欲想将其从马上拖下来，但二人实力旗鼓相当，难分胜负。二人正在马背上对峙时，古如班玛坚参从右侧纵马奔来抓着琼那的右肩，丹玛王子抓着其左臂，左右夹击拖拽，拳头如雨点般落在琼那身上，琼那抵不住两个人的猛击，最后口吐鲜血而亡。岭国士卒随即缴走其盔甲兵器和马匹。正在这时，敌军中好汉达拉珠嘉拔刀砍向古如班玛坚参的白色头盔，古如顿时落马而亡。

此时擦香丹玛感到挖心般的疼痛，拔起大刀挡在达拉珠嘉前，达拉于是愤怒地唱道：

唵嘛呢呗咪吽！

如熊熊火焰般的歌曲，

火势蔓延之日难扑灭。

在无边的天空中歌唱，

浑似天空的英雄豪杰，

高大威猛性情又豪爽，
仿佛日月星辰可运行。
演唱赤色火焰般的歌，
疾风紧随其后的时刻，
即使大山也不能阻挡；
歌唱如江河奔流大海，
大海翻腾海啸来临时，
平原之上也无法容身。

向黑白天神泰让祈祷，
向天神噶饶旺秋祈祷，
今日庇佑我斩杀妖敌。

倘若不识这里啥地方，
是岩山下的九层金堡。
疾病瘟疫流行的档口，
即使医术高超也生病；
在凶残恶狼的巢穴前，
野牦牛的犄角也断裂；
固若金汤的黑城堡前，
如狐岭人尾巴会斩断。

倘若不识我是何许人，
在虎谷金色城堡之中，
有三位猛虎般的英雄，
我乃英雄儿达拉珠嘉，
我们是同生死的兄弟，
座次相等职位也相同，
财富相等碗筷无大小，
同仇敌忾生死也共赴，
犹如同母所生的兄弟，
一人若死二人不苟活。

你这苍白的糟老头子，
今早带领着千军万马，
无端围攻我木雅金堡，
气势如大海中的烈火，
口不择言辱骂斥责我，
胆小如狐的岭国军队，
如洪水一般滚滚而来，
攫取了兄弟琼那之命。
此生唯有我苟且悲伤，
为报仇雪恨不再贪生。
英雄达泽顿珠柳吾将，

赞玛释迦阿郭两个人，

率领精锐骑兵来增援。

苍白之人死期已临近，

即使三人同时围攻我，

犹如探囊取物般轻松。

白唇野驴奔跑在羌塘，

贪婪饿狼夜袭羊群中，

金色鱼儿游荡于河水，

如狐狸般无耻的岭人，

像虎豹豺狼穿行他国，

但木雅国中不可放肆。

尤其今日遇到珠嘉我，

乃百位英雄好汉之首。

鹿角于公鹿则显威猛，

绿鬃于白狮则显高贵，

顶髻珠于大鹏则宝贵，

你我看似相等不可比。

这位苍白色的糟老头，

倘若自不量力要较量，

我达拉珠嘉心无慈悲，

欲死无望老头是疯子。

欲速疾驰的长腮老马，

小心倒在崎岖的狭路；
花枝招展的城里姑娘，
小心炕头被褥中发臭。
是否已胆怯后悔怕死?
但我绝不放还你生路。

我在锋利的刀口之下，
可稍许留下临终遗言，
倘若听懂就立即回复。

达拉唱完便在马背上静候着，这时擦香丹玛玉杰举着大刀，将召唤众天神护法的歌曲，用塔拉六变之调唱道：

唵嘛呢呗咪吽！
歌唱阿拉阿拉和阿拉，
塔拉是歌的演唱之调。
伟大母亲上师和太阳，
恩泽万物众生皆知晓，
塔拉在解脱道中演唱，
奇妙无限大乐之境界。
祈祷为母众生的魂灵，
引到西方极乐的世界。

倘若不识这里啥地方，

是木雅坚固金色城堡。

古人谚语说得非常好：

晶莹剔透白色雪山中，

唯独雄狮才能够存活，

盛夏炽热的骄阳之光，

融化洁白雪山成河水，

高傲雄狮绿鬃陷沼泽；

南部巍峨险峻森林中，

唯有斑斓猛虎能生存，

寒冬疾风雪霜骤然起，

干燥丛林被火焰吞噬，

无垠山峦刹那成灰烬，

猛虎是否已懊悔成疾？

在深棕的乱石山岭中，

野牦牛傲然独秀犄角，

妄想岩石山腰开山路，

不知猎户紧随带弓箭，

晌午牦牛皮肉已分离，

是否懊悔傲慢的野牛？

岭挑衅如猛虎的木雅，
阻挡汉藏之间的茶道，
破坏天竺佛教的法门，
妖魔鬼怪是你的随从，
妖神泰让神尊为天神，
认为自己是英雄豪杰。
古人谚语说得非常好：
夜袭羊群的残酷饿狼，
最终死在山顶鄂博旁；
搅乱村寨的无赖泼皮，
最后死在黑暗监牢中；
百人皆夫的风流女子，
最终感染麻风而死去。
你等木雅魔臣也如此。

今早射杀的两位英雄，
是我丹玛部落的将领，
于是木雅琼那热扎他，
犹如鸟雀被撕成碎片。
而你砍杀的古如坚参，
今年已六十九岁高龄，

是我丹玛军队的统帅，
犹如丹玛的双目唇舌，
是我部落的核心人物，
今却被送到黑暗之地。

倘若不识我是何许人，
在丹曲热拉康城堡中，
英雄丹玛之名传四方，
狐辈男儿是否听闻过？
我是岭将军擦香丹玛，
外对强敌犹如天雷震，
内对亲人如丝绸绵软，
天神上师座前主法场，
官员首领前秉公执法，
是辨明是非真假之人。
若未能使你懂得善恶，
表明岭人并非真英雄；
倘若此前冤仇未雪耻，
表明丹玛只是空名号。
今日你我做生死较量，
休想取走岭丹玛性命，

刀落之时妖魔也断魂。
岭格萨尔大王是轴心，
丹玛巴拉噶德三部落，
是打压强敌的重铁锤。
听懂歌曲请谨记心间，
若有遗言也立即道来，
利箭长枪和大刀三样，
激斗兵器任你来选择，
身怀绝技今日可显威，
放马过来吧男儿达拉。

丹玛唱完，立即纵马奔去，对方无一句回音，达拉只管举起大刀向丹玛砍去，丹玛的白色盔旗如羽毛被飞吹散般落地。丹玛心想：那白色的玛尼生魂旗被砍断真有点不吉利，好在未能伤及我的性命。于是丹玛将大刀从头顶来个猛烈旋转，砍向达拉的右臂，顿时达拉的右臂和臂甲同时落地，丹玛父子连刀猛砍，杀了达拉。岭国士卒立即缴取达拉的头盔、盔甲、马匹、马鞍、兵器等。

丹玛部落的军队冲进木雅大军中厮杀起来，杀伤数百人，即刻剿灭了围在城外的木雅大军。接着丹玛父子入城，走到堡顶，撤下象征妖魔和泰让的黑白花色旗帜，并烧毁。岭军当天就走到山顶举行了盛大的煨桑仪式，当晚众人住在山上。次日黎明破晓，岭军回到金堡，在堡顶煨桑祭天，在城堡四周插上象征佛教正法的五色彩旗，告示天下金堡已被丹玛部落占领。

此刻，格萨尔大王、王储扎拉泽杰、叔王超同等人得知岭国诸王子已攻下四方城池后，击鼓奏乐，摇旗呐喊，昭告四方守城将领即刻到大帐拜见雄狮大王。于是花岭天神部落的众将士齐聚大帐之内，以职位辈分高低依次排座左右两旁，格萨尔大王端坐在位于大帐中央用白色绸缎制成的宝座上，他身穿萨霍尔王的服饰，犹如莲花生亲临人间，他双目注视着天空，用天鼓多姿曲演唱这首出征部署之歌：

唵嘛呢叭咪吽！
歌唱阿拉阿拉和阿拉，
塔拉乃是歌曲的灵魂。
颂扬赞美皈依处三宝，
向您祈祷并加持于我。

倘若不识这里啥地方，
若懂得分辨是人世间，
最初宇宙形成创世时，
地势崎岖不平非平原，
四方土地皆有各特色。
高山之巅常年积着雪；
南山遍野树木和丛林；
北部山梁是黄沙丘陵，
灌木覆盖沙漠挡风沙；
位于中间的过渡地段，
全是陵谷山冈和洼地，
河水奔流青草绿茵茵；

江河雪水和沼泽之水，
不同水质奔流在草原。
此处栖居的野兽猛禽，
岩羊栖息山顶积雪中，
黄羊占领了山腰草地，
羚羊在山下的黄沙中，
野鹿野牦牛遍布山野，
此乃创世之规律法则。

若不知宇宙形成之道，
得来人身无任何益处；
倘若不懂佛法和善恶，
犹如妖魔鬼怪似罗刹。
忍耐、慈心和悲心三，
永不离弃恒久驻心间。
伟大上师教授的佛法，
切勿忘记永远铭记心。
时常祈祷虔诚发佳愿，
终须能得辅助和怙恃，
诸事顺遂心愿能得逞。
山间河畔经常煨桑烟，
睡前磕头诚心做祈祷，

灵活顺应迎合他人心，
祈祷天神终须得福报。
无须贪著尘世的轮回，
痛苦不会转变成安乐，
每日背负的罪孽包袱，
只会逐年增加不曾减，
最终坠入十八层地狱，
因果报应无处可躲藏。

白岭天神部落的叔父，
众英雄百姓和兄弟们，
在座老中青人请听我，
在去年年初开年之际，
富足的花岭天神部落，
离开故土出兵走远途，
到达天竺国的东北方，
汉藏交界的木雅小国。
木雅国国王玉则南杰，
以及统辖的百姓部众，
不懂天理善恶和美丑，
心无慈悲无善良品格，
不懂罪恶的过失危害，

虽为人形却似同妖魔。
此前造孽种下的恶果，
今年结出果实得品尝，
制伏如妖魔般的小王。
如今有这般事宜相商，
看双方死伤将士数量，
白岭天神部落获全胜，
是因佛祖三宝之恩德。
接着攻陷中央的王宫，
铁环般四周环绕而来，
岭国与木雅最终命运，
明日天亮之时见分晓。
木雅小王玉则南杰他，
是否能够入天和钻地？
是否能有天神的迎接？
明早众将可拭目以待。
东部城堡由尼奔驻守，
南部城堡由巴拉达杰，
以及丹王子一起驻守，
西城由扎拉泽杰驻守，
北城由噶德曲江威那，
和拉嘉俩人一同驻守，

其余将领一齐攻王城。

倘若歌有错意请谅解，

若觉得是空话我忏悔，

岭众兄弟请铭记心中。

格萨尔王唱完，岭国叔父兄弟和众勇士们齐声表示赞同，并享受宴会的茶酒美食。次日清晨天亮之时，众将领依照国王旨意驻兵四方城堡之中，余下将领从四面围攻王城而去。这时木雅王宫中，国王两侧坐着尼玛噶青、扎西拉达、多杰桑珠、欧珠央古、塔杰、鲁赞顿丹等八位大臣，另外由内臣、司膳、守卫等众人簇拥着，城门守军鲁敦热夏巴瓦、赞杰雅美顿那、鄂郭森擦拉美、超郭嘉多鄂玛四位将领每人带领一百支军队，守在四方城门内侧。这时东门的超郭嘉多鄂玛身穿生铁铠甲，骑在如大雕般的骏马上，带领阿擦赤丹、米那达赞二人，从东门走出来。恰巧这时岭国将领达戎尼玛达杰、戎王子拉郭奔鲁、嘎日塔巴坚赞、扎西尼玛拉杰、东赤南拉等人前后纵马奔来。嘎日塔巴坚赞率领着琼布部落的军队，欲想冲入东门，但那木雅超郭嘉多拔刀放马跑来，挡在嘎日前面，用青龙雷声之曲唱道：

唵嘛呢叭咪吽！

江河奔流人儿在歌唱，

歌唱之人言语天下事；

疾风骤起河水声潺潺，

浪花四溅水中漩涡深。

泰让神尊引导我歌唱，

请您保佑我制伏强敌。

倘若不识这里啥地方，
是木雅虎谷金堡东门，
是金色太阳灿烂之地。
如太阳照耀的大门口，
金色光亮能刺瞎双眼。
高山之巅盘旋的雏雕，
穿行戈壁草原的野狼，
游行水中的金色鱼儿，
不知命归何处又何从。
如今这座天神的城堡，
被岭军围得水泄不通，
犹如从额头到脚趾甲。
血肉之躯的灵魂载体，
仿佛即将遭无数剁砍。
饥荒的白岭乞丐部落，
已占领东南西北城堡，
如今从四方围绕王宫。
这座如金库般的王城，
赤日从东方升起之时，
光芒照满蔚蓝的天空，
中午太阳当头照耀时，
光亮照射无垠的大地，

人称“黑暗中的太阳”，
是指木雅国王的城堡，
声名享誉汉藏印三地。

不料今年黑色的年月，
强盗无耻和贪婪之人，
犹如吞噬大山的寒风，
浑似冻结海水的寒霜，
恰如烧毁山林的火苗。
贪婪无道的岭国乞丐，
草菅人命觊觎他人财，
不走阳关大道行山路，
坚硬岩山之腰开小路，
开创亘古绝无的恶俗。
抢夺无数小国的财富，
无法无天行事无节制，
无需多言是白岭部落，
匪首觉如率领的盗匪，
自诩威震三界的英雄，
觉如自封三界的上师；
叔父长辈无耻如小偷，
自认为是智慧的宝库；

无视生命的年轻屠夫，
自认勇敢的部落首领。

古人谚语说得非常好：
饿狼贪婪想要吃羊肉，
捕杀羔羊之时嚎叫着；
恬不知耻的外乡姑娘，
无需召唤会自投怀抱；
搅乱村落的无耻之徒，
抢夺钱财还辱骂他人。
行如此之事唯有岭人。
你这紫面赤马的强人，
红色盔旗犹如红发髻，
满身红色旗帜如血发，
胯下枣红骏马如雷电，
敢问男儿姓甚名又啥？
是岭国哪位鼠辈盗匪？
速速如实回答于我来。

倘若让你踏足城门内，
表明我并非英雄好汉，

今日英雄声名留藏域，

倘若听懂请铭记于心。

超郭嘉多唱完，从拴在马匹后臀左右两侧的口袋中，取出一块羊羔大小的石头，准备随时向对方扔去。嘎日塔巴坚赞骑着青灰风翼马，犹如赞神般威猛，如火焰般燃烧着，他在马背上用豪声暴雨雷电之曲唱道：

唵嘛呢叭咪吽！

鲁阿拉是歌曲演唱法，

鲁塔拉是歌声变调法。

在高远蔚蓝的天空中，

犹如母亲的炽热太阳，

用温暖的慈悲照大地，

母亲怀胎十月的日子，

孕育血肉之躯怀腹中，

虽非引度众生有功德，

但如山的恩情定会报。

祈祷上师和三世诸佛，

离世之际保佑我灵魂，

不堕入恶道打入地狱；

大战神威玛和众随从，

请您助佑我制伏妖魔。

倘若不识这里啥地方，
是黄金谷莲花雍仲滩，
入云山峰被冰雪覆盖，
是那绿鬃雄狮的故乡。
财富物资富足的地方，
城堡房屋建筑均各异，
是所欲皆能满足之地。

玉则南杰登基为国王，
山峰积雪未融化之前，
妄想在岩上开山劈路。
在汉藏通商的道路中，
阻拦上行下走的客商，
扬言汉茶不让进藏地，
妄图藏商劫杀在途中，
妄言不阻拦汉藏通商。
木雅国再无幸福可言，
玉则国王也寝食难安。
于是两条短腿伸汉地，
双足肆无忌惮在舞蹈，
扬言不服汉地的律法，
贪婪双手伸向我藏域，

军队劫掠财富屠杀人。
可否还记得在两年前？
岭国本巴部落的商队，
掌柜带领的十位商户，
以及五十名从商伙计，
还有五百匹骡马驮畜，
茶叶绸缎等无数货物，
被那木雅玉则的内臣，
无情地砍杀商人伙计，
无耻地霸占财物货品。
今年是为血洗此仇恨，
岭国大军才踏足木雅，
是否听清无耻的妖孽？
白岭部落三十位英雄，
会血债血偿讨回财物，
今年向木雅玉则国王，
清算所欠人命和债务。
我是黑白阿拉部落中，
人称白阿拉塔巴坚赞，
是千户部落的千户长，
是岭国众英雄之首位，
与谁相遇从未惧怕过，

总能战胜强敌得胜利，
故而称男儿塔巴坚赞。
我手中所持这把长枪，
本是霍尔黄帐王所有，
是花色泰让天神打造，
金银铜铁等金属所制，
是天下最坚硬的兵器，
今日要刺向你的心脏，
决不让你靠近我半步。

塔巴坚赞唱完，便将长枪刺向对方，这时超郭嘉多把手中的两块石头扔向塔巴坚赞，但他迅速左右躲闪，未被击中，不过打中左右两名副将琼布拉赞和琼布巴赞的脑袋，二人当场丧命。于是塔巴坚赞愤怒难平，他将长枪在头顶来一个大旋转后，即刻向超郭嘉多的心脏刺去，枪头刺穿超郭嘉多黑色的铠甲，穿透心脏从后背亮出。

此刻木雅将军阿擦赤丹和米那达赞二人向他奔来，达戎尼玛塔杰和扎西尼玛拉嘉二人前来阻挡，但被对方用长枪当场刺死。这时达戎首领拉赞多杰看到此景，心痛难耐便拔刀杀了两位木雅将军。接着两军士兵开始相互厮杀，岭军获胜，占领城堡，换掉魔军黑旗，依岭俗四面插了白旗，八方又插立黄旗。东边的城堡被岭国军队占领后，木雅国王玉则南杰仿佛变成了坠入沙漠的鱼儿、被刺抓伤的毒蛇般，其身体一直颤抖，无法安稳地坐在宝座上。

于是，玉则南杰拖着颤抖的身躯挪步到宫顶，对着金、银、绿松石、珊瑚、琥珀、青白玛瑙、青金石、水晶、珍珠等奇珍异宝镶嵌的窗户，拳打脚踢，双手伸向空中，长剑刺入地板，他又揪头发，又咬下唇，双眉微颤，血管暴涨，嘴里喊着“呃、呃、呃”的声音后，他身体朝后昏倒了。这时王妃、近侍阿吉达吉、五位司膳等跑来，左右搀扶着国王回到大厅宝座上，给他喝了甘露圣水，国王才慢慢苏醒过来。

过了片刻，国王身穿白色茧绸衣裳，上面套了一件陶土色莲花纹丝绸外套，并穿了金色铠甲，头戴金色头盔，腰间佩带食肉三千世界生灵的大刀，摄魂之弓佩带于左身、震动坟墓之箭拴在右身，套住三千世界罗睺之绳索带在身边，手持长枪。其风翼白鹅良驹的背上安放马鞍，这马鞍的前后鞍桥是金银所制，鞍身镶嵌着珍珠，国王骑在这马上，仿佛阎王来到阳世。玉则国王似乎被命主阎王牵着，又似被手持铁鞭的妖魔驱赶着，用双手丈量着寿命，在众臣的簇拥下走出南城门。

此刻岭军中有人问：“今日由谁来招呼木雅国王？”赛巴尼奔达雅带着一千名骑兵飞驰而去，挡住了木雅国王和众将领的去路。玉则王的内心被彻底搅乱，他在诺布拉赞和扎西顿珠两位大臣的搀扶下，用傲慢野狗狂吠之调唱道：

唵嘛呢叭咪吽！
用木雅的语言来歌唱，
歌唱是非真假等俗事，
诡计欺诈的妄言之歌，
满腔空话的官员之歌，
不同歌曲性质却相同。

犹如金矿难得的人身，
死亡将至躯体入土前，

优美动听称呼尽享用，
祈祷天神全由自己选，
阳神、地方神和战神，
乡神、苏特尔守舍神，
上供下施是神人共俗。

倘若不识这里啥地方，
是富庶的木雅老虎谷，
人称悠长木雅黄金谷。

高远无边的天空之中，
日月星辰昼夜运行着，
除此再无天空的主人。
云雾笼罩在高山之巅，
大桥横跨在江河之上，
大船行驶在海洋之面，
宝伞宝幢和飞幡三样，
只能插在城堡的顶端。
在南瞻部洲的土地上，
国家众多数也数不完，
欺凌弱小抢他国财物，

惟有无耻贪婪的岭国。

倘若不识我是何许人，
玉则南杰是天界之王，
能自由行走南瞻部洲。
位于西方的天竺国王，
被称为弘扬佛法之人，
不懂礼法信仰和善恶，
却未欺小凌弱他国人；
与那汉地执法的国王，
欲想交换财物和货品，
不然无须遵循汉地律；
勃律蒙古于阗和卡切，
姜域和那甲摩擦瓦绒，
来去行走独立又自由，
无人阻挡也无人骚扰；
藏域教法兴盛教派多，
噶举派宁玛派萨迦派，
格鲁派和苯教教派等，
无需到木雅传法说教。
木雅国王玉则南杰我，

是位高权重的真君王，
有着满腹智慧的大臣，
有着勇猛无比的勇士，
所属部众如天上繁星，
独立自主行事无人管。

你这面色发黄的小儿，
何故来到木雅城堡前？
何因率军围绕我城池？
黄色盔旗将领从南来，
红色盔旗军队从东来，
蓝色盔旗军队从北来，
白色盔旗军队从西来，
嘈杂喧闹之声震大地，
摄取无数生灵的性命。
那位无耻的强盗觉如，
还自称是上师和觉者，
如此秃头者皆是上师，
那么雪鸡也可称喇嘛；
身穿袈裟并非皆格西，
否则鱼儿可称善知识；
但凡黄帽不定是喇嘛，

否则野鸭也可称上师；

佩三械者并非皆英雄，

否则浮雕工也是英雄；

但凡男儿不定是好汉，

否则乞丐亦可称豪杰；

头戴花朵未必是美女，

否则喜鹊可称大美女。

天下再无岭人未做事，

你这面色发黄的小儿，

姓甚名谁速速报上来，

来自哪个部落任何职？

倘若再不克制你自己，

今日太阳还未落山前，

定要取你微贱的狗命，

是否听懂黄面的小人？

玉则国王唱完，便等着看对方有何反应，尼奔在马背上侧着身子，双手不曾持任何兵器，尼奔对他说：“且听我说玉则国王，我有三句话要对你说。”尼奔唱道：

唵嘛呢呗咪吽！

鲁阿拉是歌曲的供养。

在额顶日月的坛城内，
向恩重根本上师祈祷。
在心中佛法的宫殿内，
向皈依处三宝做祈祷。
在自身佛性的坛城中，
住着数百静猛的善友，
有阳神战神和地方神，
有乡神业神和守舍神，
众神今日祖护辅助我。

倘若不识这里啥地方，
是无耻木雅人的故地，
是阻挡汉地茶商之地，
是拦截上部客商之处，
并非是木雅而是恶道，
是饥饿灾荒流行之地。
木雅是土匪盗贼之国，
玉则并非国王是强盗，
阻拦汉藏通商的恶人，
木雅乃是劫匪的乐园。
木雅盗贼之国的匪首，

强人玉则达拉顿珠他，
犹如断命之鬼已死亡。

盛夏绿茵的草原之上，
开着姹紫嫣红的花朵，
是因细雨甘露之恩德，
可惜大山不懂雨水恩。
冬季雪霜寒风来临时，
花草树木枯萎被风吹，
高山依然不知冬之恶。
行为善恶的辨别之能，
并非世人皆能做分辨，
谁人加害谁人又利济，
世间凡人无法懂分晓。
那嗜杀成性的刽子手，
最终性命断送他人手。
无能胆小微贱的小人，
口不择言恶语随口说，
实际善恶好坏分不清，
你这玉则达拉王之子。

倘若不识我是何许人，
富足的花岭天神部落，
地分上岭中岭和下岭，
部落分长中幼三支系。
下岭穆江有四个部落，
人称幼系的本巴拉曲；
中岭文布有六个部落，
人称中系的文布巴沃；
上岭赛巴有八个部落，
人称长系的赛巴柳吾。
白岭天神部落的首领，
雄狮大王诺布占堆他，
是三怙主的幻化之身，
是邬金莲花生的徒弟，
是天神白梵天王之子，
是这南瞻部洲的国王。
我来自岭国赛巴部落，
父系乃天神后裔董氏，
是赛巴部落首领之子，
人称赛尔巴达嘎尼奔。

前年岭国部落的商队，
商人伙计共计数百位，
骡马驮畜财物无数个，
被无道木雅君臣所劫，
木雅玉则南杰的麾下，
无一智慧善良的臣工。
天下对手成千上百万，
可惜与花岭部落对敌，
犹如与阎王死神对峙；
可以祈求的神灵无数，
供养祈祷凶恶的龙族，
最终自身得黑色麻风；
大路朝天通往四方地，
非得在岩山之腰赛马，
最终会脑血四溅而亡；
可买骏马良驹无数匹，
唯有岭国驯服了野骡，
作为战马制伏无数敌。
富足的岭国天神部落，
八十位英雄豪杰之中，
巴拉噶德和丹玛三位，

是四方军队最高统帅，
是格萨尔大王的内臣。
正如你自己所言一般，
手持各种不同的兵器，
说着莫名其妙的话语，
陪伴你虚度漫长春日。
但是上品男儿的言语，
理当容纳天地和汉藏，
四面八方之事来比喻，
只为调解双方的纠纷。
惟有玉则南杰无奈何，
只能身家性命进献岭。
若有亲眷骨肉的情谊，
就立即向岭国投降吧，
可向天神起誓留性命，
绝不动用兵器伤生命。
花岭部落亘古的习俗，
凡是投降者皆放生路，
受灌顶则不违背信仰，
话语既出则不可更改。

听懂歌曲就立即投降，

不然则仔细思量所需。

尼奔唱罢，手持马匹缰绳稍等了片刻。此刻木雅玉则国王傲气冲天、愤怒异常，下身之血冲上身，上身气血冲脸庞，面部血液积入眼眸中，双目赤红仿佛要喷出浓烈的火焰，并龇牙咧嘴地将斩断三千世界的大刀拔出刀鞘，如疾风般纵马跑向尼奔。他将大刀砍向尼奔，但尼奔乃天神之子，拥有幻化虹身，刀枪无法砍伤。

玉则国王虽感觉奇怪，但也觉察到此人刀枪不入，于是他将刀放入鞘中，将袖管卷到肩膀之上，抖动着双臂肌肉，赤手扑向尼奔。这时尼奔达雅手持那条辛巴弥如孜的长枪，猛力向玉则刺去，枪头恰好刺中玉则的胸腔，十二条甲绳顿时被撕断，鲜血从枪孔喷涌而出。玉则王难以呼吸，误以为自己的肺脏已被挖出胸腔。但他也是英勇聪明之人，随即纵马转身逃回城中，两位大臣在守卫的帮助下急速关闭城门。

十

众臣迎国王入宫，眼见国王身受重伤，不知如何是好，也不好遣人迎请喇嘛、咒师和医生。大家商议是否请城中的喇嘛贡嘎楚登，或者请医生贡沃来诊治。于是老臣西饶说道：“大王的伤势看来无法治愈，老朽且有些想法说与大家，请王妃和内臣们商量。”他并做了如此规划：

唵嘛呢叭咪吽！
狂暴凌冽的赤色疾风，
地壕加深黄沙满天飞，
疾风吹乱野草声瑟瑟，
北风四起沙石爆裂响，
流淌谷底的潺潺河水，
冲毁黑土大地成断崖。
盗贼无赖的挑衅之语，
部落商议之时无助益；
积雪覆盖之下的干草，
不宜再做牲畜的饲料；
贪吃惩罚和判决三样，
对于教化民众也无益；
无道官员下品的行为，

对于来世解脱无助益；
恩情厚重父母的教诲，
伪善贪财喇嘛不能言。

在今年年初开年之际，
部众流亡遗失和逃散，
未听国王有任何计策，
祈祷祭祀天神也无用，
只是浪费食物和财富。
对乞丐无需施舍行善，
因如土匪强盗般贪婪。
旗鼓相当的英雄相遇，
不依律法习俗依胆识。
好比疾走的骏马良驹，
行走远途之时无脚劲；
满腹智慧的掌权大臣，
关键时刻根本无用处；
乞丐即使有满仓食物，
惰性只能坐吃待山空；
流淌谷底的褐色秋水，
日趋一日逐渐在干枯；

春日高山之巅的积雪，
阳光照射日见在融化；
部众百姓集聚的财富，
傲慢轻视地无度挥霍；
大雪覆盖天地的时日，
饥饿充斥人间是自然。
如今木雅遭难如何好？
可怜国王玉则南杰他，
无一出谋划策的臣下，
惟有无用的连篇废话，
等着张口吃饭的嘴巴，
再无行善品良的朋友。
插在城堡顶上的军旗，
被风吹动如人身颤抖，
实际未能成宫顶装饰；
手握重权的权贵人物，
有钱之时城池送他人，
父亲亡故却手足无措。
前年木雅劫杀岭商队，
今日兵临城下无奈何，
无人走出城门来迎战，

如此事态让我心痛苦。
有勇无谋的粗鲁莽汉，
自顾不暇险些丢性命；
欲驰急速的野性烈马，
马力不及远途鬃毛乱；
狂吠不止的哈巴土狗，
无法守门反遭被石击；
口出狂言的青年男儿，
自不量力喜欢说大话；
贪婪新鲜的轻浮女孩，
无法度生却伤及情人。
犹如天神之子的国王，
老朽的想法却是如此，
医生诊治顽疾的时候，
病人则不可逃离治疗；
接受上师灌顶的时候，
不可像货物相互赠送。
如今黑白分晓的时刻，
虽不能用绸缎裹头颅，
至少也用双手来覆盖，
大话空话和无用之语，

虽知需要暂时搁一边。
在明日黎明破晓之时，
对着我花岭天神部落，
有一重要之事做请求，
行得利他之事不可知，
但是国王王后和城堡，
能否保全我会试试看。
战争事宜慢慢做商量，
只要留住宝贵的生命，
财富自然相随而得来。
岭国的格萨尔大王他，
是能超度灵魂的喇嘛，
拥有菩提心的成就者，
对于三界六道的众生，
绝无亲疏远近分别心。
轮回中为母六道众生，
无一不是血肉之躯体，
我会向大王虔心禀奏，
留下城中生命和财富。
岭部落的君王和众臣，
均受封于上界的天神，

来帮助众生安居乐业。
傲慢嫉妒和愤怒三样，
为利众事业抛在脑后。
慈爱悲悯和禅修之行，
待看能否利他和解救。
世间众生各自有所需，
比如军士需要去杀戮，
凡间俗人则需要财富，
官员首领则需要忠诚，
天神需要众生的供养，
所需如此请仔细思量。

听懂此曲知国王旨意，
若未听懂且勿有错意。

西饶唱罢，那城堡中数百位僧俗百姓脸色苍白，目光痴呆，相互注视着，无一人说话。这时王后扎西央措嘴里说着：“对、对，是、是。”她双眼泪如雨下，嚎啕大哭，发髻蓬乱，双膝跪地地向着大王。大王因伤势太重，左臂已被斩断，胸腔有个大窟窿，好像窗户一般，能看到腹腔中的内脏，木雅王疼痛难忍，哭喊不停。

大臣罗哲西饶是位战功卓著、深谋远略、意志坚定的老者，此刻他起身说道：“大伙儿不要装聋作哑，有何计谋想法就此说出来。国王的伤势非常严重，性命危在旦夕，眼看着就要去见阎王了，看来国王的灵魂已离开了身体。如今我们只有一条出路，那就是向岭国投降，惟有他们才能救活国王。该如何做，众人速速做决定。”国王眼泪汪汪地看着大臣罗哲西饶，但未能说出半句话来。

于是罗哲西饶命令诺布顿雍和扎西珠嘉两位仆人，准备一百个马蹄银、一百片金箔、三条巨长白绸以及十三种奇珍异宝，把宝物装在木箱之内，驮在黑骡背上；他又命令守城军士挪开挡门的石头，带着两位仆人，牵着驮畜骑马朝着岭国大帐走去。此刻，岭格萨尔王预知木雅使者前来，便派丹玛和噶德两人前去接应。

俩人骑马走向前，看到罗哲西饶主仆三人缓缓走来，老臣罗哲西饶取下帽子，伸着舌头走到两位将军前说道：“岭国豪杰，我祈求能面圣格萨尔大王，希望两位行个方便。”丹玛说：“好、好。”并将主仆三人引到大王下榻的大帐之内。这时格萨尔王坐在中央的金座上，王储扎拉泽杰、尼奔达雅等将领依次排列在左右两侧。

老臣罗哲西饶脱帽行礼，磕了三个响头，从衣襟中取出一条白绸，进献在国王座前的供桌上，后退三步，双膝跪地，双手端放于膝盖上，面朝大王，唱起了这首投降的鸟雀落地之歌：

唵嘛呢叭咪吽！

鲁阿拉是歌曲的供养。

向众天神和乡神祈祷。

在半空云雾的庭院内，

住着赞神拉日南木宗，

地方神祇赞杰玛尔布，

命主泰让天神三兄弟，

祈求诸神保佑祖护我。

倘若不识这里啥地方，
东边山头是神木檀香，
是布谷鸟歌唱的地方，
牲畜繁衍盛产畜产品；
西边山头满是高山柳，
是凶猛野兽嘶吼之地，
是大鸟猛禽筑巢之地；
山顶是坚硬的片岩石，
雄鹿头长带茸的嫩角。
东部高耸巍峨的金城，
上下九层内外分三层，
在东门的吉祥光明殿，
是国王王后和大臣们，
举行欢乐的国宴之殿，
明亮通透的金色窗户，
镶嵌着珊瑚松石琥珀；
青色松石般的南城门，
门框两侧雕刻着青龙，
门旁有虎豹般的猎犬，

绿松石般青色的宫殿，
如莲花绽放般的窗户，
窗边镶嵌着玉石珊瑚；
前门用红色珊瑚镶嵌，
门框左右雕刻着孔雀，
门楣大鹏神鸟展翅飞，
红光闪烁的青铜窗户，
镶嵌着如鹿角的珊瑚，
形状宛如湖莲的珊瑚，
十三斜棂花格的珊瑚，
珊瑚之光照亮着衬垫；
北门是吉祥中央之门，
褐银打造的接吻双狮，
白银蛟龙腾空震天地，
十三扇褐银制的窗户，
镶嵌着珊瑚琥珀玛瑙。
城中奇珍异宝无数个，
还有神牛嘎巴如仁及，
神牝牦牛白色公种牛，
良驹有神马白鹅腾跃，
骏马有神骓白鹅飞翔，
是用不尽财富的宝库。

城中央金色的宫殿内，
有着金座银座青铜座，
红白檀香等木质宝座，
还有绫罗绸缎的衬垫，
红白栽绒垫子闪霞光，
藏汉蒙古各地的栽绒，
色彩不同争奇又斗艳，
不同地位职务的座椅，
裹着虎豹野兽的外皮。
城堡有东西南北四方，
中央的金色宫殿之内，
有着八根绿松石柱子，
有横卧的猫眼石房梁，
青白玛瑙的椽木枝条，
相互对称的金门银门，
镶嵌着珊瑚玛瑙琥珀，
内有五宝制成的梁柱，
金银铜铁锡等五金属，
天下宝贝尽数聚城中。
库中有猫眼石的花狗，
有肘长的青白玛瑙撅，
铁人银马玛瑙的犏牛，

绿松石的青色天女像，
各种造像材质皆珍贵，
此乃城堡之中的财富。
另外山间的矿藏资源，
有金矿银矿铜矿铁矿，
各种植被药材满山头，
都是木雅投降的献礼。

倘若不识我是何许人，
我住在西部白热玉宗，
木雅先王木泽拉赞他，
在我七岁时收为司膳，
并给我取名罗哲西饶。
在我二十三岁的时候，
先王驾崩凶兆频频显，
谷底饿狼连夜在嚎哭，
山间鸱枭白日在狂笑，
谷口狐狸低沉咕咕叫，
蓝色火焰四处在蔓延，
鬼神夜叉在嚎啕大哭，
那年玉则王年满九岁，

初登大宝座拥木雅国。
玉则虽非国王的本名，
借用此地护法玉则名，
号称玉则南杰天之王。
我今年一百一十三岁，
尝尽人间冷暖和无常。
去年岭国军队到来时，
我因年老无权没人理，
今年木雅玉则吃败仗，
那位称尼奔的岭将士，
险些摄去木雅王之魂，
如今众人无奈已绝望，
可怜王后公主无依托。
木雅老臣罗哲西饶我，
欲想临终修得真佛法，
祈求脱离苦海得解脱，
故此前来拜谒雄狮王。
今日方知念六字真言，
麾下双手所捧的宝物，
是世间无双的奇珍宝，
进献雄狮大王来托庇，

祈愿引导我来世之路，

并能拯救玉则国王命，

孤儿寡母无需生离别，

还请大王慈心能恩准。

另外在白岭部落当中，

医生巫师祭祀安神者，

若有请您速速赐给我，

我以赤诚之心做祈求，

绝无二心以天神为鉴。

若歌有错意敬请谅解，

若觉得是空话我忏悔，

请雄狮大王谨记心中。

罗哲西饶唱罢，看到雄狮大王面带微笑注视着他，他心中万分激动，眼泪夺眶而出。雄狮大王诺布占堆说道："哦呀，这位白发苍苍的老者，您年事极高，懂得黑白善恶之分。俗话说得好，老人嘴中有勇气，肉上就有脂肪。我花岭天神部落，不愿与人结仇，投降归顺者，则认为是英雄豪杰。与白岭部落为敌，实在自不量力。好比绝症患者无法医治，前世业缘无法阻挡，苍老皱纹无法抹去。白鬓老者，倘若您所言皆为真实，表明您虔心向佛。若他玉则国王能诚心归顺，依托三宝，供养僧侣，善待弱小百姓，言行能够一致的话，其余诸事则可以慢慢商量。"说完顺便看了一眼超同。

叔王超同则心生一串怪异的念头，心想：调解纠纷之时需要老人，赔偿命价之时需要老马，屠杀牲畜之时需要老牛，看来今天这关键的时刻，大王需要我老者来出谋划策。于是叔王让原本赤红的脸变得更加严肃，抖动着双眉和胡须，双目环视四周，捋着胡须，一副若有所思的模样。过了片刻，叔王看到众人未发一言，又想：倘若今日我不把自己的想法告之于众，他们就不知道我的智慧到底有多深，今日非说几句大道理不可。于是超同开口说："大家且听我说，撼动高山需要大地的力量，阻挡河流则需要大山的承重，成大事者需要广阔的胸怀。"于是他将这首狂傲之歌用自胜灼热之调唱道：

唵嘛呢叭咪吽！
歌唱阿拉阿拉和阿拉，
请您加持引导我的歌；
塔拉是承载大乘之歌，
是清净修习参禅之歌，
获得大乐解脱的歌曲。

供养祈祷上界的天神，
在永恒不变的天空中，
天神达拉美巴请明鉴，
雍仲次旺仁增请明鉴，
苯教众上师和喇嘛们，
今日到此庇护超同我。
大神马头明王请明鉴，
请降伏妖魔铲除厉鬼。

倘若不识这里啥地方，
是木雅玉则王的故地，
是汉藏两地的交汇处，
木雅金色城堡的附近。
请听于我说白鬓老臣，
您是两代国王的元老，
又是玉则国王的内臣，
理当不会说谎来欺骗，
并将无奈请求和希望，
与雄狮大王如实禀报，
并非空穴来风说假话。

倘若不识我是何许人，
天神后裔紫面董氏族，
第二代花岭人有三子，
犹如华盖宝幢和飞幡，
是天神护法齐聚之根；
上师学僧和比丘三个，
总能遇到善良的施主；
父亲母亲和叔父三个，
儿孙满堂家中人丁旺；

草木花朵繁盛的大山，
总有野生动物密集此；
有了官员大臣和部众，
才能形成村落和山寨。
富足的花岭天神部落，
有上岭中岭下岭之分，
总管王、超同和僧伦，
是花岭三部落的中轴。
南瞻部洲的雄狮大王，
是我叔王超同的侄儿。
我是达戎部落的首领，
天神马头明王的化身，
深懂密宗毒咒和巫术。

话说木雅岭国做和解，
不知两国三年的战争，
是否伤了彼此的和气？
此前木雅不但不投降，
侮辱岭的话语如臭屁，
刀兵相向死伤无数人，
玉则妄语誓死不低头，

两国死伤从来未间断，

如今玉则还未见阎王，

你等又何必前来投降？

木雅金色城堡和矿藏，

即使未献也唾手可得，

今日贡献也未必领情，

天下富人积聚的财富，

遇见阎王之时带不走，

是否如此请仔细思量。

你这白发苍苍的老人，

今日口出狂言说大话，

原本献媚讨好的财宝，

并非用来进献而炫富，

即使进献财宝也无益，

放你等生路或取性命，

长则一月短则两三天，

是否如此请拭目以待。

倘若不识超同是何人，

有两面鼗鼓般的性格，

愤怒时候如马头明王，

岭国叔父中的第一人，

是八十位英雄的精华。
倘若没有所需的财宝，
上师弘扬佛法是空话；
倘若没有巫术和毒咒，
所谓幻化之术是空虚。

听懂歌曲请铭记于心，
未听懂也不再做重复。

超同唱罢，其眉毛和胡须如火焰般往上冲着，双目怒视四周，如英雄豪杰般威严地看着众人。此刻，雄狮大王格萨尔面不改色地说道：“叔父所言甚是。春暖花开之日，不知冬的严寒；没有心胸远见的普通女子，不懂得选择好夫婿；贪婪无道的部落首领，不懂得以因果善待百姓；嗜杀恋战的莽夫，不懂得思考前因后果。昨日清晨，岭国众英雄出战之际，片刻间控制敌人五官的是这位满腹幻术的英雄叔父。在上部神界，你们是否真有八万四千位天兵天将；那位天神噶饶旺秋，法力到底如何，我觉如也有所知。此前玉则南杰王说要逃到噶饶圣地，纵身飞到天上，但未看到任何天兵天将前来助阵。他供养的护法天神，急需之日也如彩虹般消失于空中。”格萨尔王对着木雅使者，莫说以菩提之心，仿佛以雷霆之怒、震慑三界之姿，将介绍善恶因果之歌用六变神鼓曲唱道：

唵嘛呢叭咪吽！
阿拉唱于空性的法界，
请赐予深奥佛法成就，
塔拉唱在极乐世界中。

持有无明错乱恶业者，
万世游荡轮回的灵魂，
背负如山沉重的罪恶，
平日从不行善和积德，
临死之日心中生恐惧，
无奈仰望天空是虚无，
除了日月星辰无其他。
半空腾着乌云和青龙，
倾盆大雨只降天地间，
无垠广袤大地苍茫茫，
唯有朝天大路通四方。
一生行恶深重的罪孽，
只能堕入深渊的地狱，
深受寒暑冷热之苦难，
孤独一身无人可托庇；
首领叔父兄弟和朋友，
生前故人无一能帮助，
无一人能够借还财物；
共生的配偶和子女们，
无人能够陪伴受罪刑；
弱小无处托庇求保护，

官员无处行权发号令。
此后过了三天又三夜，
阴森阎罗王殿显心中，
即使眷恋尘世也无益，
只能一人赤身空手走。
再过三七二十一天后，
心中满是恐惧和厄难，
除了上师无人能帮助，
唯有佛法能解脱轮回。
万丈地狱是唯一去处，
牛头马面地狱的小鬼，
时刻前来威胁和恐吓，
时有砍杀吞噬的危险。
活在阳世人间的时候，
倘若行善积德做好人，
虔心供养天神和上师，
慈心悲悯施舍与他人，
生养自己的乡神护法，
所示黑白石子不相等。
对于手持刀剑的恶人，
用最凶残的武力对付，

阎王殿中善恶的秤砣，
所行善恶之事公平称。
倘若之前杀伤害性命，
吃食血肉罪孽深重者，
面色赤黑嘴里喷毒液，
背负黑色大山难移步，
黑色石子堆积如小山，
到时追悔莫及也无益。
无人劝解行善做好事，
无法念诵六字真言经，
天神上师也不能解救。
即使诵经念佛也无用，
欲想逃离无路可以走，
即使躲藏无处可容身，
浑身上下疼痛难忍受，
寒冷饥饿酷热和疼痛，
时刻侵袭周身不能躲，
度日如年时间难煎熬。

倘若不识我是何许人，
前世是白梵天王之子。

有一天莲花生到天庭，
向父王白梵天王请求，
以善恶因果之理说教，
祈求了七天又七夜后，
父王断然拒绝了大师。
于是过了七天又七夜，
因为毒咒和巫术之故，
白梵天王明亮的宫殿，
被黑暗笼罩整整七日。
最后父王无奈作妥协，
令我下凡投生为人类，
供养天神上师来加持，
保护藏地正统的佛法，
于是投生凡间化人身。

木雅国王玉则南杰他，
所作恶行难容天地间，
从未诵经念佛行善举，
人生短暂五十七年中，
未曾遵守汉地的律法，
四处烧杀劫掠度生命，

无端杀人鲜血满山谷，
阻拦汉地茶商到藏域，
害得藏人从此没茶喝。
雪域藏地珍贵的宝物，
鹿茸麝香熊胆和兽皮，
冬虫夏草和藏红花等，
珍贵药材和各种瓜果，
在南瞻部洲的大地上，
唯有藏区物产最丰富，
此等又是汉地所需物，
可惜又被木雅阻拦了。
他是搅乱村寨的恶棍，
犹如瘟神传播着疾病，
周边邻国不和睦相处。
六年前与岭部落为敌，
十位商人和五十伙计，
数百匹骡马驮畜牲口，
前往下部汉地去经商，
建立汉藏通商的桥梁，
回程途经木雅国境内，
木雅达者多通商口岸，

二十三名木雅的劫匪，
强杀劫掠岭国的商队。
岭国木雅交战已三年，
狼烟遍地尸首满山谷。
春回大地春暖花开时，
冰雪融化大地暖洋洋。
人心邪恶如魔鬼罗刹，
倘若信仰佛法念慈悲，
定能人性善良生活安。
白岭部落大军到木雅，
围绕九层金色的城堡，
里外三层皆是人尸体，
木雅玉则命比铁坚硬，
皮肉之伤岂能伤他命？
怎肯心生恐惧来投降？
老者您是智慧的宝库，
满嘴智慧言语来诈降，
内心则如沸腾的毒水，
是否如此唯有您知晓。
如今无需折腰来请求，
叔父所言亦是我旨意，

岭国君王大臣和将领，
所言所行从来就一致，
基本国策丝毫不动摇。

听懂歌曲请谨记于心，
未听懂就不再做解释。

大王严厉斥责木雅来使，那老者起身又磕了九个响头，又跪地祈求，说道：“阿吱吱，喇嘛仁波切，转山能走能停，祈求上师可说可听，请上师容老朽说三句。”于是罗哲西饶唱道：

唵嘛呢叭咪吽！
用亘古不变母语歌唱。

心生似是而非的幻觉，
高矮长短实在难决断。
向上禀报才下达命令，
对人施舍才能有回报，
供养物品才施护身符。
太阳升落冷暖不均衡，
恩赐与施舍他人财物，
是妄想空话能成财富。
怀恶意的希望和祈求，
即使如愿也毫无价值。

宽广而且深邃的河流，

永远不会有断流那日；

照射高山之巅的太阳，

非但不能取暖人更冷；

喜欢无事生非的配偶，

并非终生伴侣是冤家；

贪婪野心的买卖伙伴，

非能盈利只得赔本钱；

脚力迟缓的年迈老马，

不是坐骑只能是伴当；

妖魔供奉的天神护法，

并非怙主是害人邪神，

邪神恶魔时常伴身旁，

寿命福报运气和气数，

非但上升厄运常相伴；

爱憎好恶和野蛮之心，

口蜜腹剑之人常使坏；

时常游荡城镇的姑娘，

甜言蜜语套问别人话，

最终心怀恶意乱家庭；

无知狡猾两面的女人，

哭笑两用诱惑男人心；
羽毛花色的邪鸟鸱枭，
白昼窝在巢穴夜间飞，
只为吞噬弱小的鸟儿；
贪污腐败的部落首领，
时常恶言呵斥着百姓，
最后部众则一贫如洗。
两国交战百姓不安宁，
人性丑恶习性尽外露，
善良品性遭遇到践踏，
最后双方都两败俱伤。
天下大乱人无纲常时，
世间众人不分善与恶，
行恶使坏不良的品性，
最终使得自我遭毁灭。

那么伟大的天神之子，
老朽虔心向您做祈祷。
野兽穿行的崇山峻岭，
山顶是雄狮傲立之地，
如天雷般的凶猛狮子，

绿色鬃毛茂盛的时候，
不知深浅嘶吼于他界，
积雪终被太阳融化时，
鬃毛陷入泥潭无人救；
栖居大山的神鸟大鹏，
山顶伸展翅膀羽毛竖，
其余鸟禽无法比翼力，
凶残邪恶吞噬小生命，
最后火烧大山无处躲，
巨翅不宜飞翔被火烧；
木雅国王玉则南杰他，
身强力壮精力旺盛时，
在天竺汉地藏域之间，
打家劫舍又阻拦客商，
过往路人心惊又胆战，
盗贼土匪行径世人叹，
幻想天下依然会太平。
犹如大海般村落之中，
宛如大鱼般的大臣们，
不知凶险游荡到海边，
不慎被贪婪渔夫勾去。

木雅国王玉则南杰他，
褒奖劫匪又颂扬盗贼，
最后招引强敌来讨伐。

富足的花岭天神部落，
原本无意与木雅为敌，
但是汉藏两地的商人，
互通买卖有二十三载，
如今突然阻断了桥梁。
藏地的兽皮奇珍异宝，
冬虫夏草等珍贵草药，
已阻断运往汉地通道。
国王所言句句是真言，
汉藏之间的自由商道，
彻底阻断已有了数年，
这是事实还请您谅解，
老朽起誓从此不再有。
在这九层金色城堡中，
住着数百名男女老少，
并非身怀绝技的英雄。
好比禅堂大门被雪封，

不得不安心禅定修行；
鸱枭遭遇鸟群的围攻，
不得不守住巢穴静待；
土匪强盗打入监牢中，
不得不装作弱小可怜。

今日起国王玉则南杰，
以及王后雍萨拉珍玛，
生死天命到底是怎样？
如何处决投降的俘虏？
古人谚语说得非常好：
穴熊原本不属野兽类，
獾皮从不用来当坐垫，
即使龇牙咧嘴露凶相，
终成无尾地鼠的口食；
女子心无勇气和胆识，
即使身披铠甲持兵器，
也无法看成英雄豪杰，
怎能打得胜仗立战功？
犏犊且能所作是牲口，
看似犏牛但无法挤奶。

毛驴怎可认作是骏马?
无法驰骋疆场做战马。
白岭部落八十位英雄,
木雅小国四十名勇士,
看着相似实际不能比。
木雅国王大臣和百姓,
把特布让供养为天神,
最终只能使他害自己;
听得乞丐所说的言语,
能让富人也变穷光蛋。
木雅国王王后和大臣,
祈求大王以慈悲之心,
放条生还之路给他们。

老朽嘴中所讲的话语,
部众百姓定当会实现。

那老者又做了如此请求,雄狮大王格萨尔说道:“哦呀呀,你这顽固不化的老头,既用甜言蜜语来欺骗我们,又显得彻底绝望,即使你所言句句属实,这等大事并非是我一人所能裁断的。这白岭天神部落,有大山般威严的叔父,有上师和首领,有巫师和卦师。关键时刻,他们会预示神谕。上岭赛巴氏族有八个部落,下岭穆江氏族有四个部落,中岭文布氏族有六个部落,玛域地区有十八个部落,在每一座村寨部落旗下,都有一支千人军队，此等大事必须要与他们仔细商议。你这老人实在太顽固，你带来的金银财宝和绫罗绸缎，本王不需要，请你回去奉还给木雅国王。多言也无益，请回到宫中，告诉木雅国王：平日足智多谋的大臣和独当一面的英雄，父亲死亡时变得束手无策；脚力急速的骏马，在广阔的平原上看似会被风吹走，在山关垭口马蹄难踩石子；能显法身的佛菩萨，供养在寺庙殿宇之时，见到金银财宝和绸缎，犹如展翅的大雕般疾飞过去，但亡灵坠入地狱之时却无踪影。是否如此？苍白的老人，你无需多言，即刻回城去。我格萨尔王一言既出，驷马难追。嚎啕大哭，则痛苦难消；双脚无力，挥手也无益；口无吃食，咽下口水也无用；若无娇容，即使洗澡也无用；若无知不明，即使敲打暗示也无用。还请老者仔细思量。”

于是，老臣罗哲西饶说道：“大王息怒，大王所言句句是真理。首领面带怒色，是为了识破欺诈者；喇嘛口诵咒语，是为了降伏妖魔；父母省吃俭用，是为儿孙积聚财富。老朽这就回去，我带来的驮马财宝，是诚心进献给国王陛下的，老朽就不再带回去了。”说完后他退一步，叩头起身，带着两名侍从走出大帐，准备骑马离去。

这时擦香丹玛香查对众人说：“呀呀，大王有令，丹玛我和噶德、叔王超同、穆江王子扎巴、赛巴首领五人，带领数百名侍从，去木雅国王的城堡，探看一下情况。倘若是诈降就杀敌屠城，倘若诚心投降，就点数木雅财宝。虽不是我岭国贪财，若要大赦城中百姓，用财宝赎命也是常理。好比亡灵坠入地狱时，人少喇嘛则高兴；两国交战之时，死伤少则将领高兴；两军混战之时，言语少则将军高兴。让三位来使带路，去木雅城堡。”说完喊他们三人过去，老臣想着是否有其他旨意，便躬身走入帐篷，有人指着毛毡叫他入座。

岭人享受完茶水酒肉的飨宴，仔细商量入城后种种事宜。丹玛为首的五位英雄率领一百三十名骑兵，由三位使者带路往木雅城堡方向走去。众人走到西城门前，敲门三下，守卫挪开巨石打开城门，有几个人牵着岭国五位将领的马绳，其余守卫内侍躬身弯腰，双手合十。守卫领着他们到城中八瓣莲花宫内，老臣罗哲西饶、诺布顿珠、扎西珠嘉三人走到国王和王后居住的宫殿内。

这时的国王疼痛难忍，嘴里一直喊叫不停。王后、公主和侍从们在国王左右流着眼泪，小心地服侍着。老臣罗哲西饶走到国王面前，如实地禀报了雄狮大王格萨尔的旨意，但是国王无法开口说话。于是王后说："恩重的大臣，既然岭国将领来到了城堡之中，我即刻去面见。"她急速准备玛瑙、红宝石、金银、绿松石等两箱宝贝，带着男女仆从来到八瓣莲花宫殿中，王后向岭国众将领叩头问好，并拿出一条白色绸缎放在丹玛前，将请求放生之歌用哭声江河奔流之调唱道：

唵嘛呢叭咪吽！
我用歌曲来供养天神，
乡神、阳神和女神们，
用高尚优雅的歌供养。
天神和护法神保佑我，
心胜善良的祈求愿望，
祈愿能无碍顺利达成。

倘若不识这里啥地方，
是木雅玉则王的宫殿。

倘若不识我是何许人，

我出生于富饶的汉地，
达者多和西宁的商人，
互通贸易做商品买卖，
其中有汉商洛桑尼玛，
妻子称加萨拉珍央吉，
二位是我的生身父母，
我的家族清白而高尚。

听闻古人谚语这样说：
布谷鸟犹如妙龄少女，
因为布谷鸟没有故乡，
清脆的歌声就是故乡；
年轻的姑娘没有故乡，
遇到终生相伴的爱人，
他是姑娘唯一的归宿；
犏母牛犹如姑娘一般，
纵有主人也不能休息，
田间地头就是它故乡；
骏马良驹也如姑娘般，
纵有家乡也不能驻足，
唯有金色马鞍是故乡。

我的命运也如它们般，
商人扎西珠嘉拉达他，
带领着十五位男伙计，
带着彩礼来到了汉地，
要求我嫁给木雅国王。
在木雅的二十年当中，
生有一子称达杰平措，
生下一女称美朵拉孜。
美朵拉孜嫁到了姜国，
达杰平措如今在汉地。
现在膝下有两个女儿，
大的十三小的有十岁，
怀胎十月的亲生骨肉，
实在心疼难以做割舍，
对于相伴一生的丈夫，
当然也会疼爱和保护。
可惜恶行太多为其一，
听信奸臣谗言为其二，
从不信奉佛法为其三，
膝下无缘智慧的儿子。

汉人有着这样的谚语：
配偶坐骑和被褥三样，
无法选择只能随缘来；
衰老的皱纹无法抹去，
前世的业缘无法躲避，
抛出的石头无法收回；
人的福气在高山之巅，
并非挥手能招致过来；
饥饿灾荒在双脚之下，
并非猛力踩踏能消失；
人生各有苦乐与好坏，
皆由前世业缘来决定；
出生衰老病灾和死亡，
都将写入阎罗的黑牌。
在以前美好的时代里，
从花岭天神部落之地，
来了数百名商人伙计，
途经木雅之时被劫杀，
所掠财宝送到王宫中。
国王贪财无道为其一，
王后轻浮无德为其二，

大臣奸邪狡猾为其三，
不计后果肆意而妄为。
最近两年零三个月里，
两国交战死伤无数人，
木雅的恶行已遭惩罚。
倘若前半生辛勤劳作，
后半生则会丰衣足食；
生时只知行恶不从善，
死后定会坠入到地狱；
倘若不听父母的箴言，
此生只能沦落成乞丐；
倘若不听上师的教诲，
死后堕入地狱受煎熬；
倘若不说真实的话语，
就不懂得辨别那谎言；
倘若不懂得施舍财物，
必定是吝啬可怜之人；
若不秉持高贵和善良，
来生定会堕入恶道中。

玉则国王权势比天高，

上有天神护法的保佑，
下有百姓部众的爱戴，
即使强盛的汉地君王，
也无法抵挡木雅军队。
信仰佛法的天竺国王，
教诲慈悲心也未感化，
没有坚守谛语的根本，
雪域藏区盛行着佛法，
良臣进言不可以杀戮，
可惜双耳无法进良言。
双目两耳等健康五官，
犹如盛夏草地的花朵，
只听蜜蜂昆虫的歌唱。
盛名权威财富等外因，
致使国王不听他人言，
那些抢来的岭国财宝，
即知不宜收纳也不管。
两国交战的初始之际，
整顿军备又招募兵马，
群臣个个是英雄豪杰，
满腹计策满轮的智慧，

最终国王险些丢性命。
前日在南城门拐角处，
有位身穿金甲的勇士，
犹如罗睺从天而降来，
金色光芒如赤日高照，
身躯宛如雷电般灵敏。
遇到这位英雄豪杰后，
国王的生命犹如经幡，
被四季的狂风所吹断，
浑如夏季泛滥的河水，
彻底冲毁两岸的堤坝。
如今国王只剩半条命，
恳求心怀慈悲的神子，
请以善恶之心来解救。
在这座木雅城堡之内，
所有老少中幼的女人，
以及国中数百万百姓，
还请放他们一条生路。
向寺院布施和斋僧茶，
便有不可思议的功德。
木雅遭受战争的灾难，

已过了三年苦难日子，
倘若此番还不能解脱，
真如身处十八层地狱。
祈求超度上师格萨尔，
犹如比丘的英雄豪杰，
木雅国必定履行诺言，
所有财富城堡和矿藏，
从此世代归岭国所有，
请用怜悯之心加持我。

倘若有错意请您谅解，
若觉得是空话我忏悔，
诸位天神之子怜悯我。

王后如此请求后，岭国五位将领相互注视，沉默片刻，丹玛看了看叔王超同，便说道：“一座城堡，倘若没有城门就是监牢；若无诚心，即使讲经佛法，也毫无益处；若想行善，则需要善良的品性。木雅玉则国王，临死祈求魔鬼，饥饿时树皮看成肉食，寒冷时误认土地石头为衣服。现如今他木雅玉则有什么想法和痛苦，若不亲自讲述，恐怕难饶其性命。”

接着叔王超同说：“木雅玉则国王是无赖，算不得人。以前常听人说起他是顶天立地的男子汉，如今不知是死是活，且把他押到这里让我看个究竟。”王后泪如雨下，挪步退后，被叔王看到，说：“将那怨妇拉到这里来。”王后悲痛欲绝中听到“将那怨妇拉到这里来”，心想：这是关键的一句话，看来他们不会杀我们。

于是，王后急忙跑到国王的寝宫，让四个仆人连床一起抬着国王走到岭将领前。那国王只剩半口气，王后和仆人左右搀扶着。此刻，叔王超同口诵咒语医治国王的伤势，演唱了一首咒语之歌：

唵嘛呢呗咪吽！
歌唱忿怒明王的心咒，
拥有无边法力的天神；
在明净永恒的天空中，
天神达拉美巴请明鉴；
坐骑是纯洁的白雄狮，
抖动绿色鬃毛的咒师，
具有护持的众护法神，
今日到此保佑协助我。
神力法术和幻化之术，
犹如掌纹能清晰可见。
紫红色的三角宫殿中，
天神马头明王请明鉴，
百万侍从围绕其周身，
守城的男女忿怒明王，
恳请诵咒施法协助我。
如天神上师敦促学僧，
如牧人驱赶牛羊牲畜，
如疾风吹着野草花朵，

如江河奔流山谷之间，

且勿散逸到此帮助我。

向三百六十天神祈祷，

向苯教顿巴辛饶祈祷，

向雍仲次旺仁增祈祷。

位于东方的金刚空行，

胯下坐骑是白色雄狮；

居于南方的珍珠空行，

胯下坐骑是斑斓猛虎；

住在西方的莲花空行，

胯下坐骑是大鹏神鸟；

位于北方的羯摩空行，

胯下坐骑是神龟大王；

天空中央的佛陀空行，

众菩萨围绕在其周身。

天地形成之际的众神，

永宁地母十二尊请鉴，

二十一位大居士请鉴，

世间九尊天神请明鉴，

七十五位怙主尊者鉴，

阳神战神和护法神等，

今日众神前来辅助我，
施用法术咒语来助阵。

今日需四十九位身神，
需要辅助我切勿散逸，
彻底消除玉则的魔心，
加持上品妙善的心性。
如今木雅玉则南杰他，
气息在内外呼吸之间，
内呼吸中又寒热交加，
血肉模糊骨头有断裂，
这是护法天神的惩罚。
法力威猛的护法本尊，
请您制伏妖魔和鬼蜮，
消除周身的疼痛病灾；
请药师佛加持于玉则，
消除心中的怨恨苦恼；
金刚手菩萨加持玉则，
保佑谈吐流利无障碍，
加持周身功业得圆满。
这黑妖魔的血肉之躯，
引入上品善业的道中，

断裂粉碎的肉骨之身，

消除病灾疼痛得幸福。

咒语“唵啊誓”加持，

无量佛祖加持于玉则，

天神的圣水能净化你，

消除污秽病灾的邪气。

接着妖魔的血肉之躯，

外呼吸调匀外经动脉，

内呼吸恢复心脏动脉。

人体气脉随处有佛性，

虔心修定三身得加持。

超同唱罢，诵咒施法，急速请来众罗汉天神，超同“噗、噗”地从嘴里吹气，向木雅玉则吹了九口气，又从头顶吹到脚跟，一致“噗、噗”地吹气，左手持豰鼓，右手摇着铃铛，又吹了九次胫骨号筒。超同将右脚放在木雅玉则的头顶，在众天神护法本尊的辅助下诵念消除病灾的咒语，念道：“唵啊誓，九世遍主金刚持，无病无灾得大乐圆满。唵巴杂玛哈卓德哈呀哲瓦怙鲁吽呸。”

过了片刻，玉则国王瞪大眼睛，嘴里猛吐一口气，两个鼻孔中爬出两条黑色的毒蛇，毒蛇顿时像飞鸟般不知踪影。超同从玉则国王的喉咙里揪出一只黑色大鸟，那鸟长着铁爪铜嘴，有八岁孩童一般大小，急速藏于他的膝盖之下。这时，宫殿中到处是玉则恶臭的味道，岭国将领差点呕吐。

此刻，文殊菩萨的化身扇了他三个嘴巴，木雅王得到了净身加持；千手观音来灌顶，稍过片刻后，木雅玉则国王的魔心感化成神，浑身疼痛顿时消失。这时他看到上部天界的众天神来到他的面前，立即双手合十，祈祷六道轮回中的众生能脱离苦难得极乐，身上的伤口也随之愈合。他感到无比喜悦，于是双膝跪地，唱起祈祷加持之歌：

唵嘛呢叭咪吽！
用歌声颂扬伟大天神，
以前的乡神和护法神，
凶恶残暴指使行恶业，
是黑色疾病的传播者。
心性邪恶的狡猾战神，
是阴间地狱的领路人，
轮回九世人身遭苦难。
此前的乡神切莫嫉妒，
今日供养的阳神战神，
有着善品佛法的加持，
能够消除疼痛和病灾。
这是梦境还是真存在？

这真实的血肉之躯体，
死亡边缘拼命挣扎过，
看到阳世无存活之命，
身体腐烂臭味满宫殿，
口进食物也不知味道，

身穿衣服看不出美丑，
浑身疼痛手脚无法动，
呼吸急促心肺似爆裂，
全身滚烫如被烈火烧，
对于皮肉自己无感觉。
如此痛苦煎熬十四天，
并非疾病缠身可死去，
疼痛难忍身在地狱般，
死活两难之时最痛苦。

在未满十三岁的时候，
不知何为善恶和好坏，
那时木雅的部众百姓，
说有一位英雄的后嗣，
身怀六艺无人能够敌，
福寿绵延权威比天高，
身材高大威猛如虎豹，
年少气盛傲慢又无礼，
一般男儿从不入我眼，
路人见我点头又哈腰，
或者远处绕路躲着走。

后来恩重如山的父母，
说要立我为木雅国王，
权势财富皆归我所有，
成为金色城堡的主人，
挑选自己喜爱的大臣，
只吃自己喜爱的食物，
只穿滑柔的绫罗绸缎，
佩戴人间的奇珍异宝，
金座之上还要配坐垫，
远近路途都要骑马行，
城内皆是侍从和司膳，
年轻貌美的漂亮女人，
但凡入眼的尽情享受，
一直随心所欲生活着。
王后嘉萨拉吉美多珍，
虽非依父母之言娶来，
是我明媒正娶的发妻。
我麾下有四十位英雄，
有十五位智慧的大臣，
关键时刻无一人能用。
我没有善恶因果观念，

见到天神喇嘛就生气，
听到念经诵佛就恶心，
遇人手持经轮就头疼。
在我统治的木雅国中，
不能穿绛红色的袈裟，
不可广做佛事行善业，
我的心比天空还要高，
凶残如罗睺星宿一般，
深邃难猜如汪洋大海。

从前天神上师有神谕，
六十三岁之前无灾难，
权威福寿不会遇坎坷，
且英明会享誉天地间。
展翅翱翔天空的老鹰，
唯有吞噬骨头来生存，
滑落地面时脑血四溅；
木雅国王玉则南杰我，
如那遮住阳光的乌云，
恶名传遍藏汉蒙三地，
一直听信奸臣的谗言，

最后险些命丧黄泉中。
岭国叔父上师和神子，
来到这金色城堡之中，
对我略施咒语和法术，
全身伤势疼痛已消除。
前日与人交战的时候，
身穿金色铠甲黄面人，
不知道是岭英雄尼奔，
误以为是岭格萨尔王，
傲慢无礼如毒蛇卷曲，
差点丢弃了自己性命。
今日无病无灾苦难消，
是天神和上师的加持。
岭国叔父活马头明王，
如此伟大上师无处寻，
即日起虽九死也无憾，
从此心中记挂超同王，
叔王有何命令可以下，
我与木雅唯你命是从。
岭国数百万男女老少，
全是活菩萨和顿悟者，

不然何处有如此能人？
看这被斩断的右肩膀，
如今无一点疼痛之感，
刀疤痕迹丝毫看不到，
好比巧手工匠所修复。
木雅国王王后和内侍，
从此归白岭部落所有，
此生做牛做马来报恩，
即使粉身碎骨也无憾。

祈祷能见上师格萨尔，
将木雅所有百姓部众，
草山耕地和野生动物，
矿藏资源及所有财富，
尽数献给上师格萨尔。
如今我甚感愉悦轻松，
心中痛苦丝毫不存在，
我已无敛财聚财之苦，
也无饥饿寒冷的苦难，
哪有比我更幸福的人？
今日之歌从此不改变。

玉则国王唱罢，潸然泪下，叩头祈祷，进入三定生起次第状。岭国英雄们向他洒圣水，以千佛之法来熏其身体。这时，丹玛从虎皮坐垫上起身，做了这样的安排。他说道："如须弥山一般的叔父，需要集聚军队；如三世佛般的上师，需要集聚学僧；如鲜花般娇嫩的孩子，需要父母甘露恩泽。岭国君王大臣和叔父兄弟们，个个身怀绝技，拥有超强法力，但其身如常人般，并非三头六臂，身语意有托庇。岭国兄弟，切莫耽搁时间，急速派遣一人去禀报大王，三天之内务必授命回城。你们这些邪恶的国王、王后和孩子们，从此恶业之霜已融化，善业的太阳照射你身。命你们立即积聚这城堡中所有的财物，今日下午之前我有话要说。"

老臣罗哲西饶说："呀！速速击鼓摇旗，命令城堡中除了孩子以外，八十岁以下的所有人聚集到宫殿之内。"片刻间，宫殿中坐满了人，丹玛看着众人，心想：倘若找不出外道贡巴惹杂和巫师们，恐怕不太吉祥。于是丹玛将命令众人的歌曲用塔拉六变之调唱道：

唵嘛呢叭咪吽！
歌唱阿拉塔拉是阿拉，
阿拉乃是上师仁波切，
寂净的三世佛祖之镜，
指引轮回六道向佛法，
塔拉是大乐奇妙之歌，
利益众生之事能圆满。

上部天界之下部地狱，
自天地形成创世以来，
但凡人畜呼吸的生命，

祈愿众生无苦得大乐。
向天神白梵天王祈祷，
向年神古拉格祖祈祷，
向龙神祖拉仁青祈祷，
请众神指引丹玛之歌。

这金色的木雅黄金谷，
早前属于朵麦的地界，
巴塘理塘和澜沧地区，
黄霍尔和巴达霍尔等，
实际上隶属藏地所有，
信仰佛法宗教皆相同，
受戒修定行善和祈祷，
所有宗教行为均相同。
虽然衣帽鞋履各不同，
信仰行为和习性相同。
木雅国王玉则南杰他，
拥有三万个村落百姓，
分别化成四十个部落，
四十部落分东南西北，
所有臣民投靠黑妖魔，

毫无善恶黑白之区别，
吃的食物根本无营养，
穿的衣物无法挡寒气，
即使知道也无可奈何。
这座金色的九层城堡，
威严壮观盛名传天下，
还有四十位英雄豪杰，
勇猛凶残却毫无智慧。
从前他们种下的恶因，
今年果实成熟遭报应。

倘若不识我是何许人，
在雪域藏地丹龙地区，
有丹热曲热萨热部落，
我来自曲热拉康仁姆，
名称叫擦香丹玛香查。
唱曲为塔拉六变之调，
能够射杀阴间的阎王，
是岭国八十英雄之首。
在座各位臣下和百姓，
木雅的喇嘛卦师巫师，

久负盛名的三位圣人，
今日怎么没有看到呢？
喇嘛贡巴惹杂为其一，
阿曲哈日那布为其二，
卦师萨特贡西三个人，
现在何处谁能告诉我？
还望各位如实做答复。
今日城中百姓齐聚此，
主要询问三人的去处，
三人绝无翅膀飞上天，
也无利爪钻入土地中，
倘若有谁欺瞒和窝藏，
定会受到严厉的惩罚。
并往各处遣使发信函，
各部首领急速到王城。

若听懂丹玛所言属实，
未听懂只当口爆粗口，
众百姓最好铭刻于心。

丹玛唱罢，城中百姓相互注视，谁也无法说出这三人下落。这时，老臣罗哲西饶说："啦索、啦索！仁波切，虽然肉眼看不到他们在哪里，但也如掌纹般清晰可见。喇嘛、学僧和施主，不可相互揭短谩骂，那是古老的传统。”于是罗哲西饶将讲述喇嘛、卦师和巫师去处的歌用无秘肺腑之言之调唱道：

唵嘛呢叭咪吽！
无需说有无真假之理，
世间万物相互皆依存，
无需多说空话和大话，
关键时刻无用就无益。
犹如狂风吹起那黄沙，
赛过骏马但却无法骑；
犹如天空无际空荡荡，
即使凿刻画画无痕迹。
真切存在的历史事实，
倘若关键时刻不说出，
犹如绚丽的五色彩虹，
即使亮丽无法穿在身；
金银珍珠等宝贵财富，
倘若饥饿之时未能用，
临死贪婪魂魄眷恋物；
国王王后和大臣三位，
城堡之中的珍贵财物，
倘若不知其真实价值，
犹如恶道的守财饿鬼。

大臣往往事后才英雄，
国王的愿望被风吹散，
王后从此都苦乐人生，
未能同生同死的时候，
临终遗言到底托付谁？

我是谁人大家都知道，
云雾是天地间的连接，
天降甘霖根源的所在；
驮畜茶叶使汉藏连接，
木雅国和白岭天神国，
和谐互利是根本所在。
玉则国王和老臣西饶，
从无权利所欲可随心。
恶贯满盈的邪恶奸臣，
误以为是不死金刚身，
认为是不衰老的鸟禽，
以为是抓不住的狂风，
是大山中无主的野兽。
所有吃食和穿戴衣物，
所抢尽数归自己所有。

如饿狼四处游荡穿行，
但凡生命随意可以吃；
如白天飞行的猫头鹰，
四处乱窜搅乱了村落。
恶贯满盈的邪恶奸臣，
毫无喜乐善恶之分别，
富足的白岭天神部落，
如客人般不请自到来，
发动战争已有三年半。
即使山顶的积雪深厚，
炽热阳光从顶部融化，
山谷已是奔腾的河流；
纵然森林茂密植被多，
白岭部落如火焰燃烧，
顷刻间大山烧成灰烬；
即使木雅兵强又马壮，
白岭天神部落的勇猛，
享誉天地之间无人敌。
唯有阎王无人能够敌，
白岭部落强盛为其一，
天神护法保佑为其二，

财富矿藏居多为其三，
南瞻部洲之内敌不过。

于是老臣内心有苦楚，
祈求面见格萨尔大王，
早起晚睡一直做祈祷。
就在本月十三日清晨，
有幸见到雄狮格萨尔，
并得到了慈悲的加持。
现在老臣如实告诉你，
喇嘛巫师和卦师三人，
就在前年年初的时候，
罗刹山谷的岩石洞中，
堵住洞门入修行禅定。
因为我君臣一直急忙，
很久没见到三位圣人，
有一次我和两位大臣，
去面见过三位修行人，
说到木雅王统无信誉，
大臣会接二连三死去，
并赐予护身符和圣物。

后来君臣相聚商议时，
护身圣物分给众英雄，
自此之后再也无消息，
如今人在何处不知晓。
若在原来的洞府修行，
老朽可以带路去寻找，
请白岭部落谨记心中。

罗哲西饶唱完，稍过片刻，叔王超同入定持修定时，发现喇嘛、卦师和巫师三位圣人拥有空性智慧，他们的修行之地清晰可见，仿佛只有三步之遥，还发现三人准备逃离修行之地。叔王于是口诵咒语，三人的修行洞顿时变得黑暗。叔王向天神、年神和战神威玛以及苯教众天神祈祷呼唤，突然间黑暗笼罩三人的修行洞，使得三人不知去向何处。

叔王说："擦香丹玛香查啦，现在一刻也耽误不得，急速回去。国王、王后和大臣们，待在原地哪儿也不许去。这城堡之中的所有财宝，必须原封不动地留着，谁也不可去触碰，上交之日必须像羊群被赶到羊圈中。我们立刻动身回大王身边。"岭国将领匆忙出城，来到格萨尔大王的营帐之内，君臣依照职位入座。

大王看着叔王超同说道："叔王超同啦，你是众生的父母亲，是马头明王的真身，是超度亡灵的喇嘛，在这世上如您般已无二人，非常感谢您立下大功。"格萨尔王并给叔王敬献了一条白绸，接着将部署战争事宜的歌曲，用威光征服大众之调唱道：

唵嘛呢呗咪吽！
歌唱阿拉阿拉和阿拉，
塔拉是歌曲的演唱法。

三宝是众生根本依托，
向天神和佛法做祈祷，
祈愿得到正确的结果。
三界之中的有情众生，
从苦难之处得到解脱，
来生能达极乐的境界。

倘若不识这里啥地方，
白岭天神部落的大帐。

理应知道我是何许人，
前半辈子是无赖觉如，
捕杀地鼠才能有饭吃，
人称吃食鼠肉的觉如，
年少时捕杀无数地鼠。
我是空阔天空的主人，
祈求天神给予我保护。
后来被称为制敌英雄，
降伏四方妖魔定天下。
今年轮到这木雅小国，
白岭部落的前世宿命，

一生征战强敌制不完，
四方妖魔听闻觉如名，
愤恨恼怒双唇在颤抖，
白岭弱小任人可以欺，
只好四处征战杀妖魔。

今年在木雅玉龙山谷，
凶残的四十位魔之子，
已被我军斩断了首级。
木雅国王玉则南杰他，
怀揣慈爱和悲悯之心，
解救了妻儿内侍性命。
那么叔王达戎超同啦，
用法术咒语拯救玉则，
威名传遍木雅大地间。
如今木雅金色城堡内，
不分昼夜在讲经说法，
智慧的老臣罗哲西饶，
诺布顿雍和扎西珠嘉，
三位主持着城堡事务。
在天地间能自由行走，

拥有无边法力和咒术，
贡巴惹杂那布为其一，
哈日那布多布旦其二，
卦师泰让贡西此三人，
如今在修行洞中禅修。
倘若未能降伏此三人，
日后必成岭国的后患，
木雅国中佛法难弘扬，
有情众生再难得快乐，
来生不明是非分善恶，
善缘众生引入黑暗道，
恶业明晰如掌心纹路。
君臣急速启程拉日山，
险峻片岩山中有城堡，
那是妖魔的寄魂城堡，
此番破城杀妖夺财宝，
岭军威名留雪域高地。
明日黎明破晓的时候，
准备一百名精锐骑兵，
前往拉日山制伏妖魔。

听懂歌曲是耳的供养，

未听懂歌曲也无错意。

格萨尔王唱罢，诸将领异口同声高呼“啦索！”之后便回到各自的营帐。次日拂晓，叔父长辈勇士、辅佐大臣以及一百三十名骑兵一同往东南方向走去。这时，在片岩山谷的石洞中修行的外道喇嘛热杂、巫师哈日那布、卦师泰让贡西三人，正在享受数百名男女信众的供养。外道喇嘛们预知岭国军队正往此处前行，于是用咒语在道路中间布下十八条黑旋风套索。

岭军抵达谷口时，黑村寨的男女老少口里喊着“打打杀杀”之声，用狗屎、大粪、鸱枭羽毛、九头蛤蟆的血肉、黑色巨蟒的毒液、一百死尸的鲜血、裤子、寡妇的头发等物来祭祀。一千多人挡在谷口哭喊着，大地上是众人嚎哭之声，天空中弥漫着黑桑烟的污秽之气，他们用石头和木棍堆砌了一座大山。于是大王人马腾跃至空中，飞到罗刹火焰峰之巅，进入大悲空性修定，俯瞰下方时，有数千名男女老少，手持已被诅咒的抛石、木棍、大刀、长枪、弓箭等各种兵器，浩浩荡荡向岭军走去。他们把污秽之物和污水抛向岭军，天上的白云顿时变成红色，下起血雨，地上行走的野兽、天上飞行的猛禽以及各类昆虫都被他们抓来吃。

面对此景，雄狮大王甚感悲悯。但赤面马头明王，双目喷着怒火，上唇指着天，下唇戳着地，嘶吼着从十三逾缮那之遥红灿灿地奔腾而来。噶德曲江威那紧随其后，如天空密布的乌云、如罗睺星曜吞噬日月、黑暗即将笼罩天地一般，双手各持九个礌石，跨上金鹅赤风旋刮驹。赤面马头明王用撼动天地之调唱道：

唵嘛呢叭咪吽！

人身马头的忿怒天神，

骏马嘶吼之声响天空，

犹如青龙腾跃震天雷，
马头比天空还要高昂。
蔚蓝无边的天空中央，
四百三十种天神齐聚，
如同熊熊烈焰般燃烧，
威猛的浓云滚滚翻腾，
雷电冰雹从天而降了，
大地被铁蒺藜所戳破。
暴风疾行的天空中央，
风神刮起黑色龙卷风，
黄沙扬尘天地顿时暗，
山崩地动大海在沸腾，
盛怒护法天神在咆哮，
骷髅饰品带在额顶上，
双手持有宝剑和利斧，
索命铁链之声瑟瑟响。
蛟龙雷声响彻半空中，
龙卷狂风形似搭帐篷，
铲除妖魔又能消灾难，
索取性命吃食其血肉，
东西山脉可以相互换。

无边法力和超强咒术，

今日需要请您显本领。

赤面马头明王歌毕，左右大山开始颤动，山峰的积雪融化，岩石山顿时裂开，岩石如圆球般滚落而下，地面上突然出现一片汪洋，男女老少相继落入海中。于是噶德曲江威那连续扔了两个礌石，因得众天神护法的保佑，逐一击碎了外道喇嘛、卦师和巫师三人修行的石洞。被击碎的左右岩山的石缝中飞出十八条蛟龙，雷声撼动天地，众人和无实有的鬼神们被惊吓得嚎啕大哭。

这时哈日那布骑着命马飞上天空，接着喇嘛热杂骑着簸鼓，用鼓槌鞭策直飞云霄，同时卦师泰让贡西骑上金刚法器，佛珠套在头上，黑色旗帜披身当铠甲，紧随俩人飞到空中。叔王超同朝着哈日那布嘶吼一声，用灵敏击碎之调唱了这首歌：

唵嘛呢叭咪吽！

在富丽堂皇的天宫中，

天神马头明王请明鉴；

在半空龙卷风的帐中，

风神美西巴瓦请明鉴；

在大地奔腾的河流中，

龙子沃丹嘎琼请明鉴；

向世间九尊天神祈祷，

向永宁地母十二祈祷，

向众喜怒护法神祈祷。

自从娘胎来到阳世间，

早晚诵经祈祷未间断，
向雍仲苯教众神祈祷，
天神护法达拉美巴鉴，
今日请您加持护佑我，
向佛祖辛饶米沃祈祷。

倘若不识我是何许人，
在险峻巍峨的山谷间，
人称乌鸦心脏的城堡，
日积月累修行诵咒语，
时刻供养着苯教众神，
我是这座城堡的主人，
人们称我为四母超同。
我是天地四方的主人，
供养着天神马头明王，
拥有永不抛弃的誓言，
他是制伏妖魔的主神。

披着黑旗的领头之人，
实在可笑又傲慢无礼；
在天雷阵阵的当空中，

可怜蜜蜂在嗡嗡作响；
江河急速奔流的当口，
断裂的桥梁无法阻挡；
熊熊烈焰燃烧的时候，
花草树木皆被烧成灰；
秋季天降冰雹的时候，
满地庄稼会颗粒无收；
在忿怒的大咒师面前，
你这满身粪味的黑鸟，
休想逃出我的手掌心。
今日你我来个真较量，
无论威严法力和咒术，
试看到底谁是真英雄。
倘若不能做生死较量，
表示苯教护法无加持。

听懂就记于痛苦的心，
若有话你就速速唱来。

叔王超同唱罢，一挥宝剑，空中满是火焰，青龙雷声震天，巫师哈日那布如羽毛被火焚烧般，顿时烧成一抹黑色烟雾。叔父激动异常，飞到罗刹火焰峰之巅，看到外道喇嘛热杂骑着䥽鼓，用鼓槌左右猛烈鞭策着飞走，雄狮大王格萨尔王紧随其后追击而去。

这时格萨尔大王浑身布满数万名天兵天将，腰身间是年神，下身则被数万龙神围绕着。天神白梵天王、年神古拉格尔祖，龙王邹那仁青等诸神，围绕在格萨尔王人马旁，左右闪烁着霞光，形成了一座彩虹宫殿，格萨尔王立身中央，犹如天神之王出征一般，威严地走来。

那外道喇嘛热杂也是能驾驭四行、拥有超强法力和咒术的得道之人，是妖魔的根本，魔神噶饶旺秋之子。他见到格萨尔王，愤怒异常，身心气血直冲头部，双目通红，唇齿蹦嚓着，拔出腰间的宝剑，朝着格萨尔王挥了三下，但未能伤及大王。热杂想着可能天神不再保佑自己，于是急速寻找逃亡的路。这时大王用冰雹猛降之调唱起这首赞美神箭之歌：

唵嘛呢叭咪吽！

歌唱阿拉阿拉是阿拉。

供养三宝还敬请明鉴。

在头顶日月的宫殿中，

住着天神白梵天王尊，

护佑我降伏黑暗妖魔。

在半空玛瑙山顶之上，

天雷冰雹阵阵不停息，

野兽猛禽嘶吼叫不停，

鲜艳彩旗随处飘荡着，

灰色老鹰盘旋于头顶，

左右是如虎豹的猎狗，

年神达威蔡扎拉明鉴，

今日前来保佑我制敌，

请保护佛法降伏妖魔。
下界龙族青玉城堡中，
青面绿玉额头的君王，
骑着青色的清澈水马，
南瞻部洲矿藏的主人，
龙王邹那仁青请明鉴，
今日前来保佑我制敌。
请勿放走喇嘛和卦师，
粉碎佛教正法的敌人，
祈愿众生能脱离苦难。
这些凶残的妖魔鬼怪，
从不姑息生命行恶业，
随时屠杀无辜的生命，
吃食血肉凶狠无悲悯。
残暴浪荡的妖魔之邦，
不懂善恶黑白的区别，
如今降伏时机已成熟。

此地是空阔天空中央，
是三千大千世界之境。
在凡俗的人身世界中，

天神上师和护法众神，
如何供养根在于自性。
鬼蜮赞神和特布让神，
邪鬼亡魂等邪恶生灵，
本性是嗔怒嫉妒骄傲。
热杂老妖欲往哪里逃？
骑着一匹空洞毂鼓马，
鼓槌当成铁鞭猛烈击，
即使擂声震聋众生耳，
虚空天中无处可躲藏。
今日之起木雅的财富，
平均分配给天下众生，
绝不让邪恶妖魔独吞，
六道轮回有情的众生，
均需无苦的极乐生活，
无一需要苦难和灾祸。
众生苦难根源的邪魔，
宣扬着非正理的邪教，
贪婪无耻享受着供养，
污秽邪气灾难转嫁人，
无辜杀生喜欢行恶业，

死亡尸体晦气染天神，
妖魔的秽气传给人类，
人体污秽又传给天神，
四百四十种疾病灾难，
撒播血肉之躯的人体，
修行入定只为成妖魔。
在世的一百三十年中，
只知残害众生积恶缘，
恶缘今日结下了果实。

倘若不识我是何许人，
白岭天神部落的国王，
是雄狮大王诺布占堆，
统治世界的转轮大王，
乍看是人身血肉之躯。
听闻我言是教诲命令，
若不听则会索取性命。
上至天界下至地狱间，
是超度亡灵的真喇嘛。

上部天界的天兵天将，

中部年界的年神兵将，

下部龙界的虾兵蟹将，

如暴风雪般狂袭而来，

无路可逃还是投降好。

倘若你虔诚地祈祷我，

我乃真佛本质无改变，

能从十八层地狱解救，

是拥有慈悲的佛菩萨。

手中威震三界的神箭，

若在天界是佛法之箭，

若在人间是英雄法箭，

分辨善恶的真理之箭，

富户商家的福气之箭，

是英雄豪杰的杀敌箭，

能灭妖魔邪恶的火焰，

今天射穿老妖的心脏。

你信仰的誓言托付我，

我是超度邪魔的喇嘛，

刹那之间可以拯救你。

格萨尔王唱罢，将神箭射向贡巴热杂，贡巴热杂像秋草被野火烧尽般顿时成为灰烬。大王超度其亡灵到极乐世界后，人马顺着彩虹桥来到谷口，看到卦师泰让贡西变成一只山羊，那山羊伸着赤红的舌头，咩咩地叫着，接二连三的回声响彻在山谷间，粗毛似乎可以覆盖大地。那羊正在攀爬陡峭的岩山。

擦香丹玛玉杰看到山羊，便策马腾跃，飞到山峰之巅。卦师贡西看到此景，非常愤怒，将手中的黑白花三色筛子，朝丹玛猛烈地抛去。那筛子仿佛要划破天空直达日月，日月之间向卦师泰让贡西伸出一条黑白花色的虹梯，于是他顺着虹梯朝天爬去。这时丹玛将二十一尊度母加持的、会飞的白色神箭搭在弓上，用塔拉六变之调唱起这首降魔之歌：

唵嘛呢叭咪吽！
阿拉是歌曲的演唱法，
向额顶的众天神祈祷；
用塔拉引度众生得救，
天神护法神和本尊神，
虔诚谦卑地向您祈祷。
凶恶妖魔邪神的根本，
有鬼蜮、诅咒和恶缘。
即将面临超度的灵魂，
是大成就者萨热哈巴。

我是岭国的英雄丹玛，
今生这一血肉的躯体，
若懂得分辨恶业如山。

此地是上品善行之路，
阵阵天雷之声是法声，
赤色闪电是天神加持。
泰让神尊幻化的卦师，
切莫原处飞行不移动，
我看那条彩虹的天梯，
特布让神的法力脆弱。
上界天神的超强法力，
中部年神的雄厚威力，
下界龙神的六艺绝技，
根本上师的法力咒术，
护法天神的保护庇佑，
以及战神威玛的庇佑，
如暴风雪一般骤起吧！

仰望天空是虚空无物，
没有驻足停息的房屋，
倘若以此来比喻自身，
当初在母亲娘胎时候，
人们毫无思想和杂念，
自从走出娘胎到阳世，

恩仇积怨树敌也颇多，
这是轮回之中的冤仇。
人无信仰践踏佛法僧，
下对乞丐浪人无布施，
嗔怒嫉妒充斥着心灵，
苦难轮回之中的孽障，
使人虚度生命费光阴。
睡前不念诵经文祈祷，
起身不磕头积攒福气。
今日那邪神泰让之子，
无路可逃唯有选死路。
拥有正法智慧的喇嘛，
贪婪吝啬的可怜施主，
若不和睦则浪费财物。
口吃食物一点无营养，
身穿衣裳根本不保暖，
不行善业作恶又多端，
是妖魔鬼怪的真行为，
所行恶业今日就赎罪。
神箭所射之处无生还，
黑白花色的彩虹天梯，

即刻燃烧化成灰烬吧！

丹玛如此歌毕，射出神箭，一道火光划破天空，射断了泰让贡西的天梯。三界之间传着卦师诡异的哀嚎之声，撼动大地和山岳，卦师贡西如野草般被烧为灰烬，被风吹散。

这时，妖魔的护法神噶饶旺秋等拥有超强法力的众鬼蜮，投入岭国供养的天神和护法神麾下，天空中响起雷声，地下喷出大河，冲毁了长满荆棘丛的山，仿佛乾坤颠倒一般，从前的景象已不再存有。

岭国勇士们彻底降伏了此地的妖魔喇嘛、学僧和施主后，大军来到富足金色神谷中，发现有一座金黄色的岩石山，山上燃烧着火焰，嫉妒嗔怒的护法神在无云的天空中翻云覆雨，发出雷鸣之音。这时，雄狮大王格萨尔将震慑三界的神箭搭在野牦牛角弯弓之上，演唱这首征服天龙妖魔武功之歌：

唵嘛呢叭咪吽！
歌唱阿拉塔拉和阿拉，
塔拉是歌曲的演唱法。

贪婪之人和吝啬之人，
下流最贱凶残的恶人，
今日以强行武功制伏。
上品法身诞生于心间，
空性菩提慈悲的缘起，
依靠上师本尊空行母。
天空之中的天兵天将，

居于额顶莫要离我去，
红黄霞光环绕于周身，
喜怒本尊天神数百位，
天神英雄来做我后盾，
护法神祇保佑我制敌，
天神上师保护我身体。

倘若不识这里啥地方，
是木雅小国的猛虎滩，
是彩霞照射红岩之地，
有着红白青绿的湖泊，
犹如神坛供养着圣水。
亘古弥勒菩萨修行地，
有着十五个著名石洞，
曾经被三界妖魔摧毁。
此地的神祇和土地神，
吃食黑暗妖魔供养品，
善品佛法神像被摧毁，
万卷佛法经典被烧毁，
法身生身化身被水冲。

死尸污秽之气为其一，
邪气灾难之气为其二，
身体衣服之气为其三，
大地天空之气为其四，
所有污秽不净之气息，
用来危害六道的众生，
此地已被鬼蜮所统治。
如今更需要复兴佛法，
制伏妖魔鬼怪和强敌，
分辨黑白善恶的区别，
财宝矿藏等所有财富，
要为弘扬佛法而留住，
鬼神妖魔和鬼蜮生灵，
祈愿刹那之间能摧毁。
是否听闻妖魔鬼怪们？
天空无龙雷声阵阵响，
晴空万里无缘起狂风，
即使你等有超强力量，
法力加持却不如天神。
善品佛法的依托加持，
时常供养得天神庇护，

怒神莲花生八号为主，
阳神战神和咒术芥子，
法术和力量无人能敌。
伟大的狮面智慧天女，
请加持我神箭的箭头；
还有天女金刚绿度母，
请加持我神弓的弓弦；
二十一位度母众天女，
请助我打开矿藏之门；
虔心祈祷战神和龙王，
助我射出利箭开福门，
矿藏财宝能无碍取得，
福报加持于白岭部落，
三界众生皆能得安乐。

格萨尔王唱罢，射出神箭，射中在那座金黄色岩石山的金门中央，犹如庙宇之门的两扇大门缓缓而开，从里面走出一位黄面人，他头戴金色的帽子，身穿刺有龙纹的黄色长袍，他是此地土地神们的主人。黄面人来到格萨尔王前磕头行礼，举起一盘黄金，献给大王，说："今天是黄道吉日，定能心想事成。"于是黄面人唱了这首缘起加持降甘露之歌：

唵嘛呢叭咪吽！
用青龙天雷之声歌唱，
伴随凛冽狂风前行者，

涛涛江河奔流东去时，
河水拍岸巨浪冲天声，
犹如雷电的愤怒之歌。

倘若不识这里啥地方，
是三条山谷的汇合处。

倘若不识我是何许人，
一座大山有六个山峰，
人们称它六峰玉日山，
此山此地真正的主人，
地名用来取作人的名，
国王就称为玉则南杰。
木雅国王依托的神山，
称之为阴山五色玉光。
我的名字叫扎拉托杰，
是八十位神祇的主人，
是八十个矿藏的主人。

幻化君主格萨尔大王，
高大威猛又无限威严，

修行佛法有无量加持，

犹如得道顿悟的佛祖，

天神穿戴盔甲显威武，

金盔金甲和绫罗绸缎，

从里至外雍容又华贵，

用利箭射开宝库大门，

注定成为佛法的主人，

拥有利益众生菩提心，

普度轮回有情的众生。

在下手中所持的宝盘，

里面盛满了赤色黄金，

今天以虔诚心献给您。

岩山之王扎拉托杰我，

坚守故地无嗔怒傲慢，

黑白真假的佛法之理，

来时有何善恶的命运，

请上师国王告知于我。

黄面人扎拉托杰唱罢，雄狮大王格萨尔说："一切就如你所言。从今日起对从前未供养三宝、未祈祷天神和上师、未行善品法事之行为进行忏悔。今后你的命运有这样的变化。"于是格萨尔王将预言扎拉托杰未来命运的金刚誓词之歌，用空性威光之曲唱道：

唵嘛呢呗咪吽！

阿拉乃是歌曲的供养，
塔拉是极乐世界之歌。

为母的轮回有情众生，
祈愿来世升到极乐界；
十八层极度暑寒地狱，
祈愿恶道生命无疾苦。
在头顶日月的宫殿中，
住着天神白梵天王尊，
护佑我降伏黑暗妖魔；
在半空玛瑙山顶之上，
天雷冰雹阵阵不停息，
野兽猛禽嘶吼叫不停，
鲜艳彩旗随处飘荡着，
灰色老鹰盘旋于头顶，
左右是如虎豹的猎狗，
年神达威蔡扎拉明鉴，
今日前来保佑我制敌，
请保护佛法降伏妖魔；
下界龙族青玉城堡中，
青面绿玉额头的君王，

骑着青色的清澈水马，
南瞻部洲矿藏的主人，
龙王邹那仁青请明鉴，
今日前来保佑我制敌。

倘若不识这里啥地方，
是木雅的金色神山谷，
金山银山铜山和锡山，
各种各样金属的矿山，
黑土石头和各种植被，
地上地下皆天然宝物。

岩山之王扎拉托杰你，
一是地方神需要供养，
二则是无实有的鬼神，
对于过分傲慢的众神，
不宜供养托庇和祈祷，
残害生灵吃食血肉者，
永世不能超度得解脱。
如你一般的地方神祇，
自己管辖的矿藏宝物，

毫无缺失地进献给我。
能够消除病灾的药材，
以及矿藏河流和森林，
野兽猛禽所有的动物，
凡是大地之上的财物，
理当一切进献给岭国，
如数无误地交代清楚，
不可有一点一丝缺失。
从此起一百六十代人，
佛陀正法不会有衰落。
持有真理之人的教法，
有兴盛和衰落的时候，
新旧密法的教诲戒律，
有人遵守有人则违背，
除此外佛法不会衰退。

你等守护土地的神祇，
尽情享用佛法的加持，
不可贪婪要节制满足，
即刻关闭矿藏的大门，
请扎拉托杰铭记于心。

听毕格萨尔王如此命令自己，地方神祇扎拉托杰说：“哦啦索！喇嘛国王仁波切，从前因为无明所致，做了许多错事，今日打开心智，会虔心忏悔。妖魔遍布大地的时候，我从来不念诵六字真言，没有信仰的誓言，只能协助妖魔。我从此世代效忠于大王，唯大王之命是从。后天十五之日，野兽、鸟禽、矿藏和各种宝物，尽数带到岭国大帐中。”随即，扎拉托杰将金、银、铜、铁、锡等矿藏悉数交给格萨尔王，并关闭矿藏大门。众人在矿藏四周建造莲花生大师身、语、意的法相，举行盛大的煨桑仪式。

十一

雄狮大王诺布占堆和众勇士走到山顶，拔出妖魔的黑旗、宝伞和宝幢，又在原处插了蓝色、绿色、红色、黄色和白色旗帜，宛如草地盛开的各色花朵，并煨桑祭祀，桑烟能遮住天空和大地。岭国大王和众勇士回到岩石山谷，将掉入江河中的一千多人，超度至极乐世界中。此地驻兵三日，消灭妖魔余孽，宣扬佛法善业。

三天后大军回营，大王命令三位司膳击鼓摇旗，召集将领到大帐商议军机大事。过了片刻，驻守四方的岭国将军以及其余众勇士齐聚大帐之中，依次入座，享受酒肉飨宴。这时木雅各地的地方神祇，以禽王大鹏鸟为首，白雕、灰雕、白天鹅、黄野鸭、大雁等各类鸟禽背着金银财宝来到岭国大帐前；同时北方野牛、白唇野驴、雄鹿、羚羊等动物，南方的虎、豹、熊等野兽，猴、猿、毒蛇等一切生灵背着各自身躯能承受的财宝来到岭国大帐前。

这时岭国勇士森达阿顿率领众将领，用茶酒、酸奶、酥油、柏树、杜鹃花、苏卢、野蒿等素食和花草作为材料，煨桑祭神。尔后，森达阿顿将桑烟圣水祭祀之歌用颂扬神鼓洁白语之调唱道：

唵嘛呢叭咪吽！

歌唱阿拉塔拉和塔拉，

塔拉是歌曲的演唱法，

阿拉唱在法性的天空。

拥有无限加持的喇嘛，
大乘佛法根本的上师，
轮回自我解脱的喇嘛，
贪婪自我解脱的喇嘛，
嗔怒自我解脱的喇嘛，
烦恼自我解脱的喇嘛，
恩重如山的根本喇嘛，
用桑烟和圣水来迎请。

在观世音菩萨的刹土，
有千手千眼观世音佛；
在宝生如来佛的刹土，
有骨如莲花颅骨念珠；
在西方大乐宫殿之中，
居住着有环无量光佛。
用桑烟和圣水来祭祀，
表示法身的无量光佛，
表示报身的大悲之心，
表示化身的莲花生佛。
在上界天神的宫殿中，
居住着大神白梵天王，

三百六十天神簇拥着，
用桑烟和圣水来祭祀。
下界龙族的世界当中，
富足的龙王顶上珍宝，
用桑烟和圣水来祭祀。
藏地永宁地母十二神，
混沌初开世间九尊神，
还有二十一位大比丘，
用桑烟和圣水来祭祀。
地方神祇和护法众神，
阳神战神食神和财神，
用桑烟和圣水来祭祀。
居住在东方金刚空行，
居住在南方珍宝空行，
居住在西方莲花空行，
居住在北方羯摩空行，
以及中央的佛陀空行，
五部智慧的空行佛母，
用桑烟和圣水来祭祀。
财神福气和宝藏之神，
今日用桑烟来做祭祀。

上部阿里冈底斯雪山，
以及圣湖玛旁雍措湖，
北方的念青唐古拉山，
南方的戎拉坚赞神山，
东方的玛杰奔热神山，
用桑烟和圣水来祭祀。
救度众生至尊救度母，
消除灾难金刚绿度母，
具慧心空行智慧天女，
以及天女班丹拉姆神，
天地之间的佛苯众神，
新旧密法传承的喇嘛，
旧派宁玛传承的喇嘛，
噶举格鲁传承的喇嘛，
恩重如山的根本上师，
今日享用我等的供养。

晴空万里雷声阵阵响，
预示来年会五谷丰登，
水草肥美牛羊牲畜壮。
六种良药和味甘香料，

金叶银叶红柳的叶子，
各种神木植被来烟祭。
藏红花和蓝色绿绒蒿，
甜糖苹果蜂蜜和酥油，
以及牛奶酸奶等素食，
真丝绸缎等珍贵料子，
都在浓烟滚滚桑烟中，
敬请上界的天神享受。
今日举行盛大的烟祭，
消除天神年神和龙神，
三界众神身上的污气。
祈祷人身污气莫传神，
罪恶孽障之气尽消除，
死尸污秽之气也消除，
祈愿不净之气能消除。
香甜甘露的桑烟之气，
进献各路天神请享用，
请阻止外敌莫要入侵，
安抚百姓莫去掠他国，
消除各种灾难和障碍。
这桑烟祭祀的众天神，

请赐予我福气并加持，
无尽财富犹如海水汪，
顺遂如意所欲的财富，
犹如天降倾盆的大雨，
吃食衣物财物的福气，
以及今日的吉祥祈祷，
勇士威猛豪气不减弱，
八十位勇士吉祥平安，
众生所欲如愿又顺遂。

森达阿顿歌罢，煨桑祭祀，牵着坐骑转桑烟台，接着丹玛、噶德、尼奔等四方军队的将军都来转桑烟台。尔后，以财神赞拉为首的守住矿藏财富的各神祇、地方神、善品护法神、战神、阳神、守舍神等各路神祇宛如暴风雪般从各方飞来。雄狮大王格萨尔命令鸟禽和野兽将木雅国的矿藏宝物金、银、铜、铁、绫罗绸缎、玛瑙、珊瑚、水晶、琥珀、珍珠以及各种奇珍异宝带至岭国玛域地区。

这时岭国众勇士齐聚军帐之内，格萨尔王如人类的太阳一般，坐在位于中央的金座上，命令岭国军士带领木雅玉则国王、大臣、王后们到大帐之中。勇士沃玛拉达和多布庆玉沃、丹王子柳吾、姜王子玉赤、珠王子尼玛达雅等人带着玉则国王、王后、公主、内侍等走到大帐之内拜见格萨尔王。这些俘虏每人叩了十八个响头，便双膝跪地静候大王训斥。

雄狮大王格萨尔王座前的供桌上摆放着红白芥子和圣水等各种供物无数，大王口诵咒语，对众人进行灌顶，并用金刚自鸣之调唱了这首命令众勇士和木雅俘虏的歌曲：

唵嘛呢叭咪吽！
歌唱阿拉塔拉和塔拉，
塔拉是歌曲的演唱法。
在空阔的天空中歌唱，
用曼妙之声歌唱佛法，
祝愿佛教正法传世界。
为母的轮回有情众生，
请指引解脱得道之路。
向天神和三宝做祈祷，
请保佑完成利众事业。

倘若不识这里啥地方，
是木雅国的秀滩仁姆，
金色城堡有九扇大门，
有里外三层城墙环绕，
所欲财富能满足之地。
邪恶妖魔毒气传播时，
木雅玉则国王的故地，
从前信仰佛法僧三宝，
只行恶业屠杀着生命，
无论大小所有的动物，

皆被恶人随性地射杀，
是强者欺凌弱小之地，
百姓活在水深火热中。

就从今年祥瑞之年起，
佛法盛传百姓得幸福，
黑暗妖魔已被驱逐出。
东部花岭天神的部落，
离木雅国路遥是其一，
战争时间漫长是其二，
百姓军士倦怠是其三，
昼夜争战身心已俱疲。
如今白岭的军士百姓，
犹如兽角毫无喜乐感，
心无冷暖苦乐的感觉。
未吃甜食不知苦涩味，
未经苦难不懂幸福感，
没有饥饿不知饱腹感。
在前半生年轻力壮时，
倘若不发动战争讨伐，
下半生衣食则无保障，

纵有故乡也无法居住。
杜鹃鸟的故乡是门隅，
清脆歌声却留在藏地；
犹如我白岭天神部落，
犏牦牛和妙龄的少女，
即使有故乡也无法待；
雄鹰与白岭部落勇士，
即使有故乡不能生活。
秃鹫雏雕吃食着人肉，
即知道污秽也是命运，
还能自由翱翔于天空；
金色鱼儿栖居于大海，
即使海水冰冷也无妨，
还能灵活游行于水中；
白岭君臣一直在行军，
即辛苦也是前缘所致，
而且勇士越战越勇猛，
征战数年戎马的一生，
对故土家乡已无眷念。

今天是幸福吉祥之日，

木雅数万部众归降岭，
已避免了死伤的灾难，
已故亡灵都能得解脱。
从今木雅要弃恶从善，
吃食和财富无需担心。
白岭部落亘古的习俗，
对于强者以全力镇压，
对贫弱赤心帮助辅佐，
为行利益众生之事业，
善恶黑白彻底做分辨。
你等信仰佛法莫行恶，
不可射杀鸟禽和动物，
不可射箭比刀动兵器。
在噶氏的十六部落中，
大勇士米玖柳吾旺秋，
噶达杰普叶顿珠二人，
驻守木雅管理众百姓，
一年过后返程回岭国。
差税法令和特使之事，
时机成熟之际做安排。
恢复汉藏之间的商道，

将藏地特产运至汉地，
把汉地茶叶输入藏地，
与四周邻国保持和睦，
不可劫杀过往的商队，
但要保护本国的疆土。

木雅国王玉则南杰你，
此前犹如天空的日月，
但在乌云密布的空中，
日月之光无法穿透过，
在白岭君臣的统治下，
无法越权来发号施令，
绝不可让侍从伺候你，
从今挑起水桶做苦役，
辛勤劳作来维持家计。
王后公主一样要劳作，
衣食住行与百姓同等。
同时随行而来的大臣，
不可欺压百姓搜刮财。
智慧的老臣罗哲西饶，
由您掌管木雅的王城，

所需侍从仆人随意挑，
在您去世之前住城中。
柳吾旺秋和达杰普叶，
二人协助管理木雅国，
所需人马粮草要到位，
三人地位无高低之分，
衣食住行供给要相等。
其余白岭部落的君臣，
全军拔营回到家乡去。
高山之巅要插立经幡，
挂六字真言的风马旗，
诵念佛教显密的经典，
河流之上要建造桥梁，
谷口和垭口建造佛塔，
山腰石洞之中放擦擦，
建造新的庙宇和寺院，
六字真言和莲花心咒，
随时随地要口诵默念。
十五日后岭军要返程，
百姓部众摆宴来欢送。

听得懂歌曲请谨记心，

未听懂就是违背誓言。

格萨尔王如此命令，部众百姓心想：要是死去的人还活着，现在不需要离开父母兄弟和亲人，幸福的日子如今真的开始了。想起战争中死去的亲人，百姓流下痛苦的眼泪。这时老臣说："从此幸福的太阳照在大地之上，善品佛法流传于木雅，黑暗妖魔的时代已过去了。木雅的老少百姓，你们理应感到幸福。再过十五日，岭国大军要回国，我们准备宴会，载歌载舞，欢送他们。从本月八号开始设宴招待，盛宴举行七天，这事重要不可推迟。"

于是老臣派遣使者到各部落，命令他们务必在本月七号来到岭国大营，男女老少和漂亮的女孩，一一不可缺席，并要准备好岭国军人的口粮和军马的饲料。雄狮大王格萨尔命令岭国军队不可欺压、掠夺百姓，不可拿百姓一针一线。八日清晨，岭国君臣和木雅百姓齐聚木雅王城附近的草原上，岭国三十五位英雄和副将大臣、格萨尔王等来到军帐之内依次排座。木雅百姓给岭国君臣进献了美味的食物、茶酒等佳肴。

老臣罗哲西饶率领五十多个仆人，北方部落首领次旺仁青率领本部落十多个人，众人来到军帐，与岭国众将领相依而坐，一边享用美食，一边与岭国君臣闲聊着。木雅全国各部落中，选出俊男美女各五十个，他们身穿绸缎衣裳，佩戴绿松石、珊瑚、珍珠、琥珀、玛瑙、金银等各种珠宝，唱着木雅酒歌，将木雅东南西北各方珍贵的财宝作为献礼进贡给了岭国。七天之中，有射箭、赛马、摔跤等各种竞技比赛，众人载歌载舞，欢乐无限。

到十五日之时，岭国君臣和木雅大臣们聚集在木雅王城，北方一百八十个部落的首领依次入座，同时岭国赛巴八部、文布部落、穆江部落、噶珠两部落、达戎部落、丹玛部落、巴拉部落等各部落英雄依次排列入座，接着木雅各部首领依次入座，众人享用茶酒、酥油糕点、蜂蜜、甜糖、苹果、酸奶、牛奶和酒肉盛宴，众人讨论过去、现在、未来的事情。

之前北方部落的大首领次旺仁青、喜嘎诺珍、夫人诺布巴桑边措等人将从前弃暗投明之事告诉木雅众将领，最后北方部落百姓死伤减为零。如此，双方相互坦露心意，木雅众将表示永不背弃岭国。这时少女喜嘎诺珍起身，向格萨尔大王为首的岭三十五位英雄进献哈达，并唱道：

唵嘛呢叭咪吽！
吟唱天空般宽阔的歌，
日月星辰能自由运行，
高空密布浓重云雾丛，
长着焰翅腾跃的青龙，
蔚蓝无垠天空的中央，
犹如甘霖细雨的歌曲。
向生神和天神做祈祷。

倘若不识这里啥地方，
是木雅吉祥黄金城堡，
城内岭国君臣如金山，
金光灿烂照耀着殿内，
是伟大天神千佛之子。

倘若不识我是何许人，
北方上下九个部落中，
牦牛犹如天空黑云密，

岩山之上满是野牦牛，
是神箭手狩猎的地方。
北边白唇野驴的天地，
马群和野驴在此混融，
白财绵羊与羚羊相杂，
羊羔和小羚羊遍山野。
在如此富足吉祥之地，
父亲名叫诺拉德尔丹，
母亲名称叫诺吉秀姆，
小女芳名称喜嘎诺珍，
演唱曲调是大缎白绸。
并非巧言令色说谎言，
绿松石珊瑚珍珠玛瑙，
天珠金银等珍贵财宝，
同洁白绸缎一同进献，
拜谒天神喇嘛的哈达，
但愿能求得宗法正教。

古人谚语说得非常好：
谒见天神喇嘛的绸缎，
宛如云朵洁白无瑕疵；

拜见官员首领的时候，
需要敬献金银等珍宝，
并非自诩有财图缘分。
雄狮大王天神的喇嘛，
此生依托生计的首领，
来世解救引导的上师，
虔心向您祈祷献珍宝，
座下绝无半点吝啬心。

上供三宝和下施恶道，
祭祀天神护法三件事，
在我祖辈和父辈时代，
因木雅国王律法森严，
未得一一亲自来践行。
前年白岭军队到木雅，
扎营北方草原扎西滩，
我部落首领罗桑念扎，
扎西尼玛和丹巴达杰，
一天走到大军营帐边，
遇见天神上师福泽厚。
今年姑娘年满十八岁，

唯有父母双亲触摸过，
守身如玉犹如那天女，
心性善良如法身自生，
所言均实绝无有谎言。
今日所带绸缎和金银，
尽数要献给雄狮大王，
来世之路托庇大王您，
今生衣食依托白岭国，
除白岭部落再无他想，
甚至依靠终身的伴侣，
只需白岭部落的神子。
我右边的金壶有鲜茶，
茶是汉地花茶的上品，
有着金黄酥油的精华，
摄入藏北粗盐添味道。
印有吉祥八宝的茶碗，
盛着狮子雪白的乳汁，
此碗聚集吉祥之八宝，
可否进献给雄狮大王？
左边银壶中盛满美酒，
九种不同的谷物酿造，

有着年酒月酒和夜酒，
此酒乃是吉祥的甘露，
天神上师座前是圣水，
弘法讲经之时需要酒，
首领讲法之时需要酒，
男儿出征之时需要酒，
赛马夺魁之时需要酒，
歌唱跳舞之时需要酒，
少女出嫁之时需要酒，
黑头藏人无人不饮酒，
此酒乃是粮食的精华。
此酒倘若滴流额顶上，
权势高涨容光焕风采，
倘若滴到双目和身体，
能够明目亮眼壮身体，
滴到宝座能稳固江山，
九种不同的美酒佳酿，
成就伟大吉祥的事业。
在座白岭部落众英雄，
一百零八个游牧部落，
今日投靠于雄狮大王，

从此生死喜乐归岭国，
肺腑之言说与岭国听，
身家性命托付与岭国，
定会一心向善信佛法。

白岭部落众天神之子，
小女坦荡的歌和爱语，
在座诸位英雄请允诺。

少女喜嘎诺珍唱罢，岭国将领和木雅百姓在祥和吉祥的氛围中相互对唱山歌，沉浸在无限欢乐之中。尔后，格萨尔王命令岭国各勇士回到各自营帐，并对守城的老臣西饶罗哲和摄政将军嘎珠二人交代军政大事。岭军准备班师回国。

十二

格萨尔王与众将军一同率领大军朝岭国方向走去，大军大约走了一个多月，终于到达白岭老虎滩。这时，守城的岭国百姓在老虎滩附近早已搭好帐篷，等着大军凯旋。

老虎滩上帐篷如天上繁星，大帐篷如高山，小帐篷像擦擦排列，舀水之人如鸟群落地，灶石如岩石滚落，拾柴火的人如流星，滚动的人群如繁星璀璨。人群中央有北方阿达拉姆、霍尔国的辛巴、门隅的顿群达拉赤嘎、姜国玉拉等各属国的首领。上岭赛巴八部、中岭文布六部、下岭穆江四部、噶氏六部落、珠巴十三部落、囊庆六部落、琼布黑白黄三部、擦戎、芒康、扎雅、昌都、洛绒等各部落首领，每人带领十名守卫，前来迎接大军。

迎接队列的前排有杰瓦隆智、贡贝拉嘉多杰、贡贝巴沃仁珠、贡贝巴沃托赞、穆江赛沃奔美、文布嘉查德美、文布南亚拉色、森琼嘎姆、巴拉达杰等驻守原地的一百一十三名英雄。大军就地扎营，休息两天一夜，相互问候寒暄，进献哈达和礼物。

第二天早晨大军拔营前行，抵达老虎滩时，岭国男女老少欢聚此地，举行盛大的煨桑仪式，各色旗帜当空飘荡着，白色如雪山，红色如火焰，紫黑色如云雾密布，青色如玉石，绿色如树叶繁茂。骑兵如冰雹，步兵似暴风雪，天降甘露泽众生，大地万物得复苏。纳万洁白神帐里无需柱子而能空性自立，外不用帐绳有天然空行虹绳，自然搭起来。

于是天神、年神、鲁神、空行母、护法神、战神威玛主仆众神如暴风雪般飞来；天空中出现五彩红霞，鼗鼓、长笛、法号声从天空频频飘来；天空中出现宝伞、宝幢和飞幡，如同日月星同时出现于天空中，光芒万丈。

岭国出征大军中前面抵达的赛巴、文布、达戎、穆江四位勇士从南面缓缓向神帐走来时，岭国的姑嫂、姨娘、姑娘们一一前来为将士们接风。

前来迎接的有格萨尔王的母亲果萨拉姆、嘉萨拉嘎卓玛、梅萨拉叶绷吉、戎萨尼玛曲珍、门萨梅朵拉孜、白帐王之女贡措、大食姑娘尼吉、藏北姑娘阿卓、玛德姑娘德珍等，她们头戴绿松石，身穿绸缎衣裳，边上镶着水獭皮和虎皮。此外还有岭上中下三部的姑嫂丹玛之女玉珍、超同之女查吉、斯戎之女尼吉、卓罗之女白噶拉措、尼琼、诺萨白玛玉吉、赞丹嘎姆拉措、吉措诺措等三十位姑娘，她们那绿松石点缀的发辫上簪着用珊瑚雕刻的花朵，身穿绫罗绸缎。

尤其是尼琼、卓罗白噶拉措、丹玛玉珍、达戎查吉等几个姑娘簇拥而来的嘉洛森姜珠姆，她的发辫上戴着六种绿松石、六种珊瑚、六种珍珠的头饰，额发顶上戴着白海螺，辫套上簪着三块大玉石，即奶白大条纹的白玉、金黄色的紫玉、火焰赤色的红玉，另外还有角形的珊瑚、艳红如血的珊瑚、莲花状珊瑚等各种珊瑚和绿松石佩戴在一起，还有珍珠、天珠、玛瑙、琥珀、青白玛瑙等宝物也戴在发辫上，就像春天的草原上盛开着的各色花朵。那些宝物到底值多少，谁也不敢定价。嘉洛森姜珠姆的一条发辫值一百匹骏马、一百头犏牛、一百头骡子。

森姜珠姆如白藤般婀娜的身上穿着绸缎衣裳，边上镶着水獭皮，虎皮缝在围裙的裙带角，九十九处衣角边用金线刺绣。森姜珠姆这样美艳动人的打扮，左走一步值百匹骏马，右走一步值百匹骡子，脚步轻盈如空行母舞动。她的皮肤白里透红，如雪山上的火焰，如湖中燃起大火；微笑之时红口如涂黄丹，三十颗白牙如白海螺排列着；双目如璀璨的启明星，眉毛如弯月。看着她的脸，就算是天神和得道高僧也会侧目，官员也觉得权势锐减，英雄好汉会为之争夺。男子看到她，会怦然心动；女人见到她，嫉妒的怒火会焚烧胸腔。她说话像百灵鸟般动听，脚步轻盈如空行母翩翩起舞。

这群美艳动人的女子向大军缓缓走来，森姜珠姆手持一条洁白的哈达，尼琼和卓罗白噶拉措双手捧着金壶和银壶。王妃牵住大王坐骑的缰绳，献了哈达，将欢迎大军凯旋的祝福之歌用白色六变之调唱道：

唵嘛呢呗咪吽！
歌唱阿拉阿拉和阿拉，
鲁阿拉是歌曲的供养，
鲁塔拉是歌曲的结果。

亲人欢聚吉祥的日子，
在头顶的天神宫殿中，
住着生命之神白度母，
向您祈祷并加持于我。
天空弥漫的雨雾之中，
五色彩霞照耀铺天路，
五部空行美丽又动人，
五色彩旗闪动飘摇着，
预言授记飘响于半空。

倘若不识这里啥地方，
黄河十八弯主轴之地，
分为上中下三部玛域。
上部玛域十三位赞神，

中部玛域的九位山神，
勿散逸助我森姜珠姆。
下部海底龙族的世界，
头顶有玉发鬓的少男，
统辖百万水族的兵将，
拥有三百六十位龙仆，
奇异珍宝财富数不尽。
头顶珍宝的龙王首领，
安安止和守骡二龙王，
下部世界水族众兵将，
赐予我们力量和功勋。

今日吉祥的天神之日，
岭国君臣百姓齐聚此。
玛域的德雅达唐查穆，
如猛虎未死虎皮铺地，
红山格尔祖宛如虎头，
四叔父浑似猛虎四肢。
三十虎齿撒向群山间，
有了岭国三十位英雄；
双耳胡须眉毛向上冲，

便有了三位岭国喇嘛；
猛虎双眼放在草地上，
就有了森姜天神之花。

倘若不识我是何许人，
是白度母的化身转世，
岭国雄狮大王的妃子，
是嘉洛顿巴坚参之女，
人称森姜天神之花朵。

那么伟大的天神之子，
前年远离故乡行他国，
无奈行走黑暗妖魔地，
前世业缘无法能躲避，
衰老皱纹无法能抹去。
恩重如山父母的祈愿，
根本上师的祝福加持，
相携终身之人的祝福，
定能够顺遂如意达成。
杜鹃鸟的故乡是门隅，
清脆歌声却留在藏地，

犹如我白岭天神部落，
犏牦牛和妙龄的少女，
即使有故乡也无法待；
雄鹰与白岭部落勇士，
即使有故乡不能生活。
秃鹫雏雕吃食着人肉，
即知道污秽也是命运，
还能自由翱翔于天空；
金色鱼儿栖居于大海，
即使海水冰冷也无妨，
还能灵活游行于水中；
白岭君臣一直在行军，
即辛苦也是前缘所致，
而且勇士越战越勇猛。
征战数年戎马的一生，
对故土家乡已无眷念。
视死如归远赴上战场，
并非不懂苦乐惜生命，
是为利乐众生的事业。
大军不辞辛劳赴木雅，
遇到何种遭遇和苦难？

仰望圣面依旧有风采。

手中所持的洁白哈达，

拥有神鲁年三神加持。

哈达的顶端伸向天空，

雄狮大王威望比天高；

哈达的中端朝向高山，

岭国叔父命比岩石坚；

哈达的下位伸向江河，

岭部落人脉好比江河，

牲畜财富如湖水涨潮，

祈祷幸福降临永不断。

用所饮之茶水来接风，

茶是汉地花茶的上品，

熬于巨大灶头的中央。

金色铜制水瓢扬空中，

如同红色旗帜当空飘；

巨大灶头吉祥茶锅中，

沸腾茶水似大海漩涡。

淡黄的茶水泛金光色，

熬茶之浓如野牛蛮力，

烧茶之声如蛟龙呼啸，

提取金黄酥油的精华，
摄入藏北粗盐添味道，
今日献给格萨尔大王。

今日已从木雅国归来，
是否遭遇艰辛和磨难？
损失多少勇士和兵将？
斩杀了多少敌方军士？
又赢得了多少战利品？
获得了多少金银宝矿？
迎请大王勇士们入帐。

森姜珠姆唱罢，雄狮王诺布占堆、王储扎拉泽杰、擦香丹玛香查、赛巴尼奔达雅、珠噶德弥青赛布、巴拉达杰森达、姜王子玉赤、穆江仁青南卡达鲁等勇士走入大帐。大帐内有九十九个座排，分为左右前后中央的座位，有金座、银座、青白玛瑙座、檀香木座，坐垫有虎皮坐垫、豹皮坐垫、熊皮坐垫。众英雄依照各自等级入座。宴会有茶、酒、酸奶、牛奶、水果、蜂蜜、糖果等美味佳肴。

过了片刻，天上的鸟禽、地上的走兽，浩浩荡荡来到大帐，将从木雅背来的各种奇珍异宝堆放在大帐前，犹如一座小山。木雅各地的护法神祇化身鸟禽从各地飞来，岭国百姓亲眼见到天神阵容，非常敬仰，于是煨桑祭祀供养。

这时岭国大喇嘛贡嘎坚赞、喇嘛沃赛群培、喇嘛多觉平措、喇嘛珠巴多丹、喇嘛更登桑木丹、喇嘛云丹西饶、喇嘛达奔、喇嘛曲尼等坐在大王左右，大声念诵佛经并做祈祷。雄狮大王格萨尔坐在金座上，身穿莲花生大师的法衣，对从木雅带来的各种奇珍异宝逐一进行加持，并用神鼓六变之调歌唱：

唵嘛呢叭咪吽！
用鲁阿拉来供养上师，
向一生供养护法祈祷。

上部天界的宫殿之中，
居住着天神白梵天王，
右手持着水晶的宝剑，
左手持着聚宝如意盘，
双目注视着蔚蓝天空，
对于三界为母的众生，
赐予加持并庇护保佑；
在中部的须弥山之巅，
住着年神格拉格尔祖，
九个天神围绕在四周，
腰部隐藏着九个年神，
随身又跟着九个鲁神，
请赐予无限财富甘露；
在下界汪洋中的龙族，
头顶青玉珍宝的龙王，
身穿青色铠甲显青光，

双手各持宝剑和铜镜，
桌上供着酸奶和酥油，
享用无尽的龙族财富，
今日能够赐予我岭部。
世间九尊等藏地神灵，
以及永宁地母十二尊，
战神阳神食神和女神，
保护佛法的各种神祇，
向释迦牟尼佛祖祈祷，
向慈悲千手观音祈祷，
用食物和圣水做供养，
请赐予我福气和悉地。
圣水供养如大海一般，
大小朵玛芥子如群山，
各种桑料味道极浓香，
请各路护法尽情享用，
今日赐予我福气悉地。
天神年神龙神和众生，
大地之上所有的福气，
祈愿今日能齐聚此地，
于法王赐予佛法悉地，

大食王国的财宝悉地，
蒙古王国的骏马悉地，
吐谷浑国的兵器悉地，
泥婆罗国的青铜悉地，
卡切王国的青玉悉地，
阿扎王国的天珠悉地，
木雅王国的黄金悉地，
今日能够齐聚到此地。
南瞻部洲的财富悉地，
大地之上的兵器悉地，
有无量加持矿藏悉地，
今日能够齐聚到此地。

祈愿悉地福气无外泄，
犹如日月星辰在天空，
永久运行浩瀚的苍穹。

格萨尔王唱罢，打开宝箱，招引福气悉地，并发愿祈祷。尔后，依照岭部旧俗，所有财宝存放于岭国库中，其余吃食、绸缎、衣裳、金银、玉石、珍珠等布施给木雅和岭国百姓。格萨尔王命令王储扎拉泽杰，向立过战功的勇士给予嘉奖。

如雄狮般的王储扎拉泽杰看着群臣，说道："无论是出征的勇士，还是献计献策、拥有智慧的叔父们，无论谁都会获得封赏嘉奖，犹如左右双目，不会有差别。天神三宝在上界看着，我们一定要平等封赏。”扎拉泽杰将木雅的金银绸缎等财宝堆放在大帐前，对万户、千户、百户、十户进行嘉奖；对出征勇士、大臣、士卒、马夫、厨子们赐予财宝和英雄带作为奖励；对驻守原地的各部落寺庙僧众、喇嘛、堪布和男女居士无差别地发放布施；另外对各部落男女老少均给予了赏赐。

拿到赏赐的岭部僧俗部众感到阳光照进心里。岭国上下欢乐无限，举行赛马、射箭、摔跤等各项竞技，百姓载歌载舞，众人沉浸在一片欢乐的氛围中。七天之中，以雄狮大王为首的岭国众叔父兄弟、内臣外臣等齐聚一堂，喇嘛们举行盛大法会，勇士们举行射箭比赛，少女们唱歌跳舞，姑嫂姨娘们在酿酒煮茶，众人享受丰盛的飨宴。这时格萨尔王身穿莲花生大师的法衣，向众人进行七天七夜的长寿灌顶。

最后一天霍尔国王辛巴、姜国王玉拉、魔国国王阿达拉姆、顿军达拉赤嘎、蒙古噶玛顿珠、其日噶伦曲珠、阿扎尼玛扎巴、蒙古王子噶玛塔杰、吐谷浑拉赞扎巴、大食国谢噶等各属国的国王前来恭贺。这一天，坐在上座虎皮坐垫上的姜王子玉拉托杰，如青龙腾空般地从众人间起身，手持七条洁白哈达，献给岭国叔父们，磕了九个响头，并询问大王和众英雄结束了三年木雅之战后，下一步要征讨何地，消灭何国，降伏哪位妖魔。姜王子玉拉托杰用姜歌猛虎嘶吼之调演唱道：

唵嘛呢叭咪吽！

歌唱不变恒久的事情，

姜国歌曲永不会改变。

青龙腾空雷声阵阵响，

若无冰雹为何鸣雷电？

狂风骤起大地瑟瑟声，

若无野草风暴何来声？
姜国英雄之歌震天地，
若无胆识谁又敢歌唱？
祈愿能唱吉祥如意歌，
事宜缘起吉祥照祥瑞。

乡神地方神和护法神，
姜国护法神阿尼木雅，
宗赞扎玛冬泽护法神，
玉日南卡泽杰护法神，
是我姜国供养的阳神，
今日逐一供养和祈祷。

倘若不识这里啥地方，
这是白岭天神的部落，
是南瞻部洲的中心地，
是欢乐吉祥聚集之地。
喇嘛拥有佛法的慈悲，
百姓部众男女老少们，
衣食财物所欲皆富足。

自然认得我是何许人，
倘若讲述早前的历史，
姜国分为上中下三部，
从阿喜山到青玉城堡，
属于萨丹国王的统辖，
无需多言岭人皆知道，
姜国王子玉拉托杰我，
如何投奔来到岭部落，
在座诸位清楚地知道。

岭国天神部落三年前，
举兵讨伐木雅玉则王；
上岭的赛巴八个部落，
中岭的文布六个部落，
下岭的穆江四个部落，
以及噶氏珠氏两部落，
丹玛曲拉东西两部落，
琼布黑白花三个部落，
囊青五部和芒康扎雅，
昌都等部落前往木雅。
其余吐谷浑和泥婆罗，

喀什米尔和拉达克国，
及僧巴、阿扎和门隅，
姜国霍尔魔国和大食，
其余属国均未下指令。
岭国轴心部落的人马，
远赴木雅开辟新疆土，
前后整整三年的时间，
无需言语能知多艰辛。
自远赴东部起兵之日，
心神不宁昼夜感痛苦，
并非自顾不暇非英雄，
损兵折将勇士被斩杀，
痛心疾首又深感无奈，
好比是损失一座金矿。
是大王不可思议行径，
利益轮回众生的事业，
即使艰难也要去实现，
是我岭国勇士的宿命。
国王恩泽今年未参战，
但依然赐予金银铠甲，
及绫罗绸缎等战利品，
天下再无如此的恩赐。

远赴沙场勇士辛苦了，
今后岭国还有何战争？
东西南北方位在何处？
时日多久人马要多少？
选中哪个部落和勇士？
天神有何授记和预言？
还请大王明示于麾下。
君臣之间要商议国事，
师生之间要探讨佛学，
父母儿女间倾诉亲情，
夫妻恋人间诉说苦乐。

大王切莫愤怒明示我，
虽是大话玉拉已说出，
若有错意请大王谅解，
若觉得是空话我忏悔。

玉拉托杰唱罢，以格萨尔大王为首的岭国叔父兄弟和众勇士、喇嘛卦师等人，谁也不知如何作答。稍过片刻后，王储扎拉泽杰说：“姜王子玉拉托杰询问下一步战役之事，说明我岭国君臣同心。王子所言甚好，但是，下一步征讨何方敌人，还待天神指示，在这之前谁都无法断言。远赴之人有胆识，留守之人有责任，此乃我岭国之大幸。”说完，扎拉泽杰并对众人做了部署。

十八日，雄狮大王格萨尔在岭国八王子的保护下回到狮龙宫殿，日夜不分地为众生诵经祈福，超度战争中死去的岭国勇士和木雅数万亡魂；从十八层地狱至三十三重天间的一切众生，聚集于格萨尔王的神威之下；众护法神、自我解脱的勇士空行和喇嘛僧侣，均围绕大王周身而居。

尔后，岭国叔父兄弟和众将领们，陆续回到各自的营地，祝福圆满吉祥，积妙善！

整理者说明

这部《木雅黄金宗》是根据著名艺人桑珠于1998年的说唱录音整理而成的，后由雅卓先生抄录为文字。

整理期间，对故事内容不明确、情节冲突和缺失的地方，我向说唱艺人请教后进行了最大程度的修改和增补。词汇处理上，我根据藏文正字法要求，对不符合藏文文法的文字叙述和语言表达的部分，进行了删除或修改，尽量做到表达顺畅、意义完整，以保证语言表述符合语法逻辑。然而，鄙人学识浅薄，书中尚有许多不足之处，敬请广大读者批评指正！

整理者：米玛次仁

2001年8月

译后记

《木雅黄金宗》已全文翻译完成。此刻我用右手中指轻轻敲着键盘中的向下移动键，一页一页地浏览着自己的艰辛成果，心中甚感欣慰。这是我生平第一部译作，如今已全部完成，等待出版。

这些年来，虽然我一直从事着《格萨尔》的教学和研究工作，但翻译《格萨尔》还是第一次，刚接这项工作时，我心中颇感压力。《格萨尔》承载着藏族早期的社会、历史、宗教等诸多文化记忆，它的翻译并非是将故事情节转述给译文读者这么简单，而是要做到让史诗承载的文化记忆能在译文中得以传承。同时，《格萨尔》每一部战争故事中岭国的对手都不同，这些所谓“国”或者“部落”的文化习俗、宗教信仰和语言表述方式各异。在翻译过程中，遇到这些敌国的护法神名称、特殊方言以及不同唱腔时，我必须要停下正在进行的翻译，转而向师长和老者请教，或花费较长的时间去翻阅资料，以弄清它们的意义，尽量做到“忠实于原文”。可我毕竟不是专业译者，这项工作给我带来的压力和挑战是不言而喻的。

《木雅黄金宗》同《格萨尔》其他分部本一样，以程式化结构模式讲述了一部皆大欢喜的战争故事：强大的岭国多年无战事，雄狮大王格萨尔隐居深山，潜心修佛。这时岭国的一支商队从汉地回岭，途经木雅国，遭木雅军队偷袭，商队首领和几十名伙计被杀，货物被劫。岭格萨尔大王听闻此事，亲自率兵出征木雅。岭国大军历经三年的浴血奋战，最终收服木雅国，活捉木雅国王玉则南杰，格萨尔王的正义之师大获全胜。

最后，我谨以此译本纪念已故老艺人桑珠先生，并向所有格萨尔艺人表示我最诚挚的敬意。他们是格萨尔文化的传承者、活载体。一代代艺人的口耳相传、毕生唱诵，才使这部伟大史诗流传至今。同时，我要感谢西藏自治区社会科学研究院，感谢《〈格萨尔〉桑珠艺人说唱本》汉译丛书总编白玛朗杰院长、次仁平措老师、平措先生、白扎同学、王彦杰以及阴海燕先生。能够与你们一同参与这项重大文化建设项目，我倍感幸运。

愿《格萨尔》事业蒸蒸日上！

仁欠卓玛